軍記文学研究叢書12

軍記語りと芸能

編者　梶原正昭・栃木孝惟・長谷川端・山下宏明（本巻主幹）

軍記文学研究叢書全十二巻の刊行に際して

明治二十年代初頭をもって近代軍記文学研究の始発期と考えるならば、近代軍記文学の研究もようやく百年の歳月を経過した。折しも、文字通り激動の世紀と呼び得るであろう二十世紀も転換期の混沌のままにまもなく新しい世紀を迎えようとしている。そうした歴史の一つの節目に際して、私達は近代軍記文学研究百年の総点検を行い、一世紀に及ぶ軍記文学研究の軌跡を省みつつ、来るべき新しい世紀における新たな研究の地平の構築をめざそうと考える。先学の営々たる努力によって遺された様々な学問的見解のうちに、今日埋もれてしまった有用な提言はないか、研究の《進展》が言われ得るならば、その《進展》の具体相はどのような点にみさだめられるか、方法の上から、資料の発掘の上から、あるいは、解釈上、認識上の問題として、その様相の解明が期待される。そして研究史の現在においては、軍記文学諸作品の上で、どのような課題が研究者の解明を待っているか、そして、研究史の未来において、いかなる視座が新たな問題展開の拠点たり得るか、そうした諸点を考慮しながら、軍記文学の体系的、総合的考察をめざして、本叢書は刊行される。過去の研究史の達成を確認しつつ、なお残る過去の研究史の可能性をたずねながら、同時に新たな軍記研究の展開をめざし、新しい世紀の到来が軍記文学の研究にとって実りある、より豊かな発展の季節の訪れとなることを祈り、本叢書の刊行に関するおおかたのご支援をお願いしたい。

一九九六年四月一日

梶原正昭　栃木孝惟
長谷川端　山下宏明

軍記語りと芸能　目次

軍記文学研究叢書全十二巻の刊行に際して

軍記語りの世界

仏教音楽と軍記語り……久保田　敏子　三
いくさ物語の世界……山下　宏明　三
『保元物語』『平治物語』と琵琶語り
——定型語句「さる程に」を『平家物語』の琵琶語りと比較して——……犬井　善壽　四三

軍記語りと芸能

幸若舞曲のテキスト——軍記物関連曲のテキスト異同を中心に——……須田　悦生　七一
幸若舞の音曲と芸態——大江幸若の場合——……蒲生　美津子　九四
幸若舞曲の方法——物語の挿入——……服部　幸造　一一八
軍書講釈の世界……長友　千代治　一三六
瞽女唄・祭文松坂の語り……鈴木　昭英　一五六
能・狂言と軍記および戦語り……竹本　幹夫　一八三

説経・祭文と軍記語り……石井正己 二〇三
楽劇としての修羅能―「平家の物語」を演じる―……藤田隆則 二三〇
江戸音曲の平曲受容……野川美穂子 二四三
語り物研究主要論文目録とその解説―軍記語りを中心に便覧的に―……藤井奈都子 二七三
あとがき

軍記語りの世界

仏教音楽と軍記語り

久保田敏子

一　はじめに

最初に、表題にある「仏教音楽」について、その範疇を確認しておきたい。

一般的には、演じる場所が寺院であるか否かにかかわらず、内容が仏教的である音楽を総称して「仏教音楽」と言っている。それらのうち、寺院で演じる狭義の仏教音楽には、儀式として演奏する音楽と、儀式そのものではなく、法会の後の、いわゆる法楽として演じる奉納諸芸の音楽とがある。平安時代中期から室町時代中期にかけて、大寺院の法会後の余興として行っていた延年の諸芸も後者である。また、寺院とは異なる場所で演じるものであっても、何らかの仏教的催事に関わるものならば、広義の仏教音楽といえる。

さらに、こうした仏教音楽の影響の下に発展した諸芸能も、当然ながら仏教思想を色濃く反映していることから、これらも広義の仏教音楽と考えられる。そうなると、仏教音楽の裾野は、一般に享受されているほとんどの伝統芸能にまで広がっていると言えよう。中でも、日本三大演劇といわれている「能」「歌舞伎」「文楽」の演目は、因果応報や諸行無常といった仏教思想に彩られたものが多く、しかも、それらの多くは軍記物を題材としている。したがって、こうした演目を演じたり享受したりすることは、とりもなおさず、合戦で虚しく散った武将たちの苦患を、何らかの形で演者も享受者も共有することを意味する。そして、そこから得られる満足感は、すなわち、音楽が本来持っている不思議な力によって、成仏した霊とともに得る心の安らぎでもある、と解することができよう。

一方、文学のジャンルでは、仏教歌謡や仏教説話を広義の仏教文学として扱っているようである。(1)一般的な『百科事典』類では、たとえば山内若亡氏(2)は「必ずしも明確に定義されていない」とされながらも、仏教的詩文、仏教歌謡、仏教儀礼文芸、儀礼記録、仏教伝記、その他、縁起、由来記、御伽草子も含めた仏教説話、聖地紀行、霊験記、唱導のテキストなどを挙げ、さらには、「以上のような仏教文学や唱導の影響を受けながら発生したと考えられる芸能に説経節、歌祭文、歌念仏があって、神仏の霊験を語るものが多い」と記しておられる。

同様の考え方を音楽に当てはめてみると、広義の仏教文学を、直接、あるいは間接的に詞章としている音楽はすべて「仏教音楽」である、ということになろう。一般的には、このような大まかな把握の仕方に抵抗があるかもしれないが、本稿ではその範疇を、広範囲にわたる「仏教的な音楽」にまで拡大していることを、まずお断りしておきたい。

ところで、いわゆる「仏教音楽」には、二面性がある。すなわち、各種の経文を読誦したり、そこに記されている教義を講説したりする面と、来臨した仏や霊を供養し、ひいては参拝した聴聞者もその利益にあずかる、という両面である。一般にいう声明は双方にわたるが、法楽としての各種芸能は後者に属する。こうした音楽は、ほとんどが何らかの詞章を伴う声楽であるが、前者は無伴奏に近く、わずかに法具としての打楽器類が添えられるに過ぎない。それに対して、後者の場合は楽器の伴奏が重要なものとなり、時には舞が加わることもある。

これに対して、詞章を伴わない純器楽の仏教音楽には、伎楽、舞楽を含む雅楽類と、普化尺八がその代表格であろう。このうち、舞楽の「武舞」は、鎧を着し太刀を佩き、鉾を持った武装で舞われる。たとえば「太平楽」は、四天王寺聖霊会における法楽舞楽として必ず上演される「仏教音楽」であるが、同時に「無言の軍記語り」であるとも言える。しかしながら、本稿に関わる仏教音楽のほとんどは、詞章を伴うものである。なお、「各種芸能と軍記語り」に関しては、本書の中にそれぞれ優れた論文があるので、ここでは「仏教音楽」と「軍記語り」のかかわりについての概観にとどめる。

二　詞章を伴う「仏教音楽」

何らかの詞章を伴う「仏教音楽」は、1声明類　2郢曲類　3通俗的仏教歌謡　4琵琶楽　5その他、といったジャンルに大別できる。各ジャンルにおける音楽には以下のような曲種がある。これらの曲種が必ずしも「軍記語り」を扱っているわけではないが、「軍記語り」の中の一コマとして、しばしば登場する「仏教音楽」である。

1　声　明　類

声明類は、主として法会で行われる。本来、法会は仏・菩薩を供養し、僧俗に飯食を供し説法を行う集会であったが、教団の発展につれて次第にその内容が象徴化され、儀式化されていった。こうした声明類には、法会中、音楽によって供養することを目的として様式化された四箇法要などの法要曲、讃、和製の讃歎、伽陀などの「本声明」と、表白、講式、論義、和讃などの「雑声明」とがあるが、民衆教化のために作られ、民衆自身が歌う御詠歌は、狭義には声明とは言わない。いずれにしても、これらの声明類が「軍記語り」に直接の関係を持っているわけではない。

ただ、周知の『徒然草』第二百二十六段の記述の通り、天台宗の慈鎮和尚が「信濃入道を扶持し」、行長が作ったとされる『平家物語』には「山門の事を殊にゆゝしく書けり」とあることから、天台宗の声明と根底で繋がっているのは確かであるし、渥美かをる氏[3]は『平家物語の基礎的研究』で、行長は天台宗の六道講式の影響を受けて平曲を作った、と指摘されているほどである。確かに表白や講式は、意味内容を聞き取りやすくする目的で案出された散文体の日本語声明であることから、説明的かつ物語的であり、音楽的にも平曲に近い。

また、旋律性は少ないものの、音楽的対話である論義は、謡曲の「ロンギ」にそのまま用語が受け継がれているほか、多くの軍記物を題材とする能や幸若舞などの対話芸能にも強く影響している。したがって、声明と「軍記語り」が決して無縁のものではない、と言える。武石影夫氏[4]もまた、『平家物語』を、供養の文学としての側面、汎仏教的立場など、その広汎な受容とあわせ考えて「一大仏教讃歌」と捉えさえしておられる。

いずれにしても、声明の演誦における基本的な曲節ないしは技巧、音型などは、平曲、謡曲、幸若舞、ひいては義太夫節などの浄瑠璃、その他の語り物にも強く影響している。そうしたものに、「指(差)声、折声」の他に、「初重、二重、三重」などの音域も含めた曲節用語や、「イロ、クル、ツク、ノム、ハヅム、ヒク、フル、マワス、ユル、ヲス、ヲル」などの技巧や音型の用語がある。

さらに、経典の講説や教法を大衆に平易に口演する説教、唱導、なども広義の声明類に属する。とくに、法華信仰と浄土信仰が隆盛した平安後期以降は、説教が、本来の表白体から、通俗的な比喩や因果応報の因縁話を取り入れた口演体に発展したが、これらを総称して唱導ともいう。また、視覚にも訴える絵解き説法も盛行し、いずれも巧みな演出と話芸で大衆の心に強く訴えたことから、やがて、大衆芸能という一大ジャンルを生むことになった。

2　郢曲類

郢曲は、平安後期には、いわゆる広義の雅楽歌曲である宮廷歌謡の総称として用いられていたが、後には雑芸歌謡も含めるようになり、今様や早歌も指すようになった。宮廷歌謡には神楽歌、催馬楽、風俗歌、朗詠があり、雑芸歌謡には「越天楽謡物」をはじめとする今様や、講式の音楽的な影響下に生まれた宴曲とも呼ばれる早歌がある。いずれも直接には「軍記語り」とは関係ないものの、物語の一場面として、こうした郢曲類がしばしば登場している。たとえば『平家物語』の「祇王」の巻では、仏御前や祇王が今様を歌っている。「卒塔婆流」の巻でも、夜通し今様を歌っているほか、女房たちが鼓を打ち歌うのを夢にまで見ている。今様は「月見」や「嗄声」の巻でも登場する。

また、「徳大寺厳島詣」の巻では、神楽、今様、朗詠、風俗、催馬楽などの「ありがたき郢曲ども」があり、「文覚被流」の巻でも、朗詠、風俗、催馬楽、今様が歌われ、「祇園女御」「千手前」の巻にもこうした郢曲類が歌われる場面がある。とくに「千手前」の巻では、箏や琵琶の音とともに、朗詠や今様の声が聞こえてくる。この巻には、雅楽「五常楽」や「皇麞」を箏や琵琶で弾き、今様を歌う場面があるが、これは「極楽声歌」の一場面を彷彿させる。

3　通俗的仏教歌謡

通俗的な仏教歌謡としては、門説経、説経節、祭文、歌念仏などがある。

寺院における本来の説教を含む唱導は、平俗化するとともに、各地に声聞師や散所法師、比丘尼、田楽法師といった僧体遊行の芸能者を出現させた。彼らの一部は、大道で大傘をさしかけ、ささらや鉦、羯鼓などを伴奏にして「語り」を行ったが、門付けにも力を入れたので、彼らの「語り」を「門説経」とも言うようになった。

やがて彼らの一部は、一般に普及してきた三味線を取り入れるようになった。操人形芝居と結びついたものは、「説経の操」、あるいは「説経座」と称したが、三味線を伴奏とする語り物の総称である「浄瑠璃」よりも成立が早いにもかかわらず、混同して「説経浄瑠璃」ともいう。もちろん、説経座の音楽は、浄瑠璃そのものにも強い影響を与え、物語僧が行っていた「軍記語り」の物語が、語り継がれて行くことになる。
また、達者な話芸による辻説法からは落語が生まれ、経典講釈からは戦国時代の御伽衆を経て、講釈師が生まれた。一方、美声の説教者は一層節付けに凝ったことから「節談説教」が生まれ、仏教的な話芸は、ますます大衆芸能的要素を強めていったのである。

仏教儀礼における「祭文」は、釈迦や宗祖の入滅の日に報恩謝徳の意を表するために読まれるものをいうが、本来は、陰陽道的色彩の強い祈願や祝詞の文章で、中世以降は山伏修験者によって受け継がれた。当然、声明の影響を受けているが、次第に歌謡化し、諸国を巡る修験者達の手で、身近な法螺貝や手錫杖、後には頭に金環のない金杖を伴奏にしながら芸能化していった。近世には、願人坊主などによる門付芸としても行われ、宗教色の強い「唱導祭文」の他、「もじり祭文」をはじめとする様々な「祭文」が流行することになった。「唱導祭文」の系統からは、法螺貝を伴奏とする「貝祭文」が生まれたが、口真似で「デロレン、デロレン」と合いの手を入れるようになってからは「でろれん祭文」とも呼ばれるようになった。東北の「貝祭文」では、導入の「出し」に続く本題を、古くは「軍談」と称していたことからも、当初から軍記物がレパートリーの眼目であったと思われる。

これらの「祭文」は、操人形芝居が大流行し始める元禄時代（一六八八〜一七〇四）には、三味線を取り入れて伴奏にしており、ここから、下世話なニュースをクドキ風に歌う「歌祭文」が生まれた。「歌祭文」は大流行し、近松門左衛門をはじめとする世話物浄瑠璃に多大の影響を与えることになった。江戸時代後期になると、この「歌祭文」は「説経節」と結びついて「説経祭文」を生み、現在も北陸の瞽女歌の「段物」や、車人形などの民俗芸能の一人遣いの人形芝居に伝承されている。いずれも、「軍記語り」が主眼ではないものの、軍記物に共通する宗教的な背景を色濃く残している。

また、本流の「門付祭文」からは、嗄れ声を売り物とした「チョンガレ節」が生まれたが、その語り口が早口で軽快であったことから「うかれ節」ともいう。さらにここから、「浪花節」の名もある浪曲が誕生するが、講談や浪曲の演目には、時代物浄瑠璃と同様、軍記物から取材したものが少なくなく、「軍記語り」も売りの一つとなっている。

一方「念仏」は、本来、仏の名を念じて唱えるものをいうが、単に阿弥陀仏の名を唱えるだけではなく、諸仏諸尊の名も唱えて礼拝したり懺悔したりする「念誦」「唱礼」「宝号」なども含んでいる。これらは、仏教儀式の中の楽曲としても組み込まれているが、その旋律型には様々な種類がある。「軍記語り」にも、念仏唱誦の場面が数え切れないほど設定されているが、これは、平安貴族たちの間に阿弥陀信仰が広がっていった結果であろう。

また、平安時代末期になると、こうした念仏は次第に習俗化して、太鼓を打ち鳴らしたり、踊躍したりする「踊念仏」や、各種の「念仏踊」が誕生した。大森恵子氏(5)の研究に拠れば、踊念仏や阿弥陀信仰を説く一遍は、熊野信仰と阿弥陀仏信仰を融合させる一方、古来、武運長久の神として武士に信仰され、源平の守護神でもあった八幡信仰をも融合していったという。

4 琵琶楽

宗教活動が主体となる琵琶楽は、いわゆる盲僧琵琶である。これには、国東盲僧、筑前盲僧、薩摩盲僧、肥後盲僧、日向盲僧などがある。彼らは、琵琶伴奏で読誦したが、「平曲」を語る当道座の盲人としばしば抗争を起こし、次第に天台宗の傘下に入っていった。現在、本拠の寺院を持つ盲僧は、福岡の成就院に属する玄清部の筑前盲僧と、鹿児島の常楽院に属する常楽院部の薩摩盲僧との二系統である。

盲僧たちは、寺院での琵琶弾奏の法要の他に、檀家での廻檀法要も行った。この廻檀法要は、竈祓いや地鎮祭などの習俗信仰と結びついて発展した。また、法要後に行われる「琵琶説教」や、余興としての「琵琶語り」も誕生したが、特に、余興の「琵琶語り」では、勇士の鎮魂を目的とした軍記物がもてはやされるようになり、それらを「くずれ」と称したことは、後の「琵琶語り」の項でも述べている。

一方、広義の仏教音楽とも言える雅楽のうち、詞章を伴う琵琶の曲種としては「催馬楽」が知られており、「軍記語り」の一コマとしても登場する。宮廷歌謡の「郢曲」類については前述の通りであるが、軍記物にこうした詩歌管弦の場面を織り込む配慮は、殺伐とした物語に彩りを添え、悲惨な出来事を和ませる効果を与えている。

このほか、盲僧琵琶の影響を受けて誕生した薩摩琵琶、筑前琵琶、錦琵琶などの近世琵琶楽の演目にも、軍記物に取材したものが多く、仏教的な思想が色濃く反映している場合は、広義の「仏教音楽」として位置づけることができよう。

5 その他

直接的な仏教音楽ではないものの、仏教に関連する勧進の場でも行われたものに「曲舞」がある。現在は廃絶しているが、その面影は能や幸若舞にみられる。

曲舞の起源は不明であるが、「くせ」は正式な歌舞に対して「非正式」を意味したらしく、また、白拍子舞に似ていることから、その系統のものと考えられている。南北朝の南都には曲舞を専業とした家系があり、京都や奈良の唱門師の中にも曲舞をよくした者があったようだ。観阿弥（一三三三〜一三八四）も、曲舞を下地にして、能の「クセ」を中心とする語り舞を確立させたことは、よく知られている。また、義太夫節の語りにおける抑揚の技巧にも「クセ」の名が残っている。

幸若舞は、桃井直詮（一三九三〜一四七〇）が創始したと伝えられている。父の没後、越前から叡山に出て学問中、草紙物に節を付けて歌ったところ人気を博したので、自分の幼名をとって「幸若舞」と称したという。しかし、実際の出自は唱門師で、曲舞の影響を受けているという。

幸若舞の演目には軍記物が多かったこともあって、武士階級に愛好され、信長や秀吉の保護も受けて盛行した。江戸時代には幕府の御用式楽として、年頭拝賀においても能楽よりも上席であったという。古くは、大鼓、小鼓と笛で伴奏していたらしいが、現在は、福岡県大江にわずかに伝承されていて、小鼓のみで行う。ただし「イロ」と「フシ」には小鼓を入れるが、「カタリ」には入れない。

幸若舞の曲節には十六声あるが、そのほとんどが声明、平曲、ひいては謡曲の影響下にあり、演目も含めて「古浄瑠璃」や近松の作品に大きな影響を与えている。ただし、幸若舞は、舞と語りを主にしている点では能に似ているが、人物の仮装性はなく、また、所作を伴う点では平曲とは異なっている。なお、幸若舞に関しては、『幸若舞曲の研究』(6)全十巻が詳しいので参照されたい。

三　「軍記語り」を伝承した仏教的芸能者たち

軍記物は、本来、物語僧によって語られていた経緯がある。そこで、これらを「仏教音楽」として捉える一助として、それらを物語る僧または僧形、あるいはそれに類する芸能者について概観してみる。

1　物語僧

物語僧は、武士が台頭した中世以降、「軍記語り」をすることを業としていた僧形の晴眼者をいう。多くは隠遁者で、扇で拍子を取りながら、合戦の模様を語っていたことは、さまざまな記録から明らかである。それが「音楽的」にどの程度であったかは想像の域を出ないが、大衆に感動を与えるためには、声明類にもみられる通り、かなり朗唱的で、何らかの節付けがあったに相違ない。後崇光院の『看聞日記』応永二十三年（一四一六）の条に見える物語僧は、「弁説玉ヲ吐キ、言詞花ヲ散ラス」とある。歌人としても知られる俗名二階堂貞宗の頓阿（一二八九～一三七二）も『大塔物語』にみえ、「弁説宏才」であったようだ。『看聞日記』永享八年（一四三六）の条や、『蔭涼軒日録』には『太平記』を読誦したり暗誦したりする物語僧も登場するが、彼らが、江戸時代の講釈師の別称でもある「太平記読み」につながっていったものと考えられる。『太平記』の作者と目される小嶋法師自身も、物語僧であったとの説[7]もある。

また、「先泣の誉」、つまり自らも泣き、聴衆も泣かせる技を持つ説教僧による唱導からは、平安末期から鎌倉初期にかけての名人澄憲法印とその長子聖覚法印によって、安居院流が生まれる。一派の唱導は「舌端玉を吐く」と評されたことから、音韻的な抑揚を備えていたと思われる。安居院法印の著した『源氏物語表白』は能の「源氏供養」や、山田流箏曲の「石山源氏」に採用されているものの、流儀自体は芸能化せず、現在は法話にその流れが見られるに過ぎない。

2　山伏・願人坊主・巫女・比丘尼・白拍子

前述のとおり、中世に入ると、山伏修験者が行っていた祭文は、くずれ山伏などによって娯楽本位の芸能に変化していった。元禄三年（一六九〇）刊『人倫訓蒙図彙』にある江戸初期の祭文語りは、髭面にぼさぼさ髪、黒法衣に輪袈裟、道中差に草履履きで、右に手錫杖を持っているが、法螺貝はない。宝永二年（一七〇五）刊『御前独狂言』の挿絵にある大阪天王寺愛染堂の縁台での祭文語りは、箏伴奏の横で、手錫杖に日の丸扇を広げ、編笠姿で演じている。

願人坊主は、一時は上野の寛永寺の配下にあった乞食僧で、願かけや水垢離などを代行していたが、一方では、門付芸によって糊口を凌いでいた。坊主頭で、着流しの白い僧衣を着け、右に手錫杖、左に扇を持つ男が、同じ坊主頭に鉢巻をした諸肌脱ぎの男と連れ立ち、素足で門付けをしている挿絵が、宝暦十二年（一七六二）刊『教訓差出口』にある。

巫女や比丘尼も廻国して、勧進興行などで大衆向きの仏教芸能を広めていった。本田安次氏は「軍記ものとその舞台化(8)」の中で、「戦場に敢へなく散ったものは、その身よりのものの呼び出しに応じてよく口寄せにも出た。そしてその軍の花々しさを語った。それが祭文化して、今日にも繰返されてゐるのがある」と記されて、伊豆八丈小島や青ヶ島の「巫女祭文」に「軍を語る部分がある」と紹介されている。また、比丘尼は伊勢、熊野に詣で行をしたため、「熊野比丘尼」と呼ばれたが、常に地獄絵などを携行して、歌を歌いながら絵解き説法をしていた。

この他、軍記物にしばしば登場する女性芸能者に、白拍子がある。白拍子が演じた「白拍子舞」は「曲舞」となり、能に取り入れられたり、幸若舞として伝承されている。白拍子としては、祇王と祇女、巴と山吹、静と磯禅師などが知られているが、こうした廻国の女性芸能者たちは、盲目でなくとも二人連れであることが多い。『多聞院日記』の天正十年（一五八二）五月十八日の条に「ややこ踊り」を演じたことが初見される出雲の巫女の阿国も、三歳下の加賀と二人で踊った、と記されている。

3　琵琶語り

すでに『小右記』の寛和元年（九八五）に琵琶法師が初出することはよく知られており、その後の条でも、修正会に参加し、散楽を行っていたことが記されている。また『源氏物語』にも、明石入道が自ら琵琶の法師になって、珍しい手を弾いて光源氏をもてなす話があることから、職業としての琵琶法師が存在していたことがわかる。金田一春彦氏は『平曲考』[9]の序文で「平曲成立以前に、たとえば『無明法性合戦状』という善玉・法性と、悪玉・無明が戦う仏教説話が語られていたことが知られる」とされ、明石入道が「余興に琵琶法師の真似をしたとあるが、そういう曲をやったのであろうか」と記されている。また、『新猿楽記』の「序」からも、当時の猿楽の中で「琵琶之物語」が行われていた事がわかるが、彼らが盲目であったか否かは不明である。しかし、音楽の名手としても知られる源博雅（九一八～九八〇）に琵琶の三秘曲を伝授した蟬丸は、盲目であったと明記されている。[10]こうしたことを踏まえてか、いわゆる「盲僧琵琶」はこの蟬丸から始まるように『今昔物語』にあるが、定かではない。

いずれにしても、盲人は抜群の記憶力と聴力を持ちあわせていることから、不思議な霊力があると信じられていた。しかも、弦楽器は古来から招霊の巫具として『古事記』にも登場している。琵琶は外来楽器ではあるが、山上伊豆母氏も言及されている通り、[11]従来の弦楽器と同様、降霊の巫具としての認識もあった。したがって、琵琶を伴奏に廻檀法要をする盲僧が出現したのも頷ける。一般には九州地方の盲僧が知られているが、中国地方にも大和地方にも盲僧の存在したことが知られている。彼らは琵琶伴奏で読誦することによって、一種の音楽法要を行ったが、盲僧たちは、本業である法要を済ませた後には、余興として様々な物語を聞かせた。それを「くずれ」と称しているが、五来重氏に拠ると、[12]「くずれ」という呼称は、本来は本尊霊験談や社寺縁起談、本地物であった琵琶説経に、軍談を交えたところから「説経くずれ」の意味であったのではないか、という。宮地武彦氏の調査[13]に拠ると、いずれにしても「くずれ」の多くは軍談であるという。後に成立した薩摩琵琶でも、「崩れ」といえば、合戦場面などに用いる勇壮な旋律を指している。

やがて、『平家物語』が成立する頃から、こうした盲僧琵琶とは一線を画する平曲家が出現した。彼らは、盲人音楽家として専ら『平家物語』だけを語り、「当道」と名付けた自治組織を持ち、時の権力者の庇護を受けるに至った。さらに、江戸時代になると、彼らは表芸としての平曲の他に、新しく成立した地歌・箏曲も行うようになったが、次第にこの地歌・箏曲の方が主力となる結果になっていったことは周知の通りである。

しかし、江戸時代までは、あくまでも平家琵琶が表芸で、平家一門の命日にあたる三月二十四日には、当道座の行事として『法華経』の写経と平曲の献奏が行われていたことは、『当道要集』でも明らかであるし、当道座の守護神雨夜尊を拝し、祖霊を供養する二月十六日の「積塔会」と、六月十九日の「涼塔会」でも、京都高倉綾小路の清聚庵で平曲の奉納が行われていた。

4　瞽　女

盲目の女性芸能者は、すでに『看聞日記』応永二十五年（一四一八）八月十七日の条に見られるが、「軍記語り」をしていたか否かは定かでない。鈴木昭英氏の研究[14]に拠ると、「瞽女」の文字が普及・定着する以前の中世の用語は「盲御前」で、メクラゴゼと訓じたという。また、謡曲「望月」では、盲御前に扮して曾我兄弟の事跡を謡う場面があることや、同じ謡曲「小林」では盲御前がいくさ語りをする場面のあることを挙げ、『七十一番職人尽歌合』に鼓を打ちながら語る女盲の絵に添えられた賛の詞書が『曽我物語』であることからも、盲御前が『曽我物語』を謡うのが普遍的であった、と述べておられる。

こうした盲御前も、江戸時代になると、鼓の代わりに、一般に普及してきた旋律楽器の三味線を用いるようになった。また、普及と共に、江戸や駿河、越後などに瞽女屋敷が置かれ、組織としての厳しい統制の下に運営されたという。(15)

近代の瞽女は、門付歌を歌い、座敷で「段物」や「口説」を歌う他、客の求めに応じて義太夫節や常磐津節などの浄瑠璃や、長唄、万歳なども演じ、次第に広いレパートリーを持つようになっていった。

5 太夫

三味線伴奏での語り物音楽を総称して浄瑠璃というが、その語り手を「太夫」という。かつては扇拍子や琵琶伴奏で語っていた物語のうち、『平家物語』以外のものは、次第に三味線でも語られるようになったが、そのヒット・ナンバーの『浄瑠璃物語』に因み、「浄瑠璃」が曲種そのものを指すようになった。金平節・播磨節・嘉太夫節などの古浄瑠璃を経て、義太夫節・半太夫節・河東節・大薩摩節・一中節・豊後節・宮薗節・常磐津節・富本節・清元節・新内節など、名調子で語った太夫の名前に由来する流派が、江戸後期までに多数誕生した。最初に三味線伴奏で浄瑠璃を語ったのが室町末期の沢住検校であるとされることから、(16)現在でも文楽の三味線奏者の芸名には「沢」の一字が付けられていると聞く。義太夫節に限らず、太夫によって語られる浄瑠璃の演目は、軍記物から題材を得たものが多く、仏教的な思想を背景としていることは言うまでもない。

6 講釈師

講釈師は「講釈」をする者、つまり「軍記語り」をする人をいい、「軍談師」の異称もある。本来は、軍学や兵書に通じている者が、軍書を講じたことから命名されたようだが、これが大衆化して、寄席演芸の一つとなった。明治以後は「講談」と呼ぶほうが通りがよくなっている。講談の演目は、現在でも軍記物が中心である。

7　浪曲師

浪曲師は、浪曲あるいは浪花節を、三味線伴奏で語る人をいう。寄席芸ではあるが、前述のように、江戸末期の山伏や願人坊主の門付芸に端を発する点では、広義の仏教音楽の仲間である。実は、「浪曲」の名は昭和になってから使用された用語で、それまでは、関東では「浪花節」「ちょぼくれ」「歌左衛門」など、関西では「浮かれ節」「ちょんがれ」「祭文」「浪華節」などと呼ばれ、名古屋や九州ではこれらの他に「音曲軍談」の名でも呼ばれていた。

「浪曲」は、ある一つの物語を、旋律的な「フシ」と、台詞的な「タンカ」で語るが、中でも中心的な演目は「金襖物」と呼ばれる種類で、お家騒動や軍記物を扱っている。

四　「軍記語り」の中の「仏教音楽」

1　「軍記語り」における「仏教音楽」的要素

『群書類従』や『続群書類従』の合戦部には、古代から江戸初期までの合戦譚や軍記譚が網羅されている。その中でも人口に膾炙している『将門記』『保元物語』『平治物語』『平家物語』『源平盛衰記』『太平記』や、英雄譚でもある『曽我物語』『義経記』『太閤記』などは、後々の音楽的な芸能の題材となっている。これらの物語が全て仏教的であるわけではないが、何らかの形で仏教的な思想が背景にあるといっても過言ではない。

軍記物における合戦は、一族が繁栄するか滅亡するかを賭けた生きるか死ぬかの問題であり、常に死と真摯に向き合って物語が進行している。したがって、これらの物語を題材とした諸芸能においても、死を背景とした仏教的思想に彩られているのは言うまでもない。諸芸能における仏教思想については、姉崎正治氏の「謡曲に於ける仏教思想」[17]をはじめとして、先学の優れた研究がたくさんある。

多くの「軍記語り」の中でも、琵琶伴奏で語る『平家物語』は、既述の通り声明の影響を受けており、それ自体が「仏教音楽」的であると言える。しかも、物語の要所要所に、上述の広義の「仏教音楽」的場面が散りばめられている。

2　『平家物語』にみられる「仏教音楽」的場面

『平家物語』の中で、もっとも多い「仏教音楽」的場面は、「念仏」を唱えるくだりである。念仏は文字通り、心に仏を観じて仏名を唱えることを言うが、浄土信仰が盛んになってからは、特に「阿弥陀仏」の名号を称えることが多くなった。また、源平合戦を扱った物語では、源平ともに守護神として崇めている八幡神に祈念することも多いが、大森恵子氏の前掲書[5]に拠ると、武運長久祈願に霊験あらたかな八幡神の本地仏は阿弥陀如来像であり、しばしば念仏も唱えられるという。

『平家物語』においては、頼政や与一が弓を射る時に「南無八幡大菩薩」と祈念するが、いずれも「心のうちに祈念」していて「音」としては聞こえてこない。しかし、「平曲」としては、緊迫したクライマックスに用いられる「拾」の曲節で語られ、手に汗を握る名場面となる。これとは逆に、声高らかに念仏を唱える場合もある。声量を増せば、当然ながら言葉も引き延ばすことになり、音楽的になる。また、同じ文句を繰り返すことは、それだけ霊力の密度が増し、来臨する仏の数が増えるとの考えから、念仏は繰り返し唱えることが多い。『平家物語』でも十辺唱える「十念」は随所にあるし、「維盛入水」の巻では、「高声に念仏百辺計りとなへつつ」入水している。いずれも、琵琶法師が語り奏でる平曲そのものの音楽と重なって、物語の世界の中から「仏教音楽」としての念仏の声が空間を埋める。

念仏を唱える場面は、大きく分けて二つある。一つは、この世に思いを残しながら死んだ人や非業の死を遂げた人の霊を供養し、滅罪生善のために念仏する場面、今一つは、出家者や死に直面した人が極楽浄土に往生できることを祈る場面である。前者には「少将都帰」の巻での成経と康頼入道が信俊の墓の廻りを行道して念仏し、さらには仮小屋を作らせ「七日七夜念仏申し経書い」た場面や、「灯炉之沙汰」での重盛が東山の麓に四十八間の御堂を建て、一間に六人ずつ僧を配し、毎月十四日十五日には「一心不乱の称名」をし、さらに結願の十五日には「大念仏」を行って重盛自身も行道し、「廻向発願」している場面などがある。まさに「光耀鸞鏡をみがいて浄土の砌」に居合わせたような情景が、響き渡る念仏の声とともにイメージできる、仏教音楽の圧巻の一コマである。

後者には、出家した祇王一家や、仏御前、建礼門院が念仏に明け暮れる場面、「橋合戦」で手負いの浄妙房も念仏を唱えて奈良に下って行く場面など、多くの例がある。自らの命を絶つ際や「被斬」の場面でも、ひたすら弥陀の名号を唱え、念仏する情景が、一層哀れを誘う。また、「女院死去」の巻では、最期を迎えた女院の周りで「声も惜しまず泣き叫」びながら唱えていた念仏の声がようやく静まると、「異香室にみち、音楽そらにきこゆ」とあり、極楽浄土さながらの神々しさが漂い、波乱の生涯の終焉を美化している。

声明類では「大般若経」と「法華経」がよく登場するが、とくに「法華経」は、「法花問答講」や「法花読誦」「一乗読誦」として、しばしば取り上げられている。

このように、『平家物語』では仏教音楽の場面が随所にあるが、とりわけ「願立」の巻は圧巻である。山門では、後二条関白を呪詛するために日吉七社の神輿を根本中堂に振り上げ、その前で七日間「大般若経」を真読。結願には導師が高座に登って鉦を打ち鳴らし、高らかに「大八王子権現」に表白を祈誓している。やがて、山王の咎めで重病になった関白を母は大いに嘆き、身をやつして日吉神社に参籠して、関白の病気平癒を七日七夜祈願した。その祈願が、「芝田楽」をはじめ様々の芸能を百番ずつ、「仁王講」「薬師講」を百番ずつ奉納して、もし寿命が助けられるなら、三つの寄進をすると願立をしたのである。そのうちの一つが「法華問答講」を毎日行う、というものであった。渥美かをる氏の説[18]では、この部分は原『平家』には無かったということであるが、仏教音楽が鳴り響いている巻である。

同様に、七日間、百人の僧を石清水八幡に籠もらせて「大般若」を真読している場面が「鹿谷」の巻にもある。また、同じ七日間の参籠でも、「徳大寺厳島詣」の巻の参籠では、舞楽を三度催し、箏を弾き、神楽を歌い、また、「神明法楽のために今様や朗詠をうたひ、風俗や催馬楽などの郢曲など」を行っていて、雅びで華やかである。

いずれにしても、琵琶が弾奏されるとはいえ、声のみによる『平家物語』に、上述のような仏教的な音楽場面が語り込まれることによって、新たな音の世界が多重に広がっている。それは、あたかも芝居の下座音楽にも匹敵する効果を発揮し、「軍記」全体を立体的にイメージさせ、物語自体を一層盛り上げる一助となっているのではなかろうか。

注

（1）例えば勉誠社刊『仏教文学講座』全九巻（一九九四年、勉誠社）には、広範囲の仏教文学が収載されている。
（2）山内若亡執筆「仏教文学」『大百科事典』（一九八五年、平凡社）
（3）渥美かをる著『平家物語の基礎的研究』（一九六二年、三省堂）
（4）武石影夫著「讃歌」『仏教文学講座』第七巻〜歌謡・芸能・劇文学〜収載

(5) 大森恵子著『念仏芸能と御霊信仰』(一九九二年、名著出版)
(6) 吾郷寅之進・福田晃・真鍋昌弘他編『幸若舞曲研究』全十巻(一九八五〜九八年、三弥井書店)
(7) 加美宏著「物語僧」『大百科事典』(一九八五年、平凡社)
(8) 本田安次著「軍記物とその舞台化」『軍記物とその周辺』(一九六九年、早稲田大学出版部)
(9) 金田一春彦著『平曲考』(一九九七年、三省堂)
(10) 『江談抄』や、これを典拠とする『今昔物語』など。
(11) 山上伊豆母著「ことのかたりごとの系譜〜琴と琵琶〜」『文学』(一九六二年、岩波書店)
(12) 『庶民文化生活資料集成』十七の解説に拠る。
(13) 宮地武彦著「盲僧と文芸」『口承文芸の展開』(一九七五年)
(14) 鈴木昭英著「瞽女の芸能」『仏教民俗学大系5〜仏教芸能と美術〜』(一九九三年、名著出版)
(15) 加納マリ著「日本の音楽家」『日本音楽大事典』(一九八九年、平凡社)
(16) 藤本箕山著『色道大鏡』(一六七八年)に拠る。
(17) 姉崎正治著「謡曲に於ける仏教要素」『能楽全書』巻一(一九四二年旧版、東京創元社)
(18) 渥美かをる著「延慶本平家物語に見る山王神道の押し出し」『軍記物語と説話』(一九七九年、笠間書院)

いくさ物語の世界

山下宏明

一　いくさと物語

橘成季の手になる二十巻三十編の説話集成である『古今著聞集』は、その第九巻に「武勇第十二」の章を立てる。その第三三七話を「源義家大江匡房に兵法を学ぶ事」とする。『今昔物語集』とは違って、この王朝志向の強い類従説話の集が、王朝守護のための傭兵にどのような関心を持っていたかを知る有力な手がかりになるのだが。奥州における十二年合戦をめぐり、主役的な役割を演じた源義家が、宇治殿こと藤原頼通を訪れて、「たたかひの間の物語」を話すのを聴いていた学者の大江匡房が、義家を評して、「器量は賢き武者なれども、猶軍の道をばしらぬ」とひとりごとをつぶやく。「軍の道」とは、兵法を指す。その匡房のつぶやきを耳にした郎等が、その旨を主人の義家に告げ口する。ここが義家のすぐれたところなのだが、おのれに関して吐かれた悪口に怒るどころか、「定めて様あらん」と言って、匡房のもとへすり寄り、教えを乞うて入門を申し入れる。その「学問」の結果として、「永保の合戦の時、金澤城を攻めけるに」、刈田へおりようとした「一行の雁」が、「俄におどろきて、つらをみだりて飛帰けるを」見て、義家は匡房師から教わっていた「夫れ軍、野に伏す時は、飛雁つらをやぶる」との兵法を想起し、はたせるかな伏兵の三百余騎を見破り、これを破って「いくさ勝に乗て、（敵対する）武衡等がいくさ」に勝ったと語り、「江帥の一言なからましかば、あぶなからましとぞいはれける」と結ぶ。「いはれける」の主体は義家その人であろう。いわゆる説話的な世界において、「たたかひの間の物語」が口頭で語られていたことは、後述の慈円の『愚管抄』にも見られるところだが、しかも、その語りの場がきっかけとなって、兵法の伝授をめぐる武勇の説話が成り立ったことを物語っている。

王朝守護のための傭兵であった武者が、中世を迎えて、逆転して主役となり、武家の時代を迎えることになった王朝人は、武者の世界をどのように見ていたか。例えば『徒然草』は、その第八十段に、その時代の世相について、

人ごとに、わが身にうとき事をのみぞ好める。法師は兵の道を立て、……なほ人に思ひ悔られぬべし。法師のみにあらず、上達部・殿上人、かみざままでおしなべて、武を好む人多かり。百たび戦ひて百たび勝つとも、いまだ武勇の名を定めがたし。その故は、運に乗じてあたをくだく時、勇者にあらずといふ人なし。兵尽き、矢きはまりて、つひに敵に降らず、死をやすくして後、始めて名をあらはすべき道なり。生けらんほどは、武に誇るべからず。人倫に遠く、禽獣に近きふるまひ、その家にあらずは、好みて益なきことなり。

と言う。成季の時代に比べて、さすが身近な存在になっている。しかもそれを「人ならぬ道」と一線を画している。それに第一三七段では、世のすべての現象を、無常を媒介として見るべきことを言い、

兵の軍に出づるは、死に近きことを知りて、家をも忘れ、身をも忘る。

として、かなり美化してもとらえている。時代の変化は否定しがたい。

同じ時代の『太平記』は、さすがに違っている。例えば、そのいわゆる第一部、巻六に「人見・本間抜懸けの事」がある。元弘三年（一三三三）二月のこと、赤坂に楠を攻める関東軍の大将阿曽弾正北条時治は、後陣との合流を期待して天王寺に逗留する。そのために矢合わせに備えて味方の抜け懸けを禁じる。にもかかわらず武蔵国の住人人見四郎入道恩阿は、武恩、北条執権への恩に報いるために「明日の合戦に先懸けして、一番に討死して、その名を末代に

遺さんと存ずるなり」と本間九郎資貞に語る。本間は、心中、人見の思いに共感しながら、集団戦に無鉄砲な先懸けをして討死しても無意味だと否定しながら、もしやと相手の挙動に注意を払う。はたせるかな、翌朝両人ともに先陣を志すことになり、「赤坂の城の近く」に両人が行き逢って名のりをあげる。これを見た城中の兵は、

　これぞとよ、坂東武者の風情とは。ただこれ熊谷、平山が一谷の先懸けを伝へ聞いて、うらやましく思へる者どもなり。

と言っているように、『平家物語』巻九「一二之懸」を下敷きにしている。と言うよりは、人見・本間の先陣争いを語るのに、語り手は『平家』の言説を想起したと言うべきで、『楠木合戦注文』から、このあとの両人の討死が事実であることが判明するが、そうした事実を越えた『太平記』のいくさ語りのあり方を示している。そしてとにかく両人は討死をとげる。この出陣に参加し、両人の「最後の十念勧めつる聖」が首を乞い受け、天王寺へ持ち帰り本間の子息の資忠に伝え、「はじめよりの有様を語る」。『太平記』の成立をめぐって論じられてきた時宗や律宗の従軍僧の口から、その見聞を語ることでいくさ物語が成り立つという経過を、テクストそのものが語っている。僧のいくさ語りを聞き、亡父の首を見た資忠が、思いあまって「鎧を肩に投げ懸け、馬に鞍置いてただ一人うち出でんと」する。聖はこれを制止し、「御親父」の本意が、武恩に報いると同時に、「恩賞をば子孫の栄華にのこさんと、おぼしめしけるゆゑにこそ」先懸けして討死したのだと諭して思いとどまらせようとする。しかし僧が故資忠の葬儀を営む隙に資貞は立ち出る。天王寺の石の鳥居に亡父と、その友、人見の書き付けた遺跡を見て、資忠みずからも

　これぞ誠に後世までの物語に留むべき事よと思ひければ、右の小指を喰ひ切つて、その血を以つて、一首を側に書き添へて

赤坂城へ向かい、城内の兵に呼びかけ

(亡父が)相伴ふ者無くて、中有の途に迷ふらん、……同じく討死つかまつて、無き後まで父に孝道を尽し候はばやと

乞うたものだから、城内の兵は、その孝行の志に感じて、木戸を開き資忠を入れ、「五十余人の敵と火を散らして」切り合い、

つひに父が討たれしその跡にて、太刀を口にくはへてうつぶしに倒れて、貫かれてこそ失せにけれ。

その三人の先懸けと討死がきかっけとなって、大将の阿曽も兵を動かすが、阿曽はまず天王寺の石の鳥居に亡き人見恩阿の遺詠と、それに重ねて、上述の資忠が小指の血を以て記しつけたとおぼしい

まてしばし子を思ふ闇に迷ふらん六つの街の道しるべせん

を見つける。かくて語り手は

父子の恩義、君臣の忠貞

を恩阿と資忠の遺詠に読みとり

されば今に至るまで、石碑の上に消え残れる三十一字を見る人、感涙を流さぬは無かりけり。

と結ぶ。登場する三人の武士、それらに父子、君臣の思いと情を読みとる語り手が、遺詠を視覚的に再現しつつ、それを見る人々の思いをも導入しつつ語りおえる。物語テクストそのものが、いくさ物語の成り立つ場を語っている。もとより三人の行動がモチーフとしてあるわけだが、それを語り出す契機として石の鳥居上の遺詠の存在し、それが「今に至るまで」消え残っていることを条件としている。(1) そして、その語りの内容は、三人の死である。その死によう を語ることが、「いくさの間の語り」になるわけである。『太平記』テクスト特有の語りから、いくさ語りの世界が見えてくる一例である。冒頭の『古今著聞集』とは勿論のこと、中世の『徒然草』とも違った世界である。

二　いくさの物語の呼称とモチーフ

このようないくさの物語の呼称を通史的に展望したのは、『軍記文学の位相』の著者、梶原正昭である。その著書の表題に論者、梶原のジャンル論ないし文学論があるのだが、その論文「合戦状と戦場記―いくさ物語の形態と呼称―」（『国文学』一九八六年十二月）をわたくしなりに再構成すると、[2]編年史である『扶桑略記』の二十五に将門の乱の経過を記録する。その天慶三年（九四〇）の二月の条に

十四日未刻、於二同国一、貞盛・為憲・秀郷等、棄レ身忘レ命、馳向射合、于レ時将門忘二風飛之歩一失二梨老之術一、即中二貞盛之矢一落レ馬、秀郷馳至、斬二将門頭一、以属二士卒一、貞盛下レ馬、到二秀郷前一、合戦章云、現有二天罰一自レ中二神鏑一、其日、将門伴類被二射殺一者一百九十七人、擒得雑物、平楯三百枚、弓胡簶各百九十九具、太刀五十一柄、謀叛書等已上

とあり、合戦の記録を思わせる「合戦章」の呼称が見える。

梶原の調査によれば「軍記」の呼称は江戸軍記がはじめで、古くは「合戦記」「合戦章」などと称して合戦のなりゆきや状況を記すものであった。そして『将門記』に典型が見られるように、物語の主人公である将門の系譜から始める。そして、この『将門記』の場合、その将門に当てる語りの焦点は、結末まで一貫している。主人公の将門が謀反の主体になることにより、その討伐の経過を記し、あわせて討伐をめぐる論功行賞をも記録する。しかも主人公の将門の死を

諺（巻説）ニ曰ク、将門ハ昔ノ宿世ニ依リテ……殺生ノ暇ニ羇ガレテ、曽テ一善ノ心ナシ。而ル間、生死限リアリ

テ終ニ以テ滅ビ没ス

と講釈する。主人公の死の原因を宿世による殺生に求めるという、仏教的な解釈を行っている。語り手の将門への思いが、単なる追討の記録を越えた、物語としての完結をはからせる。

こうした主役の設定は、『将門記』に比べて一層追討記の色彩の濃い『陸奥話記』の場合も変わらない。

六箇郡の司に、安倍頼良といふ者ありき。これ同忠良が子なり。

とその系譜の略記に始まるが、

父祖倶に果敢にして、自ら酋長を称し、威権甚しくして、村落をして皆服へしめ、六郡に横行して、庶士を俘囚にし、驕暴滋蔓にして、漸くに衣川の外に出づ。

として、以下その横暴を語り進めることから、その討伐記へと展開するはずである。そしてその討伐を記録して後に、

同二十五日、除目の間、勲功を賞せらる。頼義朝臣を評して正四位下伊予守と為す。太郎義家は従五位下出雲守と為す。

となり、この論功行賞の記録を以てテクストを閉じる。そのありようは、続く『奥州後三年記』の場合も変わらない。

朝家に文武の二道あり。たがひに政理を扶く。山門に顕密の両宗あり。をのをの護持を致す。是聖代明時の洪業より出で、神明仏陀の余化にあらずといふことなし。

という王法と仏法の相関に始まり、序章とも云うべき

然るに本朝神武天皇五十六代清和天皇の御子、貞純親王六代の後胤、伊予守源頼義朝臣の嫡男、陸奥守義家朝臣八幡殿と号す。

として追討軍の主役を登場させ、

爰にみちのくに奥六郡を領せし鎮守府将軍清原武則が孫、荒河太郎武貞が子、真衡が富有の奢過分の行跡より起りて、一族ながら郎従となれりし秀武深き恨みを含みて合戦をいたす。其余殃広に及で……

と、乱の主役である清原真衡を登場させる。ただこのテクストの場合、上述の『将門記』や『陸奥話記』とは異なり、冒頭に語り出されるのは、追討の主役である源義家である。つまり清原の追討記であるとともに、むしろ義家への賛嘆の姿勢の方が強い。事実、語りの展開とともに

将軍の舎弟左兵衛尉義光、思はざるに陣に来れり。将軍にむかひて曰く、ほのかに戦のよしを承りて院に暇を申侍りて曰く、義家夷にせめられてあぶなく侍るよし承る。身の暇を給ふてまかりくだりて死生を見候はんと申上るを暇給はざらましかば、兵衛尉を辞し申、まかりくだりてなん侍るといふ。義家是をききてよろこびの涙をさへて曰く、今日の足下の来り給へるは故入道の生かへりておはしたるとこそおぼえ侍れ。

と以下、兄弟の賛歌を語ることになる。

その合戦記は、将軍義家らによる追討の記録であり、その過程で主役を演じた源氏への賛歌であった。末尾に、その結末を

将軍国解を奉て申やう、武衡家衡が謀反すでに貞任宗任に過たり。わたくしの力をもつてたまたまうちたひらぐる事を得たり。早く追討の官符を給はりて首を京へたてまつらんと申す。

先行する合戦状の言説に経過は明らかであるが、おそらくその内容に相当する言説を「国解」の形態に整えて京へ送ったということであろう。しかも今回の追討の行動を「わたくしの力をもつて」まかなったことを言って、それを公の追討にすべく要請したのであった。しかるに朝廷では、

然れどもわたくしの敵たるよし聞ゆ。

つまり、この度の征討を公けの追討とは認定しない。勧賞というものは、「官符を給はらば、……をこなはるべし」、しかし「官符なるべからざるよし定まりぬ」と聞いて、論功行賞はとりあげられない。そのために、将軍の一行は、せっかく討ち取った「むねとあるともがら、四十八人」の首を「道に捨てむなしく京へのぼりにけり」という次第になる。言説そのものは記録にとどまり、将軍義家の思いには全く立ち入らないけれども、この結び方そのものが公的な追討記の形式をとりそうにしながら、思った形では完結しない。宙吊りの状態に放置されたまま閉じることになっている。この事実が『陸奥話記』の場合とは違ったいくさ物語たらしめている。結果的に源氏への共感と同情を強いることになっているのだろう。

源氏への共感と言えば、『承久記』が同種のモチーフをひめている。

仏の出生、その入滅後、二千余年の仏法の行方を

　今教法盛ニシテ、世間モ出世モ、明ニ習学スル人ハ、過去、未来マデ皆悟ル。

つまり仏法による歴史の展望を志すもので、以下、天竺、震旦の王法から、日本の歴史を説き、特に神武天皇以来、

　其ヨリシテ去ヌル承久三年マデハ、八十五代ノ御門ト承ル。

その八十五代の帝を、注釈は後堀河天皇と理解する。そして

　其間ニ国王兵乱、今マデ具シテ、已ニ十二ケ度ニ成

として歴代の兵乱を数えつつ、崇徳とその王子重仁をめぐる兵乱に至り、

　是ヲ保元ノ乱ト云。今、都ノ乱ノ始也。

とし、この後どういうわけか平治の乱を飛び越えて源平の合戦に及び、

　平家ノ一類悉壇ノ浦ニテ入海ス。剰、大将軍前右大臣宗盛父子三人、其外生捕数多、宗盛父子ヲ為㆑始、皆々被㆑

切給ニケレバ、無レ程源氏ノ世トゾ成ニケル。其後、兵衛佐殿（頼朝）ハ鎌倉館ヲ構へ、鎌倉殿と被レ仰給幕府の開幕である。しかしその頼朝が、建久九年（一一九八）十二月下旬の相模川の橋供養に、水神の祟りにあって発病、嫡子の頼家を呼び、

> 頼朝ハ運命既ニ尽ヌ。ナカラン時、千万（実朝）糸惜セヨ。八ケ国ノ大名・高家ガ凶害（陰謀）ニ不レ可レ付。畠山ヲ憑テ日本国ヲバ鎮護スベシ

と遺言して果てる。その後、頼家は修善寺に暗殺され、実朝も鎌倉の若宮に、頼家の遺児の手にかかって殺される。そこで執権の「義時ノ朝臣思様」、「朝ノ護源氏ハ失終ヌ、誰カハ日本国ヲバ知行スベキ」と、朝廷に願い出て藤氏将軍三寅を招き下し、義時がその後見役となる。ところが、この義時について、後鳥羽天皇は

> 義時ガ仕出タル事モ無テ、日本国ヲ心ノ侭ニ執行シテ、動スレバ勅定ヲ違背スルコソ奇怪ナレト

ひそかに「朝夕武芸ヲ事トシテ、昼夜ニ兵具ヲ整ヘテ、兵乱ヲ巧マシマシケリ。御腹悪テ少モ御気色ニ違者ヲバ、親リ乱罪ニ行ハル」。しかも白拍子らとの遊びにふけり、公卿を優遇し、

> 神田・講田十所ヲ五所ニ倒シ合テ、白拍子ニコソ下シタベ、古老神官、寺僧等、神田・講田倒サレテ、嘆ク思ハ積ケン、十善君忽ニ兵乱ヲ起給ヒ、終ニ（隠岐へ）流罪セラレ玉ヒケルコソ浅増ケレ。

と冒頭に語ったあと、その兵乱の経過を語ることになるのだが、この後鳥羽への批判から、その兵乱の「由来ヲ尋ヌレバ」、「佐目牛西洞院ニ住ケル亀菊ト云舞女ノ故トゾ承ル」と語る。この女を寵愛するあまり、その父を刑部丞に任用し、長江庄三百余町を亀菊に「充行」う。いくさ物語の常套として、兵乱の原因を語るのだが、これまでの歴代の追討記やいくさ物語と違って、朝廷そのものの非を責め、その起こした動乱の経過をたどることになる。後鳥羽の無謀な兵乱を受けて立った北条義時について、問題の長江庄の領有をめぐる院と関東の地頭が争う。義時は摂津国長江

庄をめぐって、

長江庄ハ故右大将（頼朝）ヨリモ義時ガ御恩ヲ蒙始ニ給テ候所ナレバ

と頼朝の権威を盾にとって対決する。以下、義時出兵の勢揃えの威勢のよさに比べて、対する宮方は、官軍の敗報に「憑モシゲナ」く、「院イトド騒セ給ヒテ……、公卿・殿上人・若キ老タル、皆物具シテ御供ニ候」が、それも「ゲニゲニ矢一射ン事、知ガタシ」というていたらくであったというから、その語りの意図は明らかである。

抑、昔ノ伊予守ハ、陸奥ノ貞任・宗任ヲ討ントテハ、十二年ニコソ攻取ラレケレ

には、上述したような後三年合戦に見た、義家の思いが重なって、その読みを規定してくるだろう。

今ノ太上天皇ト右京権大夫義時ト御合戦、纔、三月ガ程ニシテ事切ルル、権大夫ハ天下ヲ打鎮メテ楽ミ栄フ。漢家・本朝ニモカカル様ハアラジトゾ覚タル。

の結びの一文は、上述の冒頭に呼応するだろう。頼朝に替わる北条の栄華に対して、腹悪しき後鳥羽の兵乱が、その悲劇を招き、一方の義時兄弟と、後鳥羽に替わる後高倉院から後堀河の即位、それを補佐して鎌倉将軍につく九条家公経の栄華で結ぶ。追討記から、栄華の物語へと展開する物語の構造は、『平治物語』や延慶本『平家物語』の世界とも通底し、鎌倉期以後のいくさ物語のスタイルを完成している。もとはと云えば、地方朝敵の追討のための傭兵としてあった武家が将軍としての地位を確立するとともに、文学史的に見て、歴史物語にいくさ物語がとって替わるとも言えるだろう。

三　いくさ物語の成立

保元の乱について、慈円は『愚管抄』に

コノ十一日ノイクサハ、五位蔵人ニテマサヨリノ中納言、蔵人ノ治部大輔トテ候シガ、奉行シテカケリシ日記ヲ思ガケズニミ侍シナリ。

雅頼が取り仕切って記録していた日記があったのを慈円は見たと言う。しかもその言説を

「暁ヨセテノチ、ウチヲトシテカヘリ参マデ、時々剋々、「只今ハト候。カク候」トイササカノ不審モナク、義朝ガ申ケルツカイハシリチガイテ、ムカイテミムヤウニコソヲボヘシカ。ユユシキ者ニテ義朝アリケリ」トコソ雅頼モ申ケレ。

と言う。日記の中の記録は、雅頼が義朝の使者から聴いたことを、その場を再現するようであったと記すものらしい。その場には、口頭の形で、いくさを再現する言説があったのだろう。あるいは、これを雅頼から直接耳にしたのかも知れない。しかも

ソノノチ教長メシトリテヤウヤウノスイモンアリケル。官ニメシテ、長者、大夫史、大外記候テ、弁官・職事ニテトハレケル。

とあるから、記録の専門家を招いて、不審の点を推問して確認したのだろう。言い換えれば雅頼が奉行して書いた日記というものは、それほどの経過の詮索を行って文字に定着したと言うのであろう。口頭の伝承、語りを重視しながら、文字化の過程で、その詮索を行うことによって真実性の保証を期したものと言える。つまり文字先行の社会が(3)、

これらいくさ物語には存在したことを語っている。この事実については、東三条殿で官の庁に準じて弁官・大夫史・大外記らの尋問があったことを『兵範記』の保元元年（一一五六）七月十五日の条にも記録している。

今夕教長入道被レ問注之、其儀、以二東三条西中門廊一、准二官庁一為二其座一、北遣戸下横切敷二大弁座一、西壁下敷二中少弁上官等座一、右大弁朝隆卿着座（母重服）左中弁雅教朝臣（頭）右少弁資長（蔵人）左大史小槻師経、以下同着座（以上東面）教長入道相二対大夫史座一令召候、次大弁問之、其詞云、去十一日、於二新院御在所一、整二儲軍兵一、欲レ奉レ危二国家一子細、依実弁申者、教長出詞、文章生史執筆注レ之云々、此外子細不レ能二委細一、

と、その経過を記録するものである。これらの経過について、慈円が

カヤウノ事ハ人ノウチ云ト、マサシクタヅネキクトハカハルコトニ侍リ、

とは、まさに一方的な報告に、その語り手の思いが加わっていて、時に真実性に欠けることを言っている。そのために推問がなされたわけである。まさに

カレコレヲトリ合ツツキクニ一定アリケンヤウハミナシラルルコトナリ。

ということである。言い換えれば、雅頼の奉行した文字記録としての「日記」は、このように真実性が保証されていた。しかも慈円は一方で、義朝が父為義の首を切ったことについて、

ヤガテクビキリテケレバ、「義トモハヤヲヤノクビ切ツ」ト世ニハ又ノノシリケリ。

という世評をも取り入れている。ここに公的な記録とは異質な、慈円の世評へのこだわりがあり、実は、いくさ物語とは、この慈円の語りと地平を同じくするものだった。

平治の乱については、『平治物語』の第一類本の上巻、「信西の首実検の事」に、

同日（保元三年八月十六日のこと）、出雲守光保、又内裏へまゐりて、「今日、少納言入道が首をきりて、神楽岡の宿

所にもちきたりて候」と申入しかば、

とある。前の保元の乱をめぐって『愚管抄』の記録したところと同種の報告があったものだろう。第一類本は、信西の、その報告に即する形で、時間を遡って

此禅門（信西）は去九日、夜討のこと、かねて内々しりけるにや、院の御所へまゐりけるが……

あいにく「御遊び」の最中だったので「ある女房に子細を申おきて」帰り、大和路から宇治を経て「田原が奥、大道寺といふ我所領に」着く。「十日朝」、右衛門尉成景を京の様子見に遣わしたところ、道中逢った舎人男から三条殿が夜討ちにあい、院・主上ともに遷幸、ひとえに信西の命を狙った信頼たちの決起であったと言う。成景は、立ち返って信西にこの旨を報じる。主上・上皇の身代わりになろうと覚悟した信西が、みずから穴の中に埋められる。

少納言入道の被レ埋ける事は十一日なり。同十四日、光保が郎等男、木幡なる所に用ありてまかりけるほどに、木幡山峠にて、飼うたる馬によき鞍おきて、舎人とおぼしきが引きていできたる。

この「舎人とおぼしき」男とは、おそらく十日、成景が木幡峠で逢った「禅門のめしつかひける舎人男」と同一人物であるのだろう。この舎人男が光保の郎等男に強制されて、これを案内し田原の奥に「自害して被レ埋たる死骸」を掘り起こし、信西の首を「きりて、奉りけるなり」と、この前、十六日に光保が信西の首を内裏に持参し実検したことと呼応する。この言説に従う限り、光保の郎等の報告を文字化したものが物語の言説ということになるだろう。もちろん、その語り手ないし文字筆録者は、光保の郎等ならぬ「奉りけるなり」とする第三者である。

ところが同じ『平治物語』でも、これが第四類本になると、上巻（信西出家の由来）に、

九日の午刻に、信西白虹日を貫と云天変の事に御所へ参りたれば、折節御遊なれば、かたはらなる持仏堂に御経読みて居たりけるに

香の煙が読む経文に飛び火して焼くという異変に信西は動乱を予見し、帰宅して北の方にこの旨を教え、舎人成沢と侍四人のみを具して南都方面へと志して「田原が奥へ」入る。重なる天変に成景を遣わして京の様子を探らせる。成景が道中、舎人の武沢に逢い、京の異変と、実は信西討伐を狙っているとの情報に、成景は田原へ立ち返って信西に報告する。信西は覚悟の上、穴に埋められる。同行していた成沢が、信西の乗っていた馬を紀伊の二位に見せようと都へ帰る途中、敵の出雲の前司光泰の一行と木幡山に行き会い、取り伏せられ、やむなく始終を語ったため、「入道の墓」への案内を強要され、

「あれぞとよ」とをしへけり。ほり起てみれば、(信西は)いまだ目もはたらき息もかよひけるを、首を取てぞ帰ける。

と語り結ぶ。この第四類本の語り手は、第一類本とは違って、信西の側に身を寄せながら、しかもその当事者ならぬ第三者としての立場を守っている。かつて義朝の死をめぐる金王丸の語りの位置づけについて論じた(4)ように、第四類本の語り手は、第一類本のような当事者の位置から離脱した、第三者としての座を確立している。いくさ物語にあって、その語りの言説に、諸本の間で話法に異同のあることを注意しなければならない。

四　いくさ物語の資料といくさ語り

いくさ物語の成り立ちを考える上で、その拠った資料が検討課題になる。『愚管抄』について上述したとおり、特に公的なテクストとされることを前提とする場合、その資料の選択と採用は重要である。雅頼が奉行して編んだ「日記」の存在したことなどを見たが、たとえば『将門記』の場合、乱の首謀である将門の最後を記した後、

便を下野国より解文を添へて、同年四月二十五日をもて、その頸を言上す。

とある。その「解文」とは、『陸奥話記』にも末尾に

今国解の文を抄し、衆口の話を拾ひて、一巻に注せり。

「国解の文」として見たそれは「少生ただ千里の外なるをもて、定めて紕謬多からむ」だし、「実を知れる者之を正さむのみ」と思うからである。実録を志すために、何よりも地方の官司から上級官司や太政官へ上申した公式の文書を利用した。言い換えれば、本稿でとりあげたいくさ物語は、こうした解文との関与を想定できる人々の手になるものである。後三年の奥州合戦においても、四十八人の首級をあげた将軍義家が、やはり「将軍国解を奉て」報告していた。それは討伐の行動を「官符を給はりて」京へ持ち上るため、つまり公の追討としての認知を受けるためであった。このように、いくさの記録には、論功行賞のための資料にしようとの思いがあった。あの『太平記』ですら、そうした場があり、そのための各人からの軍忠申告があって処理できない状態になったことは、作品自体が語るところで(5)、これを批判する『難太平記』が編まれたことを見ても明らかである。

言い換えれば、いくさ物語と云うよりは、軍記としての意味の濃いテクストには、利害のからむ家の意識が色濃い。例えば、時代は下るが嘉吉の乱が一門の運命を決する、大きな契機となったとする『赤松盛衰記』は、その中巻に注記の形で、赤松家の家系を略述し、

中国ニ其威サカンナリシガ、武門ノ習ヒ、憤ノ義ヲモッテ時ノ将軍義教卿ヲ殺シ奉リ、義勝将軍ノ討手ヲウケ、嘉吉元年辰ノ九月十日、一門幕下残ルモノナク一時ニ敗北シテ生害ニ及ビヌ。……山名党ノ人々進ミ出テ、終ニ赤松家ヲ攻メ亡ス、……サレバ天永二年（従三位侍従播磨守）秀房卿、播州入国ノ始メヨリ、嘉吉元年家名断絶に至ルマデ三百三十六年ニ及ベリ。当家白国氏ハ辱クモ景行天皇ノ皇子稲背入彦命ノ後胤タリト云ヘドモ、宝治二年

故アッテ赤松ノ一族トナリ、鞍谷ノ城ニ住ス。伯父土佐守宗定ハ軍功ヲ顕ワシ、城山ノ城ニ於テ生害セラレヌ。後覚ノ為ワガ見聞スル処、十ガ一ニカクノゴトクナランカ。時ニ天文四年正月十三日、鞍谷ノ城主白国土佐守宗安、謹デ是ヲ記ス。

とあり、さらに

右嘉吉年間録者、其古白国氏所著述也。或人之雖レ為二秘書一、予所望之而借請令二書写一者也　安永二癸巳暦八月吉日　喬木堂友親

の識語をすえている。松林靖明(6)が

……中巻をまとめておいてくれたおかげで、嘉吉の乱の異伝や詳細を知ることができるだけでなく、赤松一族のみならず赤松家臣までもが自分たちの軍記を書き留めていたという、赤松関係の軍記の底辺の広がりを改めて教えてくれている点でも興味深い資料ということができよう。

とするわけである。その赤松の意識には、前提として足利将軍の枠組みがあり、将軍に叛逆せざるをえなかった事情、しかも結果的に将軍の支配に屈服せざるをえなかった赤松一門の弁明があるはずである。これらを拡大するならば、梶原正昭(7)が言うように、軍記が動乱の渦中にあった当事者や目撃者によって生み出され、それは武士たちの教育や軍事的な知識を高めるための教材の意味を担うことになった。その結果、この家の意識の濃い軍記にあっては、

1　合戦が叙述の中心となる。
2　抗争の主体や場所を示す固有名詞を冠する。
3　仏教的な色彩が濃い。
4　真字体で書かれる。

5　口頭で読み上げることを目的とする。
6　人々に語句や知識を教える往来物的な意味を有する。

ことになるわけである。こうした軍記としての傾向が、南北朝から、特に室町時代の家意識の濃い軍記において強くなることは、この時代の源氏将軍としての足利政権に、各一族がいかなる関わりを持つことになったかということと結びついている。軍記におけるこうした目撃者の存在は、本稿の始めに掲げた『太平記』巻六の人見・本間の抜け駆けの物語が、物語として語っていたし、さらに早く源平争乱の時代に、『左記』の著者守覚法親王が、

　爰聊依レ有レ所レ思、密招二義経一記二合戦軍旨一……

と記している。それらの点についても当時の動乱について

　因レ茲国　有二亡国之怨音一以レ血　洗レ路、以レ尸埋レ巷、為レ鬼　哭レ塚之……　不レ知二幾千万一……

とあるように、動乱の背後に死者への思いを重ねていた。

　この事情は、早期のいくさ物語の場合も変わらない。すなわち『将門記』の末尾に

　諺に曰く、将門は昔の宿世によて、東海道下総国豊田郡に住す。然れども、殺生の暇に繋がれて、曽て一善の心なし。しかる間、生死限りありて、終にもて滅び没す。何にか往き何にか来りて、誰が家に宿る。田舎の人、報じて云はく、今、三界の国六道の郡五趣の郷八難の村に住む。ただし中有の使に寄せて、消息を告げて云ふ。

として、以下、いわゆる「冥界消息」を記す。「亡魂」が「悪趣」の界に苦しみ、その苦難から脱出するための方策として、「閻浮の兄弟、娑婆の妻子」に、わがための善根を乞うものである。それは一人称視点による亡魂こと、将門の語りの形をとっていて、これを伝える「田舎の人」とは、諸注の記すとおり、霊媒者であろう。いくさ物語の成り立ちに、こうした霊媒を介しての死者その人の語りが参加していること、少なくともその形式をとることは、物語の成

り立ちや、主題を考える上で重要である。上述の『左記』に言う「亡国之怨音」も、この死者の怨みの声であるのだろう。それらの死者の声が、能の世界では、例えば「碇潜」で、長門の早鞆の浦を訪ねる京のワキ僧が前シテの漁翁に

何とやらん似合はぬ申し事にて候へども古、この所にての軍物語が承りたく候

と乞うと、シテが

易き間の事、語つて聞かせ申し候べし

として、壇の浦での教経の奮戦を語り、

さてこそ人々の幽霊とは白波の、跡弔ひてたび給へ、亡き跡弔ひてたび給へ

と言って前半を退場することになる。つなぎに登場する間がたりに、ワキが

思ひもよらぬ申し事にて候へども、この所は平家の一門あまた果て給ひたる由承り及びて候、軍《いくさ》物語あつて御聞かせ候へ

と乞うと、狂言が『平家物語』のあらすじを語る。間がたりとして、物語の解説を行うのである。後半になると知盛の霊がシテとして登場し、知盛と先帝入水をめぐって、その合戦を語る。

この能における、物語の場としての現場と、その戦跡に現れる死者の語りの関係は、これまでにもしばしば取り上げて来た「実盛」での実盛の亡霊が語るいくさ語り、それに「忠度」における、同じく忠度の亡霊のいくさ語りにも見られる。いずれも亡魂が、いくさ物語をめぐって語る「懺愧懺悔の物語」(「実盛」)である。亡霊は、その妄執のゆえに苦しむ修羅道からの脱出を求めて「跡弔ひて給び給へ」と乞いつつ退場する。そしてこれらの亡者の語りを解説する狂言方の間がたりが、やはりいくさ物語の一種として成り立つ。梶原正昭も、こうした霊が巫女に憑る場のあっ

たことを指摘している。そしてこうした死者の声へ耳を傾けさせた要因として、保元の戦いに、助命を求めて来た父為義を、清盛の和讒にあって斬らざるをえなくなった義朝について

ヤガテクビキリテケレバ、「義トモハヤヲヤノクビ切ツ」ト世ニハ又ノノシリケリ。（『愚管抄』）

とあるように、人々の声があったし、上述の『将門記』の成り立ちについても述べたように、当事者ならぬ、「田舎ノ人報ジテ云フ」という第三者の介入があった。『太平記』巻六の人見・本間両人、それに父の後を追って自刃して果てた本間資忠の三人の遺跡について、ここでも

石碑の上に消え残れる三十一字を見る人、感涙を流さぬは無かりけり。

という、おそらくテクストとしての虚構であろうが、現場を見る人、噂を聞く人を介在させることで、いくさ物語は成り立っている。こうした語りにおける第三者の存在は、どうやら王朝の物語にも見られる語りであるようだ。時代やジャンルの違いを越えた語りの方法であるのだろう。本稿の目標は、そのいくさ語りのあり方を論じることにある。

注

（1）山下「歴史の物語としての太平記」『国語と国文学』一九九九年四月

（2）山下「梶原正昭さんの『軍記文学の位相』を読む」『古典遺産』一九九六年六月。

（3）W・J・オング『声の文化と文字の文化』桜井直文・林正寛・糟谷啓介訳　一九九一年十月。

（4）『平治物語』の成り立ち—源氏再興の物語として—」『年刊　日本文学』一九九四年十二月。（『いくさ物語の語りと批評』再録）

（5）「太平記と落書」『新潮日本古典集成　太平記　二』一九八〇年五月。（『軍記物語の方法』再録）

（6）矢代和夫・松林靖明・萩原康正・鈴木孝庸編『室町軍記　赤松盛衰記―研究と資料―』におさめる松林の論文および松林氏の『室町軍記の研究』一九九五年三月。

（7）「合戦状と戦場記―いくさ物語の形態と呼称―」『国文学』一九八六年十二月。（『軍記文学の位相』再録）

『保元物語』『平治物語』と琵琶語り

――定型語句「さる程に」を『平家物語』の琵琶語りと比較して――

犬井善壽

〈一〉

陽明文庫蔵宝徳三年奥書本『保元物語』の冒頭、(1)

近比帝王御座《チカゴロテイオウマシマシ》き。御名《オンナ》をば鳥羽《トバ》の禅定法皇《ゼンジヨウホウオウ》とぞ申《モウ》す（異文「申《モウ》しける」）。天照大神四拾六世《テンシヨウダイジンヨンジユウロクセ》の御末《オンスエ》、神武天皇《ジンムテンノウ》より七十四代《シチジユウヨンダイ》に當《アタ》りたまへる御門《ミカド》なり。堀川《ホリカワ》の天皇第一《テンノウダイイチ》の皇子《オウジ》、御母《オンハハ》は贈皇太后宮《ゾウコウタイゴウクウ》、閑院大納言實季卿《カンインノダイナゴンサネスエノキョウ》の御女《オンムスメ》也《ナリ》。（ルビの片仮名は現代仮名遣い、稿者。以下、同）

にせよ、内閣文庫蔵半井本『保元物語』の冒頭、(1)

近曾帝王御座《チカゴロテイオウマシマシ》キ。御名《オンナ》ヲバ鳥羽《トバ》ノ禅定法皇《ゼンジヨウホウオウ》トゾマウス。天照太神四十六世《テンシヨウダイジンヨンジユウロクセ》ノ御末《オンスエ》、神武天皇《ジンムテンノウ》ヨリ七十四代《シチジユウヨンダイ》ノ御門《ミカド》ナリ。堀河《ホリカワ》ノ天皇第一《テンノウダイイチ》ノ皇子《オウジ》、御母《オンハハ》ハ贈皇太后宮《ゾウコウタイゴウクウ》トテ、閑院《カンイン》ノ太政大臣仁義三世孫《ダジヨウダイジンジンギサンゼノソン》、大納言実季《ダイナゴンサネスエ》ノ御娘《オンムスメ》、

にせよ、語り手が鳥羽法皇について説明する叙述であるが、いわゆる平家琵琶の「口説」の曲節で語ることが出来そうである。(2)「ちかごろ・ていおう・ましましき―。おんなをば―、とばのぜんじょうほうおうとぞ・もうす（又は、もうしける）」を、「四・四・五―。五（「御」ハ二拍）―・一三（「禅定法皇」ハ八拍）・三（又は、五）」と把らえ、「ララド#ラ・ド#ラド#ラ・ド#ラド#ララ。ラララド#ララ・ララララララララララ・ド#ララ（又は、「ド#ラド#ララ」）と

いう拍子と音程とで語れば、例えば、平家琵琶の「那須与一」の冒頭、[3]

さる程《ホド》に、阿波讃岐《アワサヌキ》に、平家《ヘイケ》を背いて源氏《ゲンジ》を待ちける兵《ツワモノ》ども、あそこの峰《ミネ》・ここの洞《ホラ》より十四五騎《ジュウシゴキ》二十騎《ニジュッキ》、

という、「口説」で始まる一節と、音程についても、音律についても、ほぼ重ねることが出来る。

また、古活字版本を源流とする版行本系統『保元物語』（いわゆる流布本）の冒頭、[1]

夫、易にいはく、「天文をみて時変を察し、人文を見て天下を化成す」といへり。こゝをもって、政道、理にあたる時は、風雨、時にしたがって、国家豊饒なり。君臣合躰するときは、四海太平にして、凶賊おこる事なし。君、上にあって、まつりごとたがふ時は、国みだれ、民くるしむ。臣、下として、礼に背ときは、家をうしなひ、身をほろぼす。

は、これも語り手の言葉の部分だが、漢文訓読調の文章であり、平家琵琶の「読物」のごとき語り方で語ることが出来そうである。

また、陽明文庫蔵本『平治物語』の冒頭、[1]

いにしへより今にいたるまで、王者《オウジャ》のにんしんをしゃうするは、わかんれうてうをとぶらふに、ぶんぶ二《ニ》だうをさきとせり。文《ブン》をもつてはばんきのまつりごとをおぎのふ。ぶをもつては四《シ》ゐのみだれをしづむ。しかれば、天《テン》下《ガ》をたもち、こくどをおさむること、ぶんを左《ヒダリ》にし、ぶを右《ミギ》にすとぞ見《ミ》えたり。たとへば人《ヒト》の二《ニ》のてのごとし。一《ヒトツ》もかけてはあるべからず。

にせよ、金刀比羅宮蔵本『平治物語』の冒頭、[1]

昔より今にいたるまで、王者の人臣を賞するに、和漢の両国をとぶらふに、文武の二道を先とす。文を以ては万機の政を助け、武を以ては四夷の乱を定む。されば、天下を保ち、国土を治る謀ごと、文を左にし、武を右にす

とこそみえたれ。縦へば人の手のごとし。一つもかけてはあるべからず。

にせよ、古活字版本を源流とする版行本『平治物語』（いわゆる流布本）の冒頭、(1)

ひそかにおもんみれば、三皇五帝の国をおさめ、四岳八元の民をなづる、皆、是、うつはものをみて官に任じ、身をかへりみて祿をうくるゆへなり。君、臣をえらんで官をさづけ、臣、をのれをはかって職をうくるときは、任をくはしうし、成をせむること、労せずして化すといへり。

にせよ、語り手の言葉であり、やはり漢文訓読調の文章で、平家琵琶の「読物」のごとく語ることは可能であろう。

『保元物語』の宝徳本系統や文保半井本系統の冒頭の本文が帝紀の文体であり、版行本系統の序文が四六駢儷文に倣った文体であること、『平治物語』の殆どの本の冒頭の文章が、四六駢儷文に倣った、願文表白に似た文体の序文になっていることなどは、諸先覚の説かれるとおりである。それぞれ、目で読まれた種類の文章であることは、間違いない。しかし、帝紀にせよ願文表白にせよ、一旦筆録された文章が口頭で誦されることによってその役割が完結する性質のものであるということを考える時、ここに、『保元物語』『平治物語』の冒頭文の帝紀や願文表白に倣った文章を、口誦された文章、つまり「語り」、それも、『平家物語』の「琵琶語り」との関連で把える可能性を推測することは、現存本の本文がそのまま口誦されたか否かということは別として、あながち附会でもあるまい。

本稿において、現存の『保元物語』と『平治物語』の本文を検討し、その琵琶語りの可能性、あるいは、琵琶語りの詞章との関連について考察してみたいと考える。既に、岡田安代氏(4)にご検討があり、岩竹亨氏(5)や日下力氏(6)にご発言のある材料ではあるが、いわゆる語り物としての目安の語句と見られることのある定型語句「さる程に」の両物語における有りようを中心的材料として、稿者なりに検討することを通じて、その問題を考えてみることにする。

〈二〉

「さる程に」の語は、辞書的な一般的な意味としては、学術論文には引くことを差し控えるべきかも知れないが最も端的に説明していると稿者は見ているため敢えて掲げると、『広辞苑』（第三版）が、

　前を受け、更に改めて説き起こすのに用いる語。そうしているうちに。また、発語として用いる。さて。

と説明し、『平家物語』の巻第二「祝言」の句頭の一文を引くような意味で把握しておいて、ほぼ間違いない。

但し、『平家物語』の琵琶語りにおける「さる程に」の用いられ方がいま少し特別のものであることは、『平家正節』の例を見るだけで、明らかである。『平家物語』の琵琶語りにおける「さる程に」という語句について、その曲節、句頭・非句頭の別、後続の曲節を、葉子十行本の系統の米沢図書館蔵旧林泉文庫蔵『平家物語』を底本とする冨倉徳次郎氏著『平家物語全注釈』(7)に付された『平家正節』の「主要曲調」に拠って見るに、以下のとおりである。

さる程に、永万元年の春の比より、主上御不予の御事と聞えさせ給ひしが、　（額打論・句頭）　口説――……

さる程に、同じき七月廿七日、上皇終に崩御なりぬ。　（額打論）　中音―初重

さる程に、其の年は諒闇なりければ、御禊・大嘗会も行はれず。　（清水炎上）　素声―ハヅミ・口説

さる程に、嘉応元年七月十六日、一院御出家あり。　（殿下騎合・句頭）　口説―コハリ下ゲ

さる程に、山門の大衆、国司加賀守師高を流罪に処せられ、　（願立）　素声―ハヅミ・口説

さる程に、山門の大衆、国司加賀守師高を流罪に処せられ、（御輿振・句頭）口説―コハリ下ゲ
さる程に、山門には、大衆起つて僉議す。（座主被流）口説―下ゲ
さる程に、山門の大衆、先座主取り留むる由、法皇聞し召して、（西光誅・句頭）口説―コハリ下ゲ
さる程に、新大納言は、山門の騒動によって、私の宿意をば暫く押へられけり（西光誅）口説―……
さる程に、近江中将入道蓮浄・法勝寺執行俊寛僧都……も囚はれて出で来たり（西光誅）折声―折声
さる程に、大納言の侍共、急ぎ中御門烏丸の宿所に帰り参つて、（小教訓）口説―中音
さる程に、西八条より、使しきなみにありければ、宰相、出で向かうてこそ（乞請）指声―中音
さる程に、小松殿には、盛国承つて、着到付けけり。（烽火沙汰）素声―ハヅミ・口説
さる程に、新大納言は、備前の児島におはしけるを、（阿古屋）素声―ハヅミ・口説
さる程に、法勝寺の執行俊寛僧都、平判官康頼、此の少将、相具して、（大納言死去・頭）口説―下ゲ
さる程に、新大納言は、すこしくつろぐ事もやと思はれけるが、（大納言死去）口説―下ゲ
さる程に、大納言の北の方は、都の北山雲林院の辺に忍ばれけるが、（大納言死去）中音―初重
さる程に、大納言入道殿をば、同じき八月十九日、備前備中の境、…所にて（大納言死去）素声―ハヅミ
さる程に、大納言の北の方、都北山雲林院の辺に忍ばれけるが、（大納言死去）口説―下ゲ
さる程に、法皇は、三井寺の公顕僧正を御師範として、真言の秘法を（山門滅亡・句頭）口説―下ゲ
さる程に、鬼界が島の流人共、露の命草葉の末に懸つて、惜しむべしとには（祝言・句頭）口説―下ゲ
さる程に、入道相国の御女建礼門院、其の時は未だ中宮と聞えさせ給ひしが、（赦文）素声―ハヅミ
さる程に、鬼界が島の流人共、召し廻さるべき事定められて、（赦文）口説―……

さる程に、少将や康頼入道も、出で来たり。　（赦文）　初重―三重甲

さる程に、纜解いて、舟出ださんとしければ、僧都、舟にのっては下りつ、　（赦文）　口説―下ゲ・中音

さる程に、二人の人人は、鬼界が嶋を出でて、肥前国鹿瀬庄に著き給ふ。　（御産・句頭）　口説―下ゲ

さる程に、同じき十一月十二日の寅の刻より、中宮、御産の気ましますとて、　（御産）　口説―下ゲ

さる程に、承暦元年八月六日、皇子、御歳四歳にて遂にかくれさせ給ひぬ。　（頼豪）　初重―口説

（但シ、『平家正節』ニハ「さる程に」ノ語句ハ不載）

さる程に、今年も暮れぬ。治承も三年になりにけり。　（少将都帰・句頭）　口説―口説

さる程に、鬼界が島へ三人流されたりし流人、二人は召し還されて、　（有王・句頭）　口説―初重

さる程に、同じき五月十二日の午刻ばかり、京中には辻風おびたたしう吹いて、　（辻風・句頭）　拾　―下ゲ

さる程に、法皇は、城南の離宮にして、冬も半ば過ごさせ給へば、　（城南離宮）　中音―初重

『平家物語』の琵琶語りにおける「さる程に」を見るに際し、全巻を見るまでもなく、また、『平家正節』の傾向のみを概観することでほぼ十分と思われ、巻第三までで、以下は省略に従う。なお、蒲生郷昭氏[8]によれば、謡本の場合、「現在における標準的な謡本のいずれにもクドキの語は見られるものの、その記載は徹底を欠いている」由である。『平家物語』の琵琶語りの譜本の場合も同じような事情にあるらしく、「口説」などと曲節名が明示されていない「さる程に」の定型語句が他に少々あるが、省略した。以下に検討する結果に大きく影響しないと判断している。

「さる程に」という定型語句は、語り手の言葉であり、その語の直後に、まず、多くは作中場面[9]の作中人物[9]を提示する語句が続く。「願立」「御輿振」などの二〇例である。時には、「額打論」などの七例のごとく、作中時間[9]の経過を示

す語句が作中人物を示す語句に先行することがあり、また、「乞請」の例のごとく、作中場所(9)を示す語句が作中人物や作中時間を示す語句に先行することもある。要するに、語り手が、「さる程に」という語を置いて、誰がどうした、という叙述を始めるのである。何時、何処で、ということに言及する場合が時にある。例外といえば、「清水炎上」の「其の年は諒闇なりければ、御禊・大嘗会も行はれず」と「赦文」の「纜解いて、舟出ださんとしければ、僧都、舟にのっては下りつ」であるが、条件句「ければ」は作中事情の提示であり、特別の例外とは言いがたい。

さような定型語句が、話の途中に置かれて、直前の叙述を受けて、次に続く作中場面の人物や時間・場所の叙述に移るわけである。尤も、いくつかに「句頭」「頭」という文字を付して注記したのは、平家琵琶でいう一句の冒頭にこの「さる程に」という定型語句が置かれて、その句の発語となっているものであるのだが、語り手は、作中時間の経過を示すのみでなく、一句の発語としても、この「さる程に」という定型語句を発するのである。

さような意味あいを担うこの「さる程に」という定型語句は、当然のことながら、音楽的に朗読調で語る「口説」、もしくは、節を付けずに普通に語る「素声」という、琵琶語りの基調ともいうべき曲調で語られることが多い。巻第三までの「さる程に」で始まる本文の三二例中の二四例、つまり四分の三が、口説もしくは素声なのである。

山下宏明氏(10)に、口説と素声の琵琶語りにおける使用の適確な整理があり、ここに掲げておく。

白声は、口説と接することが多く、音曲としての基調を形成するもので長さも長い。（中略）

口説は、句やその構成要素である小段の冒頭に見られることが多く、いわば開曲のための曲節であると言ってよい。この後には抒情性の濃い中音・三重・折声・歌や勇壮な拾《ひろい》などが続き、口説は、これらの句の中心をなす曲節を導き出すための、いわば地を構成し、長さも長い。また折声で語るべき内容を、前掲強声を補った白声のように、この口説が、悲痛な語り口で長くは語らない折声を補うこともある。（中略）

白声・口説は、主役が登場するその状況を語る部分に多く見られ、また挿話や後日談の部分にも見られる。いずれも地の文・会話の別なく見られ、語りの姿勢としては、第三者としての解説(A)、もしくは素材に則して語る報道の語り(B)の部分に多く見られる。

『平家物語』の琵琶語りは、山下氏の言われるように、口説もしくは素声を基本的な曲調とし、この「さる程に」という語り口も口説であることが多いのではあるが、時には、「拾」「折声」といった勇壮な内容を語る場合に用いられる節や悲壮な内容を語る場合に用いられる節、あるいは、「初重」「中音」といった叙情的な節回しで語られることがないでもない。しかし、それはごく稀である。例えば、巻第一「額打論」の二例目は、さきの引用に引き続き、

御年二十三、蕾める花の散れるがごとし。玉の簾・錦の帳のうち、皆御涙にむせばせおはします。軈てその夜、香隆寺の艮、蓮台野の奥、船岡山に納め奉る。

に始まる二条天皇崩御と葬送の儀、延暦寺・興福寺の大衆の額打論という騒動が語られるため、「さる程に」というその冒頭から朗読調を離れた「中音」を採ったと思われる。また、巻第二「大納言死去」の三例目は、引用に続き、

さらぬだに、住み馴れぬ所は物うきに、いとどしのばれければ、過ぎ行く月日も明かしかね、暮らし煩ふ様なりけり。女房・侍多かりけれども、或は世を恐れ、或は人目をつつむ程に、問ひ訪ふ者一人もなし。

に始まり、源左衛門尉信俊が藤原成親の許へ北の方等の消息をもたらすという、悲哀の話となるわけで、ここも、初手から「さる程に」を、中音という、悲壮な曲調で始めるのである。

巻第三「赦文」の三例目「少将や康頼入道も出で来たり」や四例目の「纜解いて云々」も、鬼界島の流人の赦免という悲劇的事件を語る途中であり、「さる程に」が初重から三重甲へ、口説から中音へと、叙情的な曲節で語られ、「頼豪」の例は敦文親王の死を語るため初重から語り始める。これらが、「さる程に」の例外なのである。

巻三「城南離宮」の「さる程に」は、覚一本にはこの語句がなく、直ちに「法皇は、城南の離宮にして、冬もなかばすごさせたまへば」とある。語りの譜本『平家正節』では、琵琶語りに際して「さる程に」の定型語句を挿入し、それも、記事内容に応じて、中音という聞かせ所に用いる悲傷性の濃い語り口で、「さる程に」と始めるのである。

このように、「さる程に」に始まる作中事実、つまり、人や時や場などのからんだ、後続の事件内容に関わって、初手の「さる程に」という定型語句の箇所から「初重」「中音」などの節で語られることも、稀には、ある。しかし、それはごく特別の話題の場合で、「さる程に」という定型語句は、『平家物語』の琵琶語りにあっては、一句の発語として、あるいは、話の途中の事件の転換を示す語り手の接続の語句として、朗読調もしくは節のない普通の語り方で語られるもの、ということが出来るのである。

もちろん、ここにいう「語り手」とは、琵琶語りの語り手、つまり琵琶法師などの謂いではない。作者の設定したいわゆる文芸の語り手(2)である。しかし、その作者の設定した文芸における語り手が、琵琶語りにおける琵琶法師などの「演者」「奏者」「口誦者」とも重なって来ることになる。それらについては、別に考えてみる予定である。

『保元物語』と『平治物語』との琵琶語りとの関わりという本稿の問題については、以下のごとき課題がある。

両物語は『平家物語』の琵琶語りと同等同質の琵琶語りがなされたのか。

両物語の琵琶語りは、どのような本文で行われたのか。

両物語の琵琶語りは、現存する諸系統の本文の中に、それに該当するものが伝存するのか。

両物語の琵琶語りは、その流伝において、本文の変化があったのか。

両物語の琵琶語りは、双方が同等同質であったのか。

両物語の琵琶語りの痕跡もしくは残存は、諸系統の現存する本文の中にあるのか。

などである。かような問題が、いま取り上げる「さる程に」という語り物の定型語句のみの検討で解答を得られる程、容易な問題ではないことは十分承知しているが、両物語における「さる程に」という定型語句を概観することで、なにがしかの手掛りが得られなくもなさそうである。

〈三〉

まず、『保元物語』『平治物語』の主要異種本[1]における「さる程に」の使用の実態を粗々見てみることにする。

『保元』『平治』の諸本中で、語りのテキストに最もふさわしいは、両作品とも金刀比羅本系の伝本と考えられている。

という日下力氏[6]による先覚の説の整理は、細部については異見が見られることはあっても、大方の認めるところである。細部とは、その語りが『平家物語』の琵琶語りと同等同質であるか、系統の代表的テキストを金刀比羅宮蔵本として よいか、などの点であるが、いまは詳述する暇がなく、不問に付し、永積安明氏[11]のいわゆる金刀比羅本系統の両物語の「さる程に」という定型語句から検討を始めることにする――稿者の本文調査の結果に従い、永積氏のいわゆる金刀比羅本系統を宝徳本系統と呼び、底本を陽明文庫蔵宝徳本とする。流布本系統は版行本系統と呼ぶ――。

宝徳本系統『保元物語』(陽明叢書所収乙本に拠る)には、「さる程に」の定型語句が四例見られる。

さる程に、一の橋に、違勅の者ありときこえしかば、内裏に参集まる兵ども、我も〱と、　上「親治等生捕らるる事」

さる程に、内裏より只今討手の向をば、左大臣殿、露もおぼしめしよらせたまはず、　中「白河殿へ義朝夜討に寄せらるる事」

去程に、六人の子共、こゝかしこにありけるが、　中「為義降参の事」

さる程に、花沢、左馬頭の許に行て、かうと申たりければ、　中「為義降参の事」

この本の本文の語り手は、「さる程に」という定型語句を置いて作中人物を紹介し、時に作中場所を掲げる。その点で、『平家物語』の琵琶語りと軌を一にする。しかし、『保元物語』には、そして『平治物語』には、「句」の認識はなく、後代に章段が設けられるようになるのである。従って、平家琵琶の「句頭」の整理は援用できない。ただ、その後代に設けられるようになる章段の冒頭にこの「さる程に」の語句が置かれるとは限らない、とは言えそうである。

また、「さる程に」に続く曲節が「下ゲ」になるのか「初重」「中音」になり得るのかも特定は困難である。

また、いま一つの『平治物語』の場合も、同様である。『保元物語』の宝徳本に相当する伝本がなく、この系統と同じ系統本文である、金刀比羅宮蔵本（日本古典文学大系所収に拠る）に拠って示す。

去程に、彼信西入道と申すは、南家の博士、長門守高階経俊が猶子也。　上「信西出家の由来」

★さるほどに、十日の日、六波羅の早馬立て、切部の宿に追付たり。　上「六波羅より紀州へ早馬を立てらるる事」

さるほどに、同十九日、内裏には公卿僉議とて催されけり。　上「光頼卿参内の事」

さるほどに、熊野へまいる人は、いなりへ参事なれば、　上「清盛六波羅上著の事」

さるほどに、人々、物具せられける。　上「源氏勢汰への事」

さるほどに、六波羅には、公卿僉議ありて、清盛をめされけり。　中「待賢門の軍の事」

去程に、三河守頼盛、郁芳門へをしよせ、「此門の大将軍はたそ。　中「待賢門の軍の事」

さるほどに、悪源太宣けるは、「今度六波羅へよせて、　中「義朝敗北の事」

さるほどに、平家の軍兵、信頼・義朝の宿所をはじめて、謀叛の輩の家々にをしよせ〳〵、
　中「義朝敗北の事」

さるほどに、信頼卿は、義朝には捨られぬ、又八瀬の松原より引返ければ、
　中「信頼降参の事」

さる程に、信頼の舎兄民部少輔基頼は、陸奥国へ流されけり。　中「謀叛人流罪」

さるほどに、少納言信西入道の子共十二人、皆配所へつかはさる。　中「謀叛人流罪」
★さるほどに、左馬頭義朝は、片田の浦へ打いで、　中「義朝奥波賀に落ち著く事」
さるほどに、右兵衛佐頼朝のありさま、承るこそあはれなれ。　下「頼朝青墓に下著の事」

さるほどに、平家の侍ども、山をいで、此さとにうち入て、　下「頼朝青墓に下著の事」

さるほどに、頭殿、めして宣ひけるは、　下「義朝内海下向の事」

さるほどに、海上をへて、尾張国智多郡内海へぞ着給ふ。　下「義朝内海下向の事」

さる程に、玄光は鷲の栖にとゞまりければ、金王都へいりにけり。　下「金王丸尾張より馳せ上る事」

さるほどに、義朝・正清両人が頸を持て、長田、都へ上りけり。　下「長田六波羅に馳せ参る事」

さるほどに、悪源太よしひらは、大原・しづはら・芹生の里……のかたに、ひるはしのび、

さるほどに、兵衛佐殿のありさま、うけ給るぞあはれなる。　下「悪源太誅せらるる事」

去程に、難波の三郎恒房は、悪源太を切てのち、常に邪気心地出来ける。　下「頼朝遠流に宥めらるる事」

さるほどに、難波三郎恒房、福原へ清盛の御使にくだりて、　下「悪源太雷となる事」

さるほどに、兵衛佐頼朝、伊豆国蛭が小嶋へながさるべしとさだめらる。　下「悪源太雷となる事」

　下「頼朝遠流の事」

さるほどに、伊豆国蛭が嶋にをきたてまつり、……官人、都へのぼりけり。

　下「守康夢合せの事」


『平治物語』の金刀比羅本系統の場合、『保元物語』に数倍する「さる程に」の語句が見られる。日下氏が、『保元物語』に比して、「『平治』の場合、四例から二十五例へと急増しており、語りの様式が定着したことを思わせる」とされたところである（★印を付した例は、他系統と共通するもの。この件については、後述する）。尤も、同等同質の定型語句とそれに続く字句表現とが数倍に増加しているというわけでもなさそうである。『平治物語』では、『保元物語』に比して、また、『平家物語』の琵琶語りに比して、

海上をへて、尾張国智多郡内海へぞ着給ふ。　下「義朝内海下向の事」

伊豆国蛭が嶋にをきたてまつり、……官人、都へのぼりけり。　下「守康夢合せの事」


のごとく、一文中に作中人物の明示がなかったり、遙か後方に作中人物の提示がある例は、異なっている。また、

人々、物具せられける。　上「源氏勢汰への事」

のごとく、作中人物に具体性がないという例も、『平家物語』の琵琶語りとはいささか異なるのである。

最も注目すべきは、岡田氏や日下氏が注目されたように、『保元物語』と『平治物語』との間で「さる程に」という定型語句の使用頻度が全く異なる、という件である。これは、いま見たように、「さる程に」に続く本文詞章の微妙な差異からも推測ができようが、ほぼ同一の対の系統として同時に転写書写されてきた宝徳本系統『保元物語』と金刀比羅本系統『平治物語』とは、その本文の形成において、『平家物語』の琵琶語りの影響度——『平家物語』の琵琶語りに対する影響かも知れないが——がかなり異なる、と見るほかあるまい。端的に言えば、金刀比羅本の系統の『平治物語』の方がその系統の『保元物語』よりも『平家物語』の琵琶語りとの交流が大きい、ということになる。

因みに、永積氏[11]以来『保元物語』『平治物語』の初期的本文と考えられ、今日学界において支持を得ている、文保半井本系統『保元物語』と陽明学習院本系統『平治物語』を見ると、両者の間にはこれ程「さる程に」の使用に差異は見られない。『保元物語』『平治物語』と並べて『平家物語』の琵琶語りの関連を認めることが出来るのである。

文保半井本系統『保元物語』（新日本古典文学大系に拠る）

去程ニ、義朝ヲ御前ニ被召ケルニ、赤地ノ錦ノ直垂ニ烏帽子引立テ、上「主上三条殿ニ行幸ノ事」

去程ニ、清盛、三条ヲ川原ヘ打出デ、スヂカヘニ東川原ヘ打渡テ、中「白河殿ヘ義朝夜討チニ寄セラルル事」

去程ニ、御室、大驚給テ、我御所ヲバ出進、寛遍法務ノ坊ヘ中「勅ヲ奉ジテ重成新院ヲ守護シ奉ル事」

猿程ニ、大内ヨリ、蔵人右少弁貞長、綸言ヲ承テ、仁和寺殿ヘ参ル。下「新院讃州ニ御遷幸ノ事」

陽明学習院本系統『平治物語』（新日本古典文学大系に拠る）

さるほどに、大殿・関白殿、大内へはせまいらせ給。上「信西の子息闕官の事」

さるほどに、去九日の夜の勧賞、おこなはれける。　上「除目の事」
★さるほどに、清盛は、熊野参詣、切目の宿にて、六波羅の早馬追つ付けけり。　上「六波羅より紀州へ早馬を立てらるる事」
さるほどに、今夕、清盛は、熊野道より下向しけるが、　上「清盛六波羅上著の事」

さる程に、平家、今度の勧賞おこなはる。　中「官軍除目行はるる事」

去程に、中将、下野の国府に着て、わがすむべかんなる室の八島とて、　中「各遠流に処せらるる事」


文保半井本系統『保元物語』も陽明学習院本系統『平治物語』も共に、「さる程に」という定型語句に続いて、作中人物の提示、作中場所・作中時間の提示と、『平家物語』の琵琶語りと同様の記述が続いていくのである。尤も、『平家物語』の琵琶語りにおける「さる程に」の語句に続くものと全く重なるというわけでもない。少々様相を異にする。例えば、この定型語句に続く作中人物の呼び方ひとつとっても、「清盛」「御室」「大殿・関白殿」「清盛は」「平家」「中将」といった具合に人名を短く呼ぶ。『平家物語』の琵琶語りの「山門の大衆」「新大納言は」「大納言の侍共」「鬼界が島の流人共」程には拍数が多くない。これが琵琶語りと関わるのか、また、琵琶語りの「さる程に」という定型語句の固定に先立つのか後代に短く変わるのか、検討を要しよう。もちろん、『保元物語』と『平治物語』の初期的とされる本文では両者の間に「さる程に」の定型語句の使用頻度の差異がないことは岡田氏や日下氏が指摘されているとおりで、両系統同一作者、あるいは同一享受形態を考えるには、重要な件ではあろう。

いま一つの系統本文、高橋貞一氏(12)以来、『保元物語』『平治物語』の主要諸系統の中では最後出の本文と見なされている古活字本を源流とする版行本系統（いわゆる流布本）を見ると、初期的本文とされるものとも異なっている。

版行本系統『保元物語』（日本古典文学大系「付録」の「古活字本」に拠る）

去程に、高松殿には、基盛、すでに凶徒と合戦すと聞えければ、　上「親治等生捕らるる事」

去程に、左大臣殿は、御輿にて、醍醐路をへて、白河殿へいらせ給ふ。上「左大臣殿上洛の事」

去程に、下野守義朝は、二条を東へ発向す。　中「白河殿へ義朝夜討に寄せらるる事」

さる程に、夜もやう〳〵明行に、主もなきはなれ馬、源氏の陣へ懸入たり。　中「白河殿攻め落す事」

去程に、為義法師が首をはぬべき由、左馬頭に宣ひくだされければ、中「為義最後の事」

さる程に、廿一日午の刻ばかりに、滝口三人、官使一人、南都へ趣き、　下「左大臣殿の御死骸実検の事」

さるほどに、「為朝をからめてまいりたらん者には、不次の賞あるべし」と、宣旨下りけるに、　下「為朝生捕り遠流に処せらるる事」

版行本系統『平治物語』（日本古典文学大系「付録」の「古活字本」に拠る）

さるほどに、通憲入道を尋られけれ共、行衛をさらにしらざりけり。上「信西出家の由来」

★さる程に、十日の暁、六波羅よりたちしはや馬、切部の宿にて追付たり。　上「六波羅より紀州へ早馬を立てらるる事」

去ほどに、信頼卿は、すてられて、八瀬の松原より取って返されけり。　中「信頼降参の事」

★さるほどに、左馬頭は、堅田の浦へうち出て、義隆の頸を見給ふ。　中「義朝青墓に落ち著く事」

さる程に、長田荘司、子息先生景宗を近付て、　中「忠宗心替りの事」
さる程に、永暦元年正月廿三日、除目おこなはれて、長田四郎忠宗は壱岐守に成、　下「忠宗尾州に逃げ下る事」
さる程に、清盛は、義朝が子ども、常葉が腹に三人ありときいて、　下「常葉六波羅に参る事」
去ほどに、母はゆるされけるに、「此孫どもをうしなひて……」とて、　下「常葉六波羅に参る事」
去ほどに、彼人々の隠謀、次第にあらはれて、　下「経宗・惟方遠流に処せらるる事」
さるほどに、長田の四郎忠宗は、平家の侍どもにもにくまれしかば、下「頼朝義兵を挙げらるる事」

『保元物語』には七例、『平治物語』には一〇例と、両作品の版行本系統の間で「さる程に」の定型語句の使用例の数に大きな差異はない。ただ、その使用には、『平家物語』の琵琶語りとは少々異なるところがある。『保元物語』に「夜もやう〳〵明行に、主もなきはなれ馬、源氏の陣へ懸入たり」と馬の活動を語るところから始めるのは、特異である。『平治物語』の「十日の暁、六波羅よりたちしはや馬、切部の宿にて追付たり」は早馬の提示である。尤も、ここには作中時間の提示があるが。版行本系統の『保元物語』も『平治物語』も、「さる程に」に続いて、多く、作中人物の紹介がなされ、作中時間・作中場所の提示が行われており、『平家物語』の琵琶語りとの相違は大きくはない。版行本系統は、『平家物語』の琵琶語りにおける「さる程に」の使用の傾向と大差は認められない。版行本系統の本文が琵琶語りに供されたのか読みものであるのかは、確実なところは不明であるが。

要するに、「さる程に」という定型語句の用いられ方に限ってみると、『保元物語』『平治物語』は必ずしも『平家物語』と同等同質ではなく、また、『保元物語』『平治物語』諸本の内、『平治物語』の金刀比羅本系統のみ、その多用、いささか特別な使われ方など、「さる程に」の用法が他とは異なるのである。この事実は注目されてよい。

〈四〉

『保元物語』『平治物語』の両物語が、琵琶の間奏もしくは伴奏によって語られた、つまり、琵琶語りされたことは、『普通唱導集』所引の琵琶法師追悼文案や『花園院宸記』元亨元年四月十六日条の記事から、間違いないことである。ただ、本稿で検討を加えた「さる程に」という定型語句からのみでは、その実態の解明は不可能である。

というのも、『普通唱導集』に引かれた「琵琶法師　伏惟　々々々々　勾当　平治保元平家之物語　何皆暗而無滞　音色気色容儀之躰骨　共是麗而有興」の「何レモ皆ナ暗ンジテ滞リ無シ」というのは、「さる程に」の定型語句にも当てはまるものの、「さる程に」という定型語句は「共ニ是レ麗シテ興アリ」という程の曲節ではなく、ごくありふれた、常套的説明語句だからである。もちろん、『普通唱導集』にいうのがその常套語句をも含めた琵琶語り全体を指すことは承知している。また、『花園院宸記』に記される「以琵琶、如箏弾之、誠不可説殊勝者也」というのも、「さる程に」という定型語句は、「誠ニ不可説殊勝ノ者」つまりみごとな語りを導くための、山下氏の言われる解説的報道的曲節である。もちろん、花園院も、その解説的報道的曲節をも含めた琵琶語り全体を「誠不可説殊勝者也」と評したのではあろうが、この定型語句のみからは判然としないことだからである。

その『保元物語』『平治物語』の琵琶語りに関して、現存する代表的伝本、すなわち、『保元物語』の宝徳本系統・

文保半井本系統・版行本系統、『平治物語』の金刀比羅本系統・陽明学習院本系統・版行本系統の本文について、「さる程に」という、語り物としての目安の一つとされる定型語句を中心的材料として、検討を加えたわけである。その検討結果は、おおむね、以下の通りである。

まず、岡田・日下両氏にご指摘のある、「さる程に」という定型語句が宝徳本系統『保元物語』と金刀比羅本系統『平治物語』とではその使用頻度に極端な差異があることを確認した。これは、ほぼ同一時に同一系統として転写されてきたと思われる両者の本文形成[13]が、同等同質ではなかったらしいということを示している。文保半井本系統『保元物語』と陽明学習院本系統『平治物語』との間および版行本系統の『保元物語』と『平治物語』との間には「さる程に」という定型語句の使用度数に大異がないのは、それぞれの著作性本文形成[13]がほぼ同一で、『平家物語』の琵琶語りの影響もしくは琵琶語りへの影響もほぼ同一であることを示している。彰考館文庫に蔵される中巻のみの零本、文保本という文保二年（一三一八）の写本が源流の文保半井本系統『保元物語』のその中巻に、二例、「サル程ニ」の語句が見られるということは、『保元物語』の著作性本文形成のかなり早くから『平家物語』の琵琶語りの影響があった、と見ることが出来そうである。また、『保元物語』『平治物語』の本文形成としては最も降ると思われる、室町時代末期もしくは近世極初期の成立と考えられている版行本系統は、数例ずつ「さる程に」の定型語句を備えており、その用法も『平家物語』の琵琶語りに近いものがある。『平家物語』の琵琶語りの本文における「さる程に」という定型語句使用の影響を大きく受けている、と考えてよかろう。これが実際に語られたかどうかは別として。

「さる程に」という定型語句と共に、『平家物語』の琵琶語りの特徴的な定型語句として知られるものに、「頃は何月何日のことなれば」という語句がある。世阿弥がこの定型語句が『平家物語』の琵琶語りのある箇所において「三重」

で語られることを非難している程であるから、早くから行われていた曲節である。この「頃は云々」の定型語句が必ずしも琵琶語りの指標になるとは限らないことは、鈴木孝庸氏にご指摘があり[14]、それを考慮しても、『保元物語』と『平治物語』とを見ると、日下氏に調査があるように、『保元物語』の宝徳本系統にはこの「頃は云々」という定型語句が二例見られ、金刀比羅本系統『平治物語』には六例見られる。一方、初期的本文とされる陽明学習院本系統には只の一例が見られるのみである。「さる程に」の用例数の傾向と全く同様なのである。宝徳本系統『保元物語』には「さる程に」が少なく、「頃は何月何日のことなれば」も少数で、金刀比羅本系統『平治物語』には「さる程に」が極めて多く、「頃は何月何日云々」の例も多い。この符合は、宝徳本と金刀比羅本に代表されている系統の『保元物語』と『平治物語』とはその本文の形成において異なっていた、とさえ考えさせなくはないのである。

因みに、版行本系統（いわゆる流布本）『保元物語』『平治物語』では、「さる程に」も「頃は何月何日のことなれば」も、数は多くはないが、ほぼ同様に用いられている。これは、この系統の改作者が同一人であるか別人であるかは別として、『平家物語』の琵琶語りにおける「さる程に」という定型語句も「頃は何月何日のことなれば」という定型語句も、十分承知しており、それを、適当に、あるいは適切に、本文に組み入れたためであろう。たとえそれが読むための本文形成であって、琵琶語りのための本文形成ではないとしても、である。

次に、『保元物語』『平治物語』の両作品において、行われたことが間違いない琵琶語りという伝達によって、本文変化が、それも、改作という、稿者の考える著作性本文[13]形成が行われたことはあるのか、という問題を、本稿において検討した両物語における「さる程に」という定型語句の有りようから考えてみたい。

前節において、『保元物語』『平治物語』の主要三系統に見られる「さる程に」の例を掲げた際に、諸本間で共通するものには「★」印を付しておいた。それは、『平治物語』に偏っているのではあるが、再度、引用してみる。

一例は、『平治物語』巻上「六波羅より紀州へ早馬をたてらるる事」の章、平治元年十二月十日、熊野参詣途中の清盛が信頼・義朝の挙兵を知って、急ぎ都へ引き返す記事の冒頭の一節。諸系統の本文は以下のとおりである。

〈金刀本〉さるほどに、十日の日、六波羅の早馬立て、切部の宿に追付たり。

〈陽明本〉さるほどに、清盛は、熊野参詣、切目の宿にて、六波羅の早馬追つ付けけり。

〈版行本〉さる程に、十日の暁、六波羅よりたちしはや馬、切部の宿にて追付たり。

陽明本の本文には大異がある。いま一例は、戦い敗れた義朝が東国へ落ちる途次、琵琶湖畔の堅田において部下の陸奥六郎義高の首を湖底に沈める、という、巻中「義朝奥波賀に落ち著く事」の冒頭、次の一節である。

〈金刀本〉さるほどに、左馬頭義朝は、片田の浦へ打いで、義高頸をとり給。

〈版行本〉さるほどに、左馬頭は、堅田の浦へうち出て、義隆の頸を見給ふ。

ここは、学習院本は、義朝の都落ちから最期までを金王丸の常葉への報告とする独自の構成で、定型語句がない。

この二例のみ、金刀比羅本と陽明本・版行本等が共通して「さる程に」という定型語句を備えているが、他の例は、「さる程に」の語句は各系統本文で区々である。この事実は、『保元物語』『平治物語』両物語においては、「さる程に」に始まる多く口説・素声で語られる定型語句が、その改作・改変という著作性本文形成において、必ず継承されるという程には重きを置かれてはいなかった、ということを示している。従って、逆に、「さる程に」という定型語句は、自在に使われ、その使用に固執されなかった、と見ることが可能である。しかるに、『平家物語』の琵琶語り系のテキスト、譜本に限らず覚一本・覚一別本・流布本などを見ても、この「さる程に」の定型語句の出入りは、「頼豪」に例は見られるが、その数は少ない。この定型語句は、『平家物語』の琵琶語り系のテキストの間では書写性本文変化[13]があまり生じてはいないのである。このことを考える時、『保元物語』においては本文流伝の間にこの定型語句の継承はさほど重要視されず、『平治物語』においても、章段の冒頭の二例を除いて、この定型語句の継承はほとんど無視された、ということになる。「さる程に」という定型語句から伺える『保元物語』『平治物語』の現在見る異種本間の本文流伝は、琵琶語りの継承とは異なるものであった、と見てよかろう。その点で、日下力氏が、

『保元』『平治』間で語りとの関わり方に相違があった可能性を考慮に入れつつ、『平家』と対比させてみた場合には、そこにまた大きな落差があることを認めざるをえない。

『保元』『平治』においては、語り手が伝聞、伝達主体となって、過去との往還を繰り返しつつ聴衆に対するという基本構造が、『平家』ほどの明瞭さをもって出来上ってはいなかったと言うことであろう。

と言われたのは、炯眼というべきであろう。

最後に、写本の書写の有りようの面から伺える、『保元物語』『平治物語』と琵琶語りの問題に言及しておく。稿者は、かつて、陽明文庫蔵宝徳本『保元物語』にかなりの数にわたって見られる本文空白、例えば、

比は七月廿日あまりの事なれば、嵐の山の山風に、川霧ふかくたちまがふ。（下「為義北の方身をなげ給ふ事」）

の「比は」の前の一字分の空白は、文脈が変わることなどを示す空白というだけではなく、

ひょっとすると、語られた保元物語の、その「三重甲」だとか、「中音」だとかいう曲節の名を書いた、そこを抜いていった、あるいはそれを書くためにおいた空白を継承しているかもしれない。(15)

と推測した。本文の空白に「保元物語の語り、琵琶語りの痕跡があるのかもしれない」と考えたのである。その点に関して、本稿で検討した「さる程に」の場合はどうかと宝徳本『保元物語』を見るに、前掲の「さる程に、一の橋に、

違勅の者ありと」（上「親治等生捕らるる事」）・「さる程に、内裏より只今討手の向をば」（上「白河殿へ義朝夜討に寄せらるる事」）・「去程に、六人の子共、こゝかしこに」（中「為義降参の事」）は「さる程に」が行頭に当たり、上小口に曲節名を置いた可能性も無いではないものの、空白がなく、判然としないが、ただ第四番目の例、

さる程に、花沢、左馬頭の許に行て、かうと申たりければ、（中「為義降参の事」）

は、直前に一字分の空白を置いて書写されている（陽明叢書『保元物語』五七一頁七行目）。この空白部分は「口説」という曲節名が書かれていた痕跡、もしくは書き入れる予定の空白の痕跡、とも考えられるのである。拙論旧稿で考えた「頃は何月何日のことなれば」といった「三重甲」や「中音」などの部分に限らず、「さる程に」という、口説や素声にあたる部分にも宝徳本には空白がある、ということを確認して、旧稿の証拠をここに追加しておきたい。尤も、この件は、たまたま伝存する陽明文庫蔵宝徳本に拠るのみで、他の管見諸伝本では確認できないのだが。

〈五〉

『保元物語』『平治物語』の両物語が語られたことは、『普通唱導集』や『花園院宸記』の記述によって、間違いない事実であると考えてよい。それも、「琵琶法師」が、「盲目唯心」が、琵琶に合せて、暗唱していた話を語る、それを聴いたというのであるから、『平家物語』の琵琶語りとほぼ同じ語りが行われていたと考えて間違いない。

ただ、その『保元物語』『平治物語』の琵琶語りが、どのようなものであったのかは、見当がつかない。琵琶語りが現今に少々伝えられ、琵琶語りのテキストが残されている『平家物語』との比較によって、推測する以外にない。

本稿において、「さる程に」という、『平家物語』の琵琶語りにおいて口説あるいは素声という語り方をされる定型語句を手掛りとして、『保元物語』『平治物語』両物語の琵琶語りを探ってみたところでは、その琵琶語りが『平家物語』の場合と同等同質であるとまでは確認できない。しかし、ある程度類似するところのあった語りであっただろうという推測は可能になった。「さる程に」という定型語句の用いられ方に、いささかの差異はあるものの、共通性が認められるからである。ただ、『保元物語』『平治物語』の場合、『平家物語』のように譜本が残されているわけではないので、その琵琶語りがどのようなものであったかは判らない。だいいち、現存する諸伝本の中に、琵琶語りの台本とされたものがあるのか否かさえ判らない。稿者は陽明文庫蔵宝徳本に譜本の残像を認めたいが。

『保元物語』『平治物語』の本文流伝において、琵琶語りに関連するかたちで、本文に変化があったらしいこと、それも、書写性の本文変化ではなく、改作ともいうべき著作性の本文形成が行われたらしいことは、各本に共通する「さる程に」という定型語句が極めて少ないことから、見当が付いた。尤も、琵琶語りの痕跡かと思われるものが、陽明文庫蔵宝徳三年奥書本の空白部分の存在から、ないでもない。

『保元物語』『平治物語』と琵琶語りの関わりについては、本稿のように、少しづつその痕跡を探る以外に、現在のところ、途はない。ただ、金刀比羅本系統『平治物語』の下巻「義朝青墓に下著の事」に見られる、

さるほどに、右兵衛佐頼朝のありさま、承るこそあはれなれ。

などの定型語句に始まる一節は、『平家物語』の琵琶語りの口説の曲節を以て、琵琶法師が語った、あるいは、琵琶語りとして語られることを念頭において語り手の語として著作性本文形成が行われた、稿者はこう考えるのである。

注

（1）『保元物語』の本文は、宝徳本系統（永積安明氏の言われる金刀比羅本系統）は陽明文庫蔵宝徳本（高橋貞一氏解説、陽明叢書『保元物語』所収の乙本）、文保半井本系統は内閣文庫蔵半井本（栃木孝惟氏校注、新日本古典文学大系『保元物語　平治物語　承久記』所収）、版行本系統（永積安明氏の言われる古活字本系統）は宮内庁書陵部蔵古活字本（永積氏校注、日本古典文学大系『保元物語　平治物語』の「付録」）に拠る。『平治物語』は、金刀比羅本系統は金刀比羅宮蔵本（日本古典文学大系『保元物語　平治物語』所収）、陽明学習院本系統は陽明文庫蔵㈠本（上巻）と学習院大学図書館蔵本（中・下巻）を合わせた新日本古典文学大系（日下力氏校注）に拠る。引用に際し、私意に拠り句読点等を付したり改めたりすることがある。

（2）「語り手」の定義は、小西甚一氏「分析批評のあらまし――批評の文法――」（「国文学解釈と鑑賞」昭和四二年五月。『日本文芸の詩学――分析批評の試みとして』平成一〇年十一月、再録）に従う。

（3）ソノシート「那須与一」（藤井制心氏編『採譜本平曲』付録。昭和四一年）に拠る。

（4）岡田安代氏「『平治物語』第四類本の方法――〈さるほどに〉の機能」（「日本文学」昭和六〇年十二月）

（5）岩竹亨氏「保元・平治物語に現われた時間意識――「さる程に」を中心として――」（「国文学攷」一四・昭和五五年五月）

（6）日下力氏「『保元・平治物語』の琵琶語り」（「国文学解釈と鑑賞」昭和六一年四月）。『平治物語の成立と展開』平成九年六月、補訂再録）。「『平治物語』諸テクストの作者像」（軍記文学研究叢書『平治物語の成立』平成一〇年十二月）にも、ご発言がある。

（7）冨倉徳次郎氏『平家物語全注釈　上巻』（昭和四一年五月）。『平家正節』の曲節については、公刊のある『平家正節』『平曲正節』をも参照した。

（8）蒲生郷昭氏「平曲の曲節名をめぐって」（上参郷祐康氏編『平家琵琶――語りと音楽――』平成五年二月）

（9）「作中場面」「作中人物」「作中時間」「作中場所」の定義については、拙著『流布本平家物語　一』（昭和五五年十月）の「解説」をご参照ありたい。

(10) 山下宏明氏『平家物語の生成』(昭和五九年一月)の「六　平家琵琶と『平家物語』」の「5　『平家物語』の語りとその曲節」。

(11) 永積安明氏、日本古典文学大系『保元物語　平治物語』(昭和三六年七月)の「解説」および『中世文学の成立』(昭和三七年六月)所収「保元・平治物語の成立」

(12) 高橋貞一氏『平家物語諸本の研究』(昭和一八年八月)所収「保元物語諸本の研究」「平治物語諸本の研究」

(13) 「本文形成」「著作性本文形成」「書写性本文変化」などの語の定義については、拙稿「『平家物語』の成立基盤――その書承的側面――」(『平家物語の成立　あなたが読む平家物語1』(平成五年十一月)をご参照ありたい。

(14) 「〈平家〉的表現の成立に関する一私論――「比は○月」をめぐって――」(村上学氏編『平家物語と語り』平成四年十月)

(15) 拙稿「『保元物語』『平治物語』の琵琶語り」(「国文学研究資料館講演集」8『軍記物語の展開』、昭和六二年三月)

軍記語りと芸能

幸若舞曲のテキスト

――軍記物関連曲のテキスト異同を中心に――

須田悦生

一　幸若舞とそのテキスト

1　幸若舞の二系列

現存する幸若舞（曲舞）の曲は五十二曲あり、「入鹿」「信田」などの説話・物語系といわれる七曲を除くと、残りは源平物にせよ、曾我物・太平記物などにせよ、全て軍記物関連の曲であって、八十五％を占める。これら諸曲が、軍記文学とはまた違った視座から戦さの場やそこを巡る人々を語っているところから、「もうひとつの軍記」とも称されるわけである。

中世初期～中期に生まれた曲舞は元来歌舞中心の芸能で、「仏神の本縁」のような（『徒然草』二二五段）宗教的内容をもったもの、あるいは道行的なものを語り、舞っていたようである。中世後期、十五世紀中葉ごろには各地に声聞師《しようもじ》たちを主とする芸能集団が誕生し、京で上演活動をするようになる。そのなかで貴顕に接近して力を得ていったのが越前の幸若（香若）であった。

十五世紀後半以降、戦国時代に入ると、時代環境の変化と相俟って芸能の内容は大きく変化する。つまり軍記物に材を採り、戦さに関わる様々の伝承や説話を取り込んだ長編の語り物が主体となったのである。テキストの制作活動もこのころ、すなわち十五世紀後半〜十六世紀中ばごろ盛んに行われ、十七世紀までには終結したようだ。

六、七十曲はあったかとされる幸若舞曲（「曲舞の曲」が芸能史的には正しいが、慣用に従う）の制作者像は明らかではない。緇徒、貴族、武士あるいは舞の者たちであったろうか。これらの上演用テキストは永禄・天正・文禄年間写のものが古い。十六世紀中ごろ以前に京の町衆の中から生まれた大頭《だいがしら》の舞が、幸若に対抗するほどの人気を得たのであったが、テキスト（舞の本）もまたこの二つの大きな系列の者たちのアイデンティティーの表象として認識されると、当然ヴァリアントが生じることになる。すなわち幸若系・大頭系のテキスト異同(1)である。

それはどんなあり方で現われ、幸若舞という語り物の性格（特に江戸期のそれ）とどう関わるのかについて考えてみたい。なお幸若舞の成立については以前考察したこと(2)もあるので、詳しくはそれをご参照いただきたい。

2　諸本異同の「意思」

幸若系・大頭系の相違による舞曲テキストの異同《ヴァリアント》は、一般にいって大きいものではないことは既によく知られていることである。ただし、例外はある。そのひとつは「笈捜《おいさがし》」の場合である。

大頭系諸本(3)は上山本以外は、幸若系に存する約一四五〇字（毛利家本の場合）を欠いている。この曲は「安宅」の続編というべき曲で、安宅の関での問答、勧進帳読ミの聴かせ所を有する「安宅」を受けて、直井の津で直井の太郎と問答し、笈を捜索されるところを語る。やっとの思いで関守富樫の疑いを解き、船で北に向かう途中、平家の亡霊に遭遇するが、弁慶の引導によって消滅する。大頭系諸本の多くはここまでで曲が終わる。

ところが幸若系などはこのあと、越後寺泊からねずみつきの関に至り、関守井沢の与一（毛利家本）と問答、まんまと通り抜けられたかと思いきや、義経が見咎められ、弁慶が義経を打擲して関守を欺く。この部分は『義経記』（巻七）

では念珠関でのこととし、能「安宅」は勧進帳読み上げのプロットに連接させて安宅関での出来事に仕組む。寛正六年（一四六五）三月に上演初出記録のあるこの能は人気曲で、劇的要素を多分にもつ四番目物である。おそらくは舞曲は、『義経記』と民間伝承、それに能を視野に収めつつ構成されたのであろうと思われるから、関所突破において義経打擲のプロットをもたせないことは考えられない。

能「安宅」では「扨も扨も只今は御命を助け申さんが為に、ふしぎの事を仕りて候。是と申すも御果報の拙なくならせ給ふにより、今弁慶が杖にも当らせたまひぬるよと存じ候へば、返返あさましうこそ候へ」（車屋本）と子方義経の前に手を突いて嘆く場面は広く知られていたことであったろう。であればこそ舞曲「笈捜」はこれをさらにリアリティのある表現に変え、聴きどころを創ろうとしているようである。すなわち「弁慶走りよりちうにてをつとり三度頂きかふべを地につけ、たばかり事とは申ながらもまさしく主君を打杖の天命いかてのがれ候べき。只今の弁慶めが狼藉をば、仏神三宝も、許させ給ひ候へとて、鬼の様成弁慶が東西をしらず泣ければ、十一人の人々も、皆涙をぞながしける」（毛利家本）とある。

されば杖で打ちすえる印象深いシーンを含むこの千四百数十字余は、本来備わっているはずのもので、幸若系テキストの増補ということはいえないであろう。大頭系は第二類の上山本にのみその部分は伝えられていたが、近世に至っての諸伝本はこれを削ったということになる。能との連関性に注意を払わない行き方と称することもできようか。

次に、「浜出」（「蓬莱山」〈毛利家光治本・越前本・伝小八郎本など〉「蓬莱嶋」〈毛利家十番片仮名本〉とも）は、大頭系諸本の有する冒頭部約三六〇字（上山本の場合。左兵衛本では三七七字）を欠いている。鎌倉創成を語り、景色のめでたさを述べ、「蓬莱宮と申すもいかでこれには勝るべき」と続ける、極めて祝言色の強い部分である。大頭系諸本は第二パラグラフで、「かゝる目出度折ふし頼朝上洛ましく〵て大仏供養をのへさせ給ふ」（上山本）と、頼朝へのことほぎの詞章を始めるのである。しかし冒頭部をもたない幸若系は、これを受けることば「かゝる目出度折ふし」というフレーズを使うことができず、(4)「去間頼朝ワ上洛マシく〵テ……」（片仮名本）と、この曲を語り始める。蓬莱山を象どった台上に松竹梅、鶴亀などめでたい品を飾り立て、賀の舞を舞うのである。毛利家本などの曲名はこれに拠るかとも思えるが、しかし大頭系諸本の第二パラグラフは、第一パラグラフで述べた鎌倉の実景、「ふねにほかくるいなむらか崎とかや、いひ島江の島つゝいたり。ほうらいきうと申とも……」（左兵衛本）が前提となっているわけで、外の景を室内の景に移して舞を舞うことにより、内外ともに相応して祝言気分を盛り上げようと意図したものと考えられる。であるとすれば、本来、鎌倉誉めは頼朝称揚の前段階として用意されていたはずのものだったろう。幸若系は頼朝に焦点を絞り、短い曲のなかでのテーマの二分を避けて、冒頭部を削ったとしてよいであろう。慶長十一年七月幸若治兵衛光治署名本以下、幸若系は伝小八郎本も含め一貫しているから、武家の熱い支持を得た曲舞・幸若の流れの者たちの意思がそこには込められていると思われるのである。

また、「入鹿」の場合は、大頭系諸本が有する一四〇字余（上山本）の本文、すなわち鎌足が盲目となった理由を「皆人」が噂するのを聞いて入鹿が安心してしまうところを、幸若系諸本はもたない。演劇でいえばト書きのような、能のアイ語りのような聴く者にとっては理解を助け、想像をふくらませうる部分である。それに比べ幸若系は、ストーリー展開を優先させてこれを削ったのであろう。

百字程度の異同はこのほかにもいくつか見られるが、今述べたように、単に異を立てて別の詞章を創作したというより、そこには舞の者たちのある意思の力が見えると思う。何を、どう語っていこうとするのかということを、選択の幅は狭いながらも模索した結果を、諸本異同という形態で示しているかのように思えるのである。ここで例示はしないが、「山中常盤」の如き甚しい「違い」[5]はその最も「意思」の強く現れたところと考えることができるのである。

二　越前幸若家関係のテキストの異同

1　打波本（越前本）と幸若系諸本

幸若系テキストは大きく二類に分かれ、大頭系本文ともかなりの接触が見られる第二類（伝小八郎本・京大一本）が幸若弥次郎家でもち伝えられてきた可能性が高く[6]、第一類のうち毛利家本は幸若小八郎家の「正本」と認められる（小八郎安信の署名あり）。

大頭・幸若という二つの大きな流れの、語りの方向なり方法なりの相違は、若干の資料を基として検証してみたわけであるが、次には、それでは幸若系の内部に眼を転じて、そこにおける本文異同のあり方、特に越前の幸若家がテキスト管理を行ってきたと考えられる諸本群相互の異同の存在とその意味などを探ってみたいと思う。

毛利家本については、既に村上学氏の詳細な解説つきで影印公刊[7]されているとおり、越前幸若諸家のうち小八郎系の詞章を伝えるテキストであって、元和初年（一六一五年～一八年）の写であった。毛利輝元・秀就の命によって、慶長十七年前後、奈良松（幸坂）善吉・善三郎兄弟が越前田中村に居を定めていた幸若小八郎安信（「名人小八郎」と称された吉信の子）から直々に伝授を受けたことを証するテキスト群（歌謡集等も含め四十一冊）はオーソライズされたものである。村上氏が「越前幸若系の芸風の到達点として重視されねばならない」[8]といわれるゆえんである。同時に、氏も指摘されたように「毛利家本が残酷・悲惨な戯曲的緊張を淡彩化している」[9]所も少なからず、削除、省略の箇所には注意しなければならない。

最近になって調査が実施され、公刊されたものに打波本がある。笹野堅氏以来、「越前本」の名によって、その存在は知られていたものの、公開されなかった本である。このテキスト群については、服部幸造氏による論考がある。[10][11]福井県朝日町の打波六兵衛氏蔵の二八冊二八曲及び福井大図書館蔵二冊二曲がそれであって、天明六年（一七八六）ごろの写とされる。打波家は幸若三家（八郎九郎、弥次郎、小八郎）のうち、八郎九郎家の台所役人を勤めていたというから、関係は深いのだろうが、詞章は必ずしもその家のものとは断定できない（服部氏）。大概《おおよそ》は毛利家本あるいは内閣文庫本に近い本文ではあるが、脱落、または省略が多く、独自本文を有する箇所も多いという調査結果がある。[12]だが、伝来から考えて、越前幸若家が深く関与するところで作成されたものであることは確かであるから、毛利家本と比べてみることには意味があるであろう。

さらに、幸若系「正本」と目される揃物がこれも近年になって紹介された。[13]幸若小八郎直熊が天明から寛政にかけて書写した旨を奥書に明記する、いわゆる「直熊本」である。全十五冊二十四曲から成る。直熊は毛利家本の署名者小八郎安信から五代目に当たり、文化十三年に没している。彼が四十歳前半に、次々と作成していったテキスト群と考えられ、十八世紀末ごろの幸若小八郎家が伝えてきた（あるいは伝えようとした）本文であるとしてよろしかろう。この家は「吉信安信安林（安信の子）相継テ音曲ノ誉アリ」（桃井豁氏蔵「幸若小八郎家系図」）とされた家なのであった。

ところで打波本には補入やミセケチが多く存する。その部分に注目して、毛利家本・直熊本と比較をしてみたい。さらに他の幸若系諸本、特に取り合わせ本的性格の強い内閣文庫本、幸若家のどの家の者の写かは不明ながら、付訓・濁点の多い語りテキストの要件を備えた松村本（藤井氏一本とも）、そして弥次郎家の本文かとされる伝小八郎本（この名称は形容矛盾とは思うが、慣用に従う）等を時に応じて参照しつつ考察していこうと思う。

2　幸若小八郎系諸本の様相

まず「元服曾我」の場合を示す。

(1)打波本＝◇兄弟のひと〱[A]、こまをはやめて打ほどに、北条のたちもちかづきければ、馬場すへにて馬よりおり、門外にこそたゝずみけれ。折ふし、えまの小四郎たち出、[B][助成にたいめんし]いづくへの御とをり候ぞ。さん候、[C]別の子細にて候はず。是なるわつぱにゑぼしがきせたく候て、頼申[D]［に］て参りて候か[E]。小四郎聞て、やすき程の御事也[F]。但、[G]父のの北条にとい申さんとて内に入ときまさにかくとかたる。北条聞あへず、涙をさつとうかべ給ひ、[〇]◇[H]それむかしは六十六ヶ年を一むかしとし、中比は三十三ヶ年、当代は廿壱ヶ年を一昔とす。[I][あらいたはしや]此ひと〱がよが世にて、ゑぼしおやを取べきならば（中略）はうばひをたのふで来りたる事のふびんさよ[J]［あわれ］。（『朝日町誌』翻刻ではミセケチは当該文字の左側に付されているが。原文は大方右側なので、それに従う。ただし、補入句、修正句（字）、並置句は原文行間にあるも、翻刻のとおりとする。［　］の部分である。濁符等もそのまま引用するが、カギは省いた）

箱王元服の条であるが、この、約三四〇字ほどの中に十箇所も本文に手を入れている。

毛利家本（十番片仮名本。署名なし）ではこうある。

＼兄弟駒(A)ヲハヤメテウツホドニ、北条ノ館ニモチカツキケレバ、馬場末ニテ馬ヨリヲリ門外ニコソタヽズミケレ。折節エマノ小四郎立出、(B)イヅクヘノ御トヲリ候ゾ。サン候、[C]別ノ子細ニテサウラワズ、是ナルワツハニ烏帽子ガキセタク候イテ、頼ミ申テ[D]参リテ候。(E)小四郎聞テ、ヤスキ程ノ御事、(F)但[G]父ノ北条ニ、トイ申サントテ内ニ入時政ニカクトカタル。＼北条キヽアヱズ泪ヲサツトウカベ玉イ、[H]夫昔ワ六十六ヶ年ヲ一昔トシ、中比ワ、卅三ヶ年当代ワ、廿一ヶ年ヲ一昔トス、(I)此人々ガ代ガ代ニテ烏帽子親ヲトルベキナラバ（中略）傍輩ヲ頼ウデ来リタル哀[J]サヨ、直熊本はこのようにある。

兄弟駒(A)ヲハヤメテウツホドニ北条ノ館ニモチカヅキケレバ馬場末ニテ馬ヨリヲリ門外ニコソイミケレ、ヲリフシエマノ小四郎立出、何国(B)ヘノ御トヲリゾ。サン候、C別ノシサイニテサウラワス。是ナルワッハニ烏帽子ガキセタク候ヒテ、頼申シDニ参リテ候。(E)小四郎聞テ、ヤスキホドノ御事、(F)サリナガラ、G父ノ北条ニ問イ申サントテ内ニ入、時政ニ角ト語ル。(H)(I)北条聞アヘス此人々ガ代ガ代ニテ烏帽子親ヲ取ナラバ（中略）ハウバイヲタノウデ来リタルJ哀サヨ。

まず、Aの「ひと〳〵」を有する本はない。伝小八郎本は「駒をはやめて」とあって「兄弟」の語そのものがなく、これは大頭系も同じ。ゆえにここは打波本の誤写訂正の可能性もある。

Bは小八郎系三本ともに欠く。大頭系にもなく、伝小八郎本・蓬左本・松村本が、この一句をもつ。従ってこの補入は弥次郎家系の影響が考えられるかもしれぬ。

Cを欠く本は蓬左本・松村本と、大頭系の秋月本である。この部分をミセケチにしたのは、少くとも幸若小八郎家系のテキストを参看したからではない。

Dは古い形は毛利家本の如く「て」であったが、打波本は「に」と両様認め、直熊本は「に」に固定したということか。

Gをミセケチとしたのも、Cと同様小八郎家のものには拠らず、蓬左本や伝小八郎本、京大一本、上山本等にひかれたのであろう。

Hの一節を有さない本は、直熊本のみで、諸本は皆、具えている。

Iの補入句はほとんどの本にないが、上山本と版本に「あらむさんや」とあり、やや近い。感嘆句をここに挿入しようとする意思はどの本によって示されるのかは不明ながら、大頭系二本の類句は無視できないであろう。

Jを「ふびん」とする本はない。多くは「あはれ」であるうち、伝小八郎本、京大一本、秋月本が「むざん」と選択するのが特異である。

これで見て分かるとおり、幸若系内部での異同どころか、そのなかでも、小八郎家の系統テキスト三本を通してみても、詞章のユレは、相当程度に生じていたということである。補ってみたり、消シてみたりする作業の根底にあるものは、規範意識であり、テキスト作成の過程で、できるだけオーソライズされたものと装うことであったはずである。根拠とした他のテキスト（があったとして）は、今我われの考える以上に自由度が高かったであろう。時に松村本（系統未詳）、時に弥次郎系、場合によっては大頭系のものとも関与し合うことがあったのであろう。

3　打波本の別本の詞章

打波家には揃い物の「信太」のほかに別本がある。前後に欠丁があり、体裁も他とは違い、表記法もまた異なる。同じ幸若家の中で語られた本であろうことは予想されるものの、もうひとつの本と比較するに、異同は随所に見られるのである。いくつか例示する。

(2)浮島大夫が御台所に、姫には所領を分かつ必要がないというと、彼女が嘆くところ。

打波本＝しだどのきこしめされて、母ごの御うらみは御道理、御意にもれてはせんなしとて、信田の庄を半分わけ

別本＝信田聞召れて、母子の御恨は御道理、一人座母上の、御意に洩ては無為とて信田の庄を半分分

毛利家本＝信田殿きこしめされて、母このうらみは御道理、御意にもれてはせんなしとて、信田の庄を半分わけ

伝小八郎本＝信太殿きこしめされて母御の御うらみは御道理あすはなにともならばなれ一人まします母うへの御意に洩てはせんなしとて信太の庄を半分わけ

参考のため上山本を掲げると

信田殿[A]この由聞召母このうらみは御道理あすは何共ならはなれ[C]一人まします母上[B]の御意にもれてはせんなしとて

志田の庄を半分わけ

左兵衛本はCは補入書入れとなっている。

別本のAは「殿」を落としたと思われるが、Bは、大頭系諸本をみればわかるとおり、Cとセットになった一句と考えられ、別本はCを削ってBのみを採った結果の形といえるであろう。

(3)小山の太郎に預けるものとして

打波本＝大事のちけんまき物[D]、家につたはるてうほうとする。Dは毛利家本も同様であるものの、別本は「丸かし」とある。この表現は大頭系と同じである。マルカシが動詞ならば「地券を丸く巻いて」となろうし、名詞ならば丸めた物の意となる。それを分かりにくいとして、毛利家本・打波本といった越前幸若家テキストでは耳慣れた「巻物」に代えたと考えれば、同じ家に蔵される別本は大頭系と同じ語を残しているわけである。

(4)信太小太郎が都から常陸に帰り、敵討ちをしようと決意するところに、こうある。

打波本＝せいじんの後、小山を一刀うらみむ事、なんの子細のあるべきと

別本＝成人の後便隙を窺[E]、小山を一刀恨ん事、何の子細の有べきと

Eは毛利家本にはない。一方伝小八郎本や大頭系諸本にはある。

(5)都への途次、従者たちに捨て置かれる部分、

打波本＝誰かある、なげきてもかなふべき道か[F]、いそげ〳〵[H]と仰けれども、御返事申者もなし。（伝小八郎本これに同

じ）
別本＝誰か有。F嘆ても叶ふべき道か。G急ぐ旅には有ずや。H急げ〳〵と仰けれ共。御通《（返）》事申す者もなし。
毛利家本＝誰か有とめさるれと御返事申すものもなし。
内閣文庫本＝誰か有Fなけきてもかなふへき歟、Gいそく旅にはあらすや、Hいそけ〳〵と仰けれとも、御返事申ものもなし
藤井氏一本＝誰か有Fなげきてもかなふべき道か。Gいそぐたびにはあらずや。Hいそげ〳〵とおほせけれども、御返事申すものもなし。

これを見るに、FGHを備えるテキストを幸若系完形とするならば、別本は完形であり、打波本はHを欠き、毛利家本はいずれをも削ったもの、とされよう。大頭系は左兵衛本のみ完形で、上山本・秋月本・寛永版本ともにGを欠くFH形である。ここはコトバの部分であって、フシの部分より詞章の振幅度は大きいとはいうものの、同一系統のテキスト内でもこのような異同の存することは注意されよう。

4　打波本のミセケチの意味

①「烏帽子折」の場合

打波本「烏帽子折」に存するミセケチについて考えてみたい。
牛若が鏡の宿で元服をする場面の前後である。打波本は次に示すように、百二十三字をミセケチにしている。

(6)　天明ければ、かゞみの宿のゆうくん共が申けるは、さもあれ、今度吉次殿が、はじめてつれてくだるしよはん《（ママ）》の、みめのいつくしさよ。たゞし、ぶつきやうに、さこ《（ママ）》そ夜とも、太郎の、八郎の、多門の、八幡の、あれをめし候

へ、是をめしあれと、ひとり事をしつるおかしさよと申て、散々にこそわらひけれ。うしわか殿はゐぼしためつけて召れ、

毛利家本・直熊本ともにこの部分をもつ。他の幸若系、すなわち内閣文庫本、藤井氏一本（松村本）等もこれを備えている。しかし、大頭系諸本は、上山本の他は「かゞみの宿の」以下、「わらひけれ」までを欠き、ただちに「ゐぼしためつけて」に続く。つまり「天明ければ牛若殿、烏帽子ためつけてめされ」（左兵衛本）の形となる。鏡の宿の遊君たちに嘲笑される牛若の姿が消されているわけである。この曲は伝小八郎本・京大一本にはないので、弥次郎家系テキストの詞章は不明ではあるが、打波本は大頭系テキストに影響されてのミセケチであるかのように一応は考えられる。

右に続いて、牛若が勝手に烏帽子を被っているのを見咎めた吉次が、烏帽子親をとらねば駄目だと叱ると、牛若が吉次に名付親になってほしいと頼み、吉次から名をもらった牛若はともに奥州へ下るというプロットになる。ここでも打波本は、約二百八十字のミセケチを付している。

(7)　心ならずに、ゐぼしをばきて候へ共、おほせのごとく、いまだ名をばつかづ候。とてもはや、天とも地共父母共、頼申上は、如何様にも名を付て召遣れ候へ。吉次きいて、此上は力およばず。今日よりして御身がなをば、きやうとうだとつけふぞ、やう。畏て候。但、御身がやうに、なまめいたる若人をかちにてろしをつれむずる事が、大事なれば、吉次が太刀をかついで、奥へ下り候へ。それいなとおもはれれば、是よりも都へのぼられ候へ。牛若殿きこしめし、これをたとへに申かや。世はまつせに及といへど、日月はいまだ地におちず。てんじやうのからにしき、くだつてでんじやにまじはる事なし。何として源氏のちやく／＼が、うき世を渡る吉次が太刀をもたうぞ、あらはかなの心やな。吉次が太刀をもたばこそ、めいどにましますちゝよし共の御はかせをもつにこそとおぼしめし、ひげきりの御はかせをわつそくにかけ、吉次が太刀をかついで、奥へくだらせ給ひけり。なみだのあめはたまかづら、

むかしはかけてみぬものを。そのゝち吉次やう〳〵下るほどに、

ここも、毛利家本・直熊本ともにミセケチ部分は本文として存する。諸本皆同様である。思うに、打波本は牛若があまりに吉次に対して卑屈な態度だとして、まず始めの一節を削ったものか。後半部はこの延長にあるわけで、賤しい吉次から、イエスかノーかと迫られ、やむなく彼の太刀を担いで下るという屈辱的な場の現出を語るところだから、打波本の思考法が牛若擁護のための詞章改変にあるとすれば、それは理解できることである。従って、打波本で語る限り、牛若は京藤太と名付けられて吉次と奥州へ下る、と単純化されることになるのである（波線部）。

右の推定を裏づけるため、もう一例を示す。青墓の長者の館で、吉次は牛若に対して上臈たちに酌をせよと命ずる部分である。

(8) おほはかのゆうくん、ざつしやうかまえ、吉次殿をもてなす。さても吉次、世に有がほ成風情にて、京とう太はなきか。こなたへまいり、上らうたちの御前にて、御しやく申せ。あらいたはしや牛若殿は、いつしやく取ならひたる事御ざなけれ共、とき世にしたがふならひとて、おつとこたえてめされけるに、誠取ならはざる事なれば、てうしのさけを弓手妻手へさつ〳〵とこぼしたまふ。吉次是をみて、大のまなこにかどをたて、ふかくのものかな。人のまへの御しやくをば、さやうにたまはるか。きつくはゐ也。罷たてとしかる。荒いたはしや、うしわか殿、時ならぬかほにもみぢをさつとちらし、我西国方の諸山寺にて、しゆとの御出仕の御供申、しきみつゝちやあかの水、さやうの奉公をこそ申ならつて候へ、ぶし前の御酌は是がはじめにて候へば、よきやうにをしへてめしつかわれ候へ。吉次きいて、さやうの事をも、わたくしにてこそ申せ、是は人の御ざしきぞ。只罷たてとしかる。荒いたはしや、うしわか殿、しほ〳〵として座敷をたゝせ給ふ。爰にはま千鳥のつぼね、

ミセケチが点在の形で印されているから、センテンスごとにみると付されていないところもあるが、ここはおそらく、

「さても吉次」から「座敷をたゝせ給ふ」までの三百七十字余を消すの意であろう（行間に、この始め終わりの箇所を示すマルがある）。前例同様、毛利家本・直熊本ともに本文として有するほか、幸若系・大頭系ともにこれをもっている（若干の異同あり）。

「あらいたはしや」の詠嘆句が、この三百七十字ほどの間に三回も繰り返されていることからもわかるように、屈辱に身を震わせつつも、それに耐え忍ぶ牛若の姿を具体的に語り示すところである。しかし打波本はこのような牛若への「あまりの仕打ち」ぶりの表現を嫌って、語ることを止めたと考えられる。艱難辛苦の箇所を、いずれも語らないとすれば、平板な印象は免れず、次にある「笛吹き京藤太」への驚き、称讃が生きてこないはずのものながら、打波本はそこまでの文学的効果は考慮していないように思われるのである。

服部幸造氏は、「景清」を例にして、「打波本の独自な改訂案」のあることを示され、冒頭部の祝言の言説を改変する打波本の方向を、「中世的祝言のあり方が忘れられて、ただちに物語的内容に入るための枕としての祝言にかえられている」[14]とされたのであったが、「烏帽子折」では祝言ではなく、辛苦をさせねばならぬ構造が「忘れられて」しまった結果を、この打波本の本文のありようにみるのである。

独自異文は打波本ばかりにあるわけではない。直熊本の例を次に掲げる。同じく「烏帽子折」で、青墓宿にて熊坂長範に襲われるが、牛若が見事撃退するところである。

(9)直熊本＝イカニナウ長半太郎殿コソ手負テマシマセ。長半聞テ、ヤアイタテカウステカ。次郎承テ、イタデヤランウステヤラン、頸ガウセテサウバコソ。長半此由聞ヨリモ、無念ノ次第カナ、其ワツハニテナミテナミ（ママ）見セント云マゝニ

毛利家本＝太郎殿こそうたれてましませ、ちやうはん此由聞よりも、無念のしだいかな、そのわつばにてなみ見せ

んといふまゝに

打波本＝いかになふちやうはん、太郎殿こそうたれてましませ●ちやうはんきいて、無念の次第かな、そのわつはに

てなみ見せんといふまゝに

小八郎家系三本のうち、直熊本だけが傍線部をもつ。内閣文庫本はこの部分がないが、松村本にはある。打波本、当該箇所に黒丸が付されているから、何か詞章を補入しようとしたのかもしれない。傍線部は大頭系諸本には存するのである。後出の直熊本が大頭系もしくは松村本のような幸若系テキストの影響で補入を果したのであろう。同じ流派内といえども、ユレは常に身近に起こりえた証拠とされよう。

②「伏見常盤」の場合

「伏見常盤」の、次のような異同を検討する。常盤が清水寺を出て伏見に行こうとするところである。

⑽打波本＝六原近き所なれば、いづくへもひとまづしのば《A［おちさ］》せ給へと申さるゝ。常葉きこしめされて、さんさぶらふ、みづからも、大和の方にしる人のさぶらへば、おちうずるにてさぶらふ、いとま申て《B［おひじり］》さらばとて、とゞろきの御坊を御出有、

毛利家本をみると、Aは「落行給へ」、Bは「（いとま申て）さらばとて」とあり、直熊本ではAは「落行給へ」、Bは「ヲチウスルニテサムラウトテトゝロキノ御坊ヲ御出アリ」とあって、Bの箇所そのものを欠く。

小八郎家系以外では、内閣文庫本がA「しのはせ給へ」、B「暇申てさらは」とし、伝小八郎本は、A「しのびあれ」、B「いとま申ておひじり」とする。

Aは幸若系では「しのぶ」「おちる」二様の動詞が使われる流動性があったと考えられる。Bは大頭系諸本も「いと

ま申してさらば」の句で統一されているものの、幸若系の東大本・藤井氏本には「いとま申ておひじり」とあって、伝小八郎本に同じい。従って、この箇所は弥次郎家系テキストの影響とまでは言えないにしても、その可能性の指摘はできるであろう。

⑾打波本＝まさしく女とへんずるうへは《ヒ》、たかきもひきゝも、女はおなじ事にてはなきか、あらなさけなのうばごぜやとしかりけ《ヒヒ》る（中略）いざ〳〵出て《ヒヒ》こなたへと申さむとて《ヒ》、ふうふたち出、門をひらき、なふあれなる《ヒヒ》は、よひの上らうか

雪の中をさまよって来た常盤を家に招じ入れようとする老夫婦との問答の部分である。五箇所にミセケチがあるが、小八郎家系他二本はいずれも訂正本文どおりの詞章である。直熊本によって示せば

直熊本＝正ク女トヘンスルウヱ女ワ同シコトニテワナキカ、アラ情ナノウバゴゼヤトシカル（中略）ヰサ〳〵コナタヘト申サント夫婦立出、カトヲヒラキ、ナウアレワ宵ノ上臈カ

とある。内閣文庫本・伝小八郎本（「なさけなしとしかる」）も当該箇所については同様である。

大頭系は少異あり、上山本で示せば、

なふ高きもいやしきも女は同事にてはあらすやあら心つよやと申（中略）いさやこなたへ申さんとて夫婦立出とほそをあけ／なうあれは宵の上臈にてましますか（版本同じ）

とあって、幸若系とは距離を保つ。つまり打波本の底本詞章と同じテキストは、現存本には見当らないということである。打波本独自改変箇所であったのかどうかは詳かにしないものの、他本、特に小八郎家系との相違があり、それに準じて訂正を図った部分、という解釈をすることができるだろう。

他本には見られない詞章を、打波本がもつ例は別にもある。遠江の浜名の橋詰の者に、早く田歌を歌えと責めると

ころである。

⑿　わごぜは人《ヒ》に《ヒ》うたをうたはせて、※［ずしいづくをさいてにぐるぞ］我はなにしにうたふまじきと申ぞ、※やあ、うたへ〳〵とせめければ、（※「せて」から「と申ぞ」までミセケチ。印刷の都合で「ヒ」印を略す）

毛利家本＝わこせはうたを、うたはすしいつくをさひて北るそやあいてよと責ければ

打波本の訂正された本文が毛利家本本文と同じであることがわかる。ところが直熊本はこの部分なく、出雲の国の女房が歌ったあと直ちに「若君様ノハンジヤウ申ハカリワナカリケリ」と語り納めてしまう。後期の小八郎家における省略・改変テキストといえるだろう。

この部分は内閣文庫本・大道寺本・伝小八郎本等幸若系、上山本・宗元本・版本等大頭系ともに毛利家本にほぼ同じ詞章である。ということは打波本は「独自」詞章の箇所を、他のテキスト、たとえば毛利家本などのような本によって訂正し、これを正規のものとして伝えようとしたとされよう。

三　幸若小八郎家のテキスト管理

小八郎家の中で、テキストの詞章整理が行われた形跡がいくつか見出せる。その一例を挙げる。

「百合若大臣」で、門脇の翁が、大臣の御台所が別府の手によって「まんなうが池」に柴漬《ふしづ》けされたといって嘆く場面で、それをひそかに百合若が聞くところである。

⒀　毛利家本＝クトキ是につけてもうき命つれなく今にながらへて、かゝる事をもきくやとてせきあへずこそなきにけれ。A大臣殿は物ごしに聞しめし、荒何ともなや、今迄命のおしかりつるも君にやあふとおもふゆへ。今は命もおし

からす。明なばいそきたづね行、ふしまんなうか池に身をなけて、二世の契りをなさばやとおもひ入てぞおはしける
言其後祖父がこゑとして、Bやあ如何にうばごぜ、おもふしさいの候に、今より後はいまひましふ[ママ]なゝひそ《ぞ》と。いふた
りける

打波本＝これに付てもうき命、つれなく今にながらゑて、かゝる事をも聞やとて、せきあえずこそなきにけれ。(A)
其後おほぢが声として、Bやあいかにうばごぜ、思ふ子細の候に、今より後はなけき給ひそといひければ

直熊本＝是ニツケテモウキイノチノツレナク今ニ存ヘテカヽル事ヲモキクヤトテセキアヘスコソナキニケル(A)其後祖
父ガ声トシテ(B)思フシサイノ候ニ今ヨリノチワナケキ玉イソト云ケレバ

毛利家本にはあった、百合若大臣の長いクドキ句・フシ句（約九十字）は打波本や直熊本ではそっくり削られている。この前後は、門脇の翁夫婦の会話を百合若が物陰から聞くという形、つまり百合若側に立って時間が過ぎ、それとともに感情が高められていくところである。門脇の翁の一人娘が身替りとなるプロットへと続き、「祖父もともになく時ぞ、大臣殿は聞しめし、ともにつれて忍びねの、せきとめがたき御泪やるかたなふぞおはします」（毛利家本）というフシ句へとつながっていくのである。つまり傍線部Aはここへ至る導入部分となるはずのものとされる。Aがあってこそ「祖父の声」を百合若が聞き、「やあうば御前」と呼びかける言葉も、単なる「決まり文句」以上の意味をもってくるわけである。打波本は残骸たるBをのこし、直熊本はそれさえも削って「整理」を試みたものであるが、クドキの効果（物語的な）への配慮はなされず、ストーリー展開の効率を優先させたものと考えられる。

伝小八郎本・大道寺本・東大本といった幸若系はほぼ毛利家本に同じであるけれども、内閣文庫本は打波本に添う。すなわち、

内閣文庫本＝これにつけてもうき命つれなく今になからへ、かゝることをもきくやとて、せきあへすこそなきにけ

れ。其後祖父か声としてやあいかに祖母御前、おもふ子細の候に、いまよりのちはいま〳〵しふなゝひそとそ云たりける

内閣文庫本「百合若大臣」は小八郎家系の詞章を有する。村上学氏は「信田」を例として、この曲の場合は慶長十六年安信本との近似性を指摘されたが[15]、「百合若大臣」はもっと新しい詞章、江戸中期ごろの小八郎家系といいうるのではないだろうか。因みに上山本・左兵衛本・秋月本・版本等、大頭系諸本は毛利家本と大凡同じである。

結果的にみれば、弥次郎家のテキストは小八郎家の詞章を「守り」、小八郎家では次第に「不要」と感じた部分を取り去ることが、整理の一方法として行われたと考えられる。

「満仲」の例を挙げる。

⑭打波本＝我等ごときの［大あくぎやくの］俗は、何として後生を助り《たすかり》（ママ）

傍線部は、毛利家本・直熊本ともに「衆生は」とあり、ほとんどの本はこれに同じであるが、京大一本と秋月本だけは「我らことときの大悪行の俗は」（前者の表記）としている。伝小八郎本は当該箇所の丁が欠けていて不明ながら、京大一本と同様と考えられる。つまり打波本は弥次郎家の表現を採っているとしてよいだろう。次の例。

⑮打波本＝御意《A［状］》背《そむきかた》難きに依て（中略）首を御前に［〇］《B［さし置］》おき、（中略）今こそ気は散《さん》じて候へ。あふさりながら《C》、首をば汝にとらすぞ（マル印は行間に付されたもの）

Aを「御諚」とする本は直熊本であって、他は「御意」（大頭系同様）。直熊本はより強い形に直したが、打波本では両様示されていたということである。Bも打波本・直熊本に共通する。だがここは京大一本及び大頭系諸本ともに「差し置き」とある。Cについていえば、「さりながら」は幸若系・大頭系ともに見られるものの、京大一本は「……今こそ気はさんして候へ。くひをはなんぢにとらするぞ」とあって、打波本のミセケチのとおりの詞章である。

これらの訂正や補入を見ると、弥次郎家系テキストの影響とも思われるのではあるが、別の箇所では京大一本ではなく、大頭系特自句で訂されたりしており（「母の心ぞ痛はしき」を「あはれなり」に直すなど）、現存諸本を検する限り、その補入・訂正のプリンシプルは一貫したものが存するとは思えない。

訂正された本文が現存するどのテキストとも一致せぬ箇所も打波本「満件」には少なくない。たとえば

⒃打波本＝誰に付て学文し、何とならせ A ヒヒ［りゆかせ］給ふべき御心地《こゝち》もなく（中略）当山にてはいまだ見まいらせたり共おぼえず B ヒヒヒヒ
［存ぜず］（中略）わが坊《ぼう》におき奉り C［まいらせて］（中略）心を照し D［すまし］

A・B・C・Dの訂正、補入の本文を持つテキストは幸若・大頭系ともになく、打波本の独自改変と考えられる。

曲節符についても、同一流派同一家系テキストといえども必ずしも一貫してはいない。「信田」でいえば、「まさかどの御まなこに人見が二つまし〱て」の箇所は、打波本は何の印もないけれども、毛利家本は「さしくとき」、打波別本は「色さし」とある。

また「けいずを《（ママ）》とり出して◇国司の前にさゝげらるる。※国司このよし御覧じ」の箇所では、◇の所は打波本・毛利家本は一字ブランクとするも別本は印なく、※の所に別本は「カタツメ」と付するけれども毛利家本・打波本には格別の印はされていない。つまりツメの始まる場所（最も高潮するカタリ）に揺れが見られるということである。全体的にみて、「信太」では毛利家本の単独曲節符が打波本では複合型になるケースが多いようである（クドキ→さしクドキ、イロ→色さし、さし→さし色、クドキ→色クドキなど）。

以上、主に江戸初期以降に成立した幸若系軍記物関連テキストを中心に、詞章の異同と補訂の実態、その意味するものなどを探ってきた。大頭系諸本との異同をマクロなものとすれば、幸若系の、それも同一家系内での時代を隔てた伝本の異同はミクロなものとはいうことができるだろう。しかし、そうはいってもそれなりの意図をもって、テキ

ストは常に（振幅は小さいとはいえ）流動的であったのである。

九州・大江の大頭舞を除いては、近世の「幸若舞」は、「先祖は一軍の大将も仕りたる由申伝へ候へは、猿楽なとにひとしき音曲者の様に面を諸人にまもられ候はん事、先祖への不孝たるへき」（幸若長明書上・宝永三年）という意識のもと、能の居グセの如くに座して「音曲」を行う（謡う）ばかりになっていた。正月などの然るべき日に、将軍や大名衆の要請に応じて、幸若三家（小八郎・八郎九郎・弥次郎）の者がそれぞれに幸若を謡い、皆は恭々しくそれを「聴聞」したのであった。それがかれらの矜恃を保つ唯一の方法であったのだが、そのことはまた形骸化し、零落した姿を曝しつづけることに他ならなかったのである。長明書上に「虚白老（小八郎安林。寛文六年没）音曲盃之上にて一節又詰、よみ物など一人にて被勤し」とあるような実態だったようだ。能のように同流諸家が共演することもないから、その時々の、当該家の者（「一人にて」行うことも、シテ・ワキなど分担することもあったろう）が同一のテキストを使用する限り、詞章異同は問題とならないはずである。むしろ一定枠内での詞章の変改の工夫、曲節に変化をつけてみることは、積極的に行われさえしたことを、残存するテキスト群は物語っているのであって、それは系図や幸若文書による詞章補訂の試みを示唆する表現を証拠立てるものということができるであろう。

注

（1）麻原美子氏は幸若舞曲のテキストが幸若系と大頭系の二つに大きく分類されることを初めて明らかにされた（「幸若舞の流派とその詞章」〈『国語と国文学』昭51・7、同氏著『幸若舞曲考』所収〉）。また、新日本古典文学大系『舞の本』解説参照。また同氏はテキストの内容種別により説話・物語系（七曲）と軍記物系（四五曲）に大別され、後者はさらに源平物・義経物・女性物・曾我物・太平記物・戦国軍記物に下位分類された（同氏右著書）。

（2）「語り物の展開(1)――幸若舞曲の成立〈幸若舞〉の成立と展開――」（『散文文学〈物語〉の世界』〈講座日本の伝承文学　第三巻、平7・10、三弥井書店〉所収）。『寛永版舞の本』（平2・5、三弥井書店）「解説」ではテキストの成立について若干述べた。

（3）麻原氏は諸本を次のように分類された。幸若系　第一類甲本（内閣文庫本・毛利家本）乙本（蓬左文庫本＝大道寺本・東大本＝天理本・松村本・（越前本）　第二類　慶大本〈伝小八郎とも〉・京大一本
大頭系　第一類甲本（大頭左兵衛本）乙本（杉原本）　第二類甲本（文禄本〈上山本とも〉・関大本・大江本）丙本（黒田家本〈秋月本とも〉）（注1の書に拠る）

（4）ただし打波六兵衛家蔵越前本は「去間頼朝は、上洛ましく〵て、大仏供養をとげさせ給ふ」という冒頭本文の右に書き込みがあり、「かゝるめてたきおりふし」とある。大頭系本文の影響とされようが、「去間」にミセケチを付していることから、鎌倉誉めなしで、いきなり書き込み本文のように語り始めるのをよしと認定したと思われる。幸若系のテキスト管理という点で、注目してよい現象である。
また、酒肴のもてなしを述べるのに、幸若系は「二日の日のざつしやうに肴のかずをぞつくされける」（毛利家光治本）としか言わず、「肴」の内容には触れないが、大頭系は「二日の日のざつしやうには、肴のかずをそろへけり。ぢむのほたじやかうのへそ、鎧はらまきたちかたな、名馬のかずをそろへ、おもひく〵にひかれたり」（左兵衛本）と具体的。語りから、イメージを鮮明化させようとする大頭の行き方がみてとれる。

（5）小林美和「参考『山中常盤』の詞章」・村上　学「幸若舞曲原態への模索―『含状』『山中常盤』を手がかりとして」（『幸若舞曲研究』㈠　昭54、三弥井書店）等参照。

（6）幸若系第二類本と弥次郎家との関係については、村上　学「幸若弥次郎家本舞曲に関する一推論」（その一）（『国文学研究資料館紀要』五号）に詳しい。

(7)『毛利家本舞の本』(昭55・2、角川書店)
(8)右書「解題」六一三頁。
(9)同右
(10)『朝日町誌』(平7・10、福井県朝日町誌編纂委員会)所収。翻刻服部幸造氏。
(11)「打波本幸若舞曲本文考」(『伝承文学研究』四六、平9・1)
(12)同右
(13)「京都大学付属図書館蔵『幸若直熊本』(上)(下)」(『幸若舞曲研究』第七巻・第八巻〈平4・1、平6・2、三弥井書店〉所収)
(14)注10の論考。
(15)注6の書六一二頁。

幸若舞の音曲と芸態

――大江幸若の場合――

蒲生　美津子

大江の幸若舞は、昭和五十一年五月四日付けで国指定の重要無形民俗文化財となり、福岡県瀬高町字大江の幸若舞保存会において伝承されている。大江に伝承の舞は大頭系の舞で越前幸若家の舞とは別系であることが学界の通説で、保存会のかたがたもこのことを認識しており、公演プログラムには「幸若舞（大頭流）」と記している。しかし文化財指定の名称は「幸若舞」なので、本稿ではその呼称に従い、大江幸若舞の現在の音曲と芸態について論ずる。なお音曲については、拙稿「大江幸若の音楽様式(1)」に詳しいので、音曲面は芸態との関連において扱うこととする。

幸若舞保存会の伝承曲は、日本記、浜出、扇の的、夜討曽我、安宅、八島、和泉城、高館の八曲である。各曲はコトバ、カカリ、フシ、ツメなど一定の様式をもった曲節型が組み合わされて構成されており、曲節型ごとに音曲や芸態の違いを指摘することができる。それらの演唱行為については「歌う」の語を使用し、所作行為については「舞う」の語を使用する。

本稿を成すにあたっては、幸若舞保存会の二十七代家元江崎恒隆氏、松尾親廣氏、松尾正巳氏より舞や装束づけなどのご指導をいただいた。お名前を記してお礼申し上げる。またかつてご指導いただいた二十六代家元の三小田隆憲氏はご不快中であられるという。氏のご回復を心よりお祈りする。

一、演ずる時と場

幸若舞は毎年一月二十日十二時から、五穀豊饒を祈って大江天満宮にある舞堂で数番が演ぜられる。(2) 南面した拝殿と本堂に向かって左側に、東面して舞堂がある。

高野辰之が明治四十年前後に来訪したころは天満宮の拝殿で舞われていたが、大正二年に、隣の有富部落にふたつあった宮を合社したとき、建材を運んで、幸若舞専用の舞堂を造ったのだという。木造萱葺きのおもむきのある建物で、昭和四十五年以降増修理を行っていた。現在の舞堂は、平成八年に改築されたもので、すっかり真新しくなった。屋根の萱は台風に弱く補修をひんぱんに行わなければならないので、葦となっている。舞台の後方に広い廊下があり、立ち方の出入りにも便利となった。

舞台はいわゆる額縁舞台で、以前より少し広く、横四間半縦二間半（八五五×四七五センチ）である。三人の立ち方が両手を広げても余裕がある幅である。床は横板で、桧板を二重に重ねて敷いたとのことである。

舞台の後方正面と左右には幕を張り巡らす。濃い青色の地に、正面幕は舞台に向って左から下り藤、陰陽の菊、五七の桐とし、左右の幕は藤と桐が白く染めぬかれている。下り藤は蒲池家、五七の桐は桃井家の紋という。舞堂の全景写真と図1の舞台での位置関係をご覧いただきたい。

大江幸若舞保存会提供

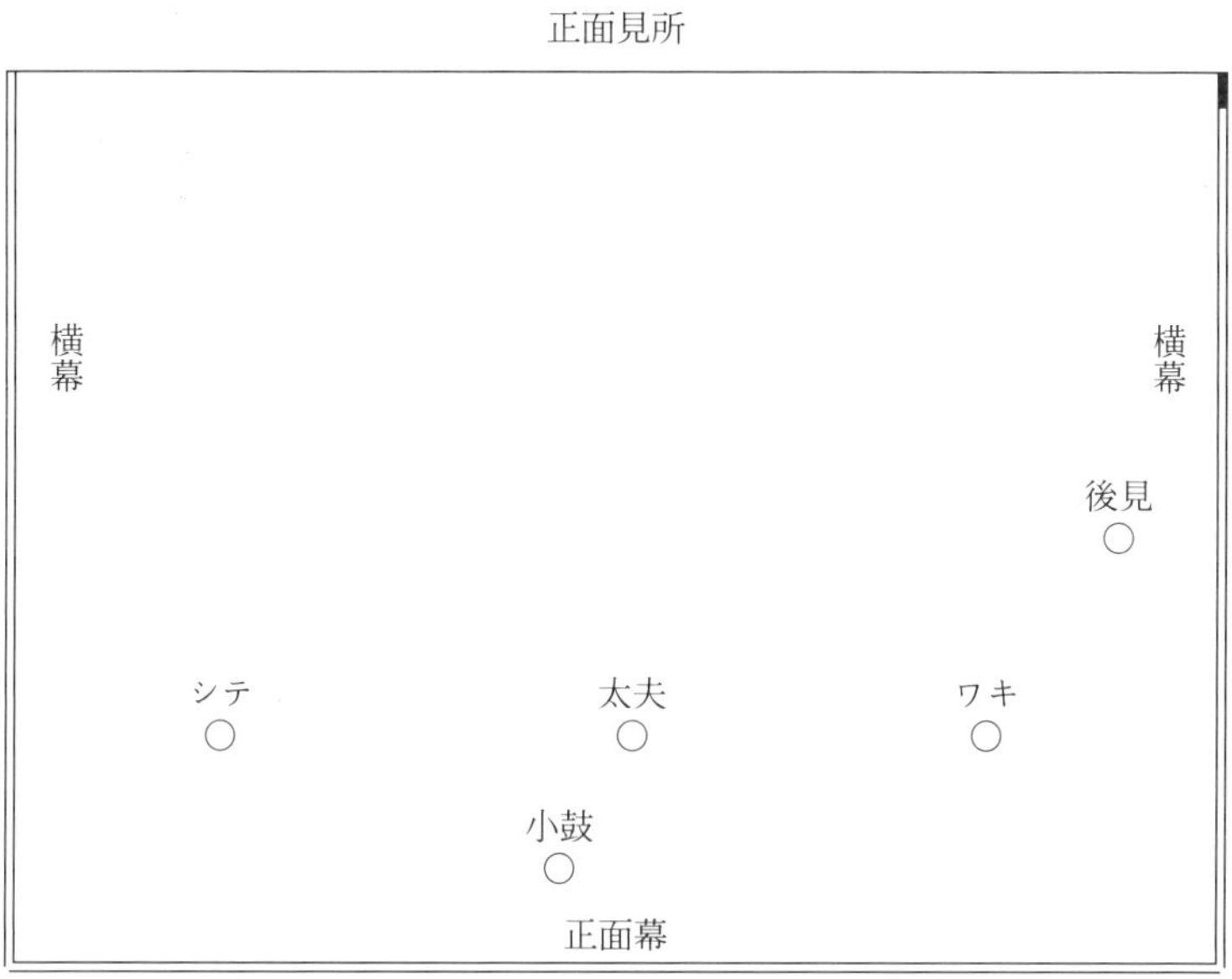

図1　舞台での位置関係

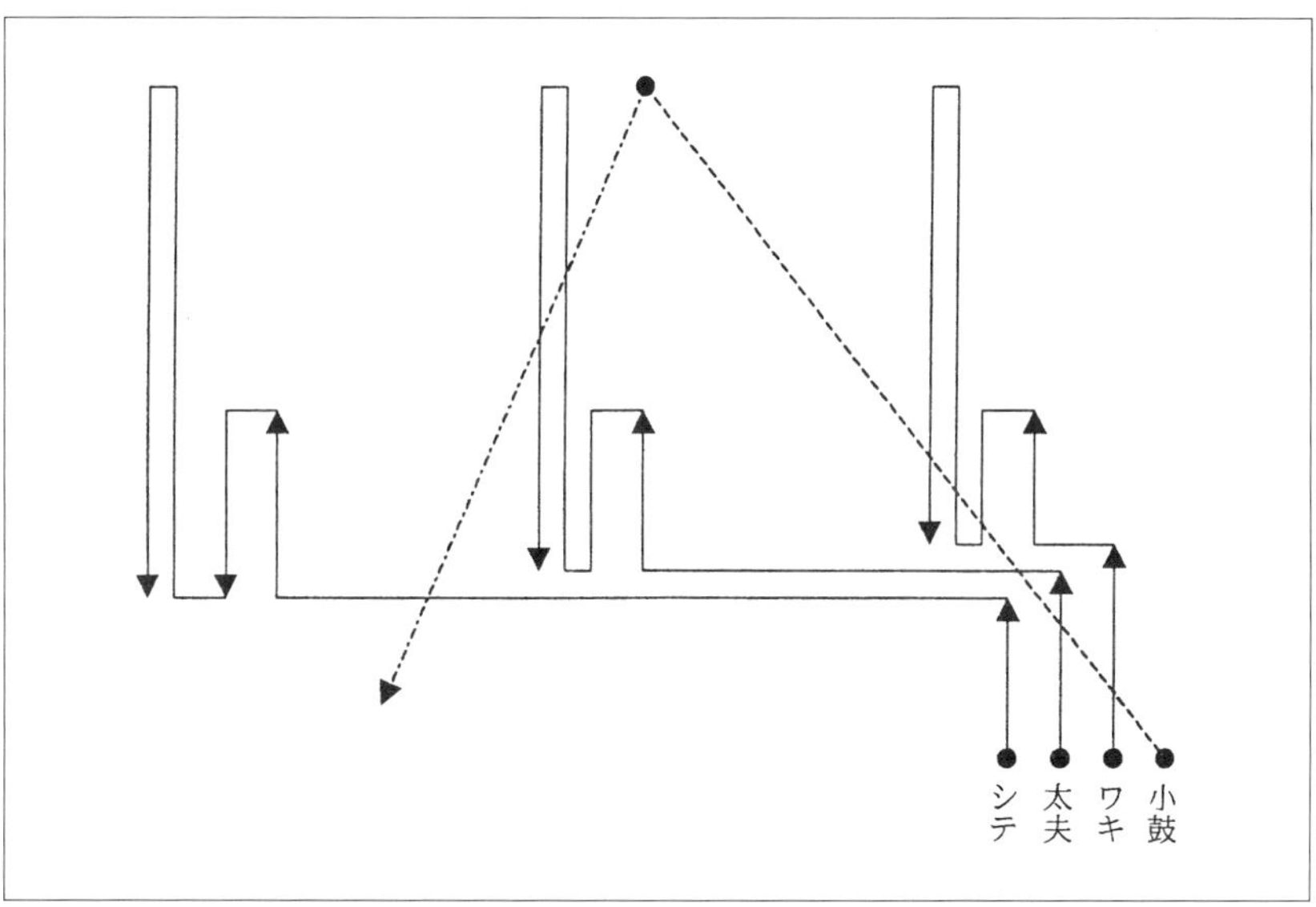

図2　登場の次第

二、演技者

何人で舞うか

大江では太夫、シテ、ワキの三人で歌い舞い、それに小鼓が加わる。物語のなかの登場人物が複数であっても、能や狂言のように役ごとに変わって唱えることはない。またシテとワキは、能のような役種の違いをもっておらず、ほぼ同等の役割を担っている。コトバ部分（後述）が長い場合太夫に取って代わって独唱したり、太夫とともに歌う斉唱者である。

独唱と斉唱を区別するのであれば、最低二人で間に合う。記録を繙くと、まいまい一人、女二人男一人、ちごおとこ二三人、脇ツレ女房の男女五人(3)など人数がさまざまだが、一人とあっても主だった名を記したのかもしれず、五人とあっても何人かで曲を分担したのかもしれず、はっきりしない。そのなかで、『管見記』『経覚私要抄』『実隆公記』『十輪院内府記』等諸書の「二人舞」は久世舞、まいまいと同じほど種目名として散見する。譜本にも「シテ」「ワキ」「ワキカカル」の書き入れがあるものがあり、シテとそれ以外であったことが知られる。また「同音」という記述から、一人歌いにもう一人が加わって斉唱したことが知られる。『経覚私要抄』長禄四年三月十六日の条に「今日又出河東聞件舞了。結句ニ三人同時舞之」というのがあり、これは終わりをはなやかにする特別の例と思われる。譜本類には「太夫」という書きこみは見当たらないが、演奏記録には香若太夫、若太夫などの芸名が散見する。大江では太夫という称号とシテワキの役種名が同居したかたちで使用されている。大江で三人で演ずる芸となったいきさつは不明だが、大正十四年にはすでに三人であったことが知られる(4)。

男女老若の誰の舞か

大江では青年壮年男子が舞うのが原則だが、日本記や浜出など小曲は少年にもさせている。それ以外の曲でもシテとワキにツレを加えて四人舞五人舞で行うこともある。年齢層を広げることは、芸の伝存に欠くべからざることで、また芸そのものも凛々しく華やいだものとなる。現在保存会では伝承者を字大江に住む人に限っているので、少子化問題がここにもあり、習得者を少年に限るか大江在住者に限るか、少女にもさせるかあるいは瀬高町全体にまで広げるかの選択に迫られている。源流に遡ると、女曲舞と男曲舞との二系統があり、稚児舞もあった。女十九歳、二十五、六歳もおり、家族の一座が舞う場合もあった[5]。大江の少女たちは舞うことに意欲的であるといい、柔軟な対応が望まれる。

装束類

立ち方は、武家の常服であった素襖を着る。太夫は柿色、シテとワキは梅色の地で、それぞれ横に白線が二本入っており、両手を広げたときによく映える。太夫の明るい橙色を中央にして、シテワキの濃い赤がその左右をしめ、均衡のとれた美しさを創っている。これらの装束は高野辰之の指示によるといわれるが、はっきりとは分からない。ただしこのような配置からは三人による舞であることがいかにも自然であるように見える。青色の幕を背に、赤を基調とした装束は、色彩的にも見栄えのするものである。演目により装束を変えることはなく、すべての演目に上記の装束を着ける。ただし大江の幸若舞を歌った斎藤槻堂の短歌に「いえもとの衣装はしぶき紺なりし　つづみも音のさえて妙なる」とあり[6]、大江内でも変化があったことが明らかである。

このほか、太夫は立烏帽子を冠し脇差を着け、金色の扇を持ち、歌うときには広げる。シテとワキは侍烏帽子に脇差を着け、紫色の中啓を持つ。フシとツメでは全員が広げ持つ。ただし両手はつねに袖のなかにあり、袖のなかから持っている。

歴史的には寺社や邸宅の前庭で行われた記録があり、戸外では素襖を着用したとは考えられない。「児水干大口立烏帽子ニテ舞之。男ハ直垂大口」は戸外でも可能であろう。(7) また大雨のときの上演記録も多いので、邸内でも催されたことは確実で、この場合は素襖を着た可能性はある。

三、舞の基本

構え

片膝をつく構えと立つ構えの二種がある。片膝をつく構えは、コトバ部分で独唱を担当しない場合と、カカリ、イロなどで太夫が独唱しているときにシテとワキが行う。後面向きで右足を立てて腰を左足首に下ろす。

立つ構えは、上体をやや前に傾け、両腕はやや下げて抱え込むように円形にして立つ姿勢である。両手は、親指は伸ばし第二指以下はまげて素襖の袖を握る。コトバ、カカリ、イロのときに太夫が、ツメのときシテとワキが構えの姿勢をとる。

運び

舞台上を舞い動く場合で、登退場およびフシで行う運びと、ツメで太夫が行う運びの二種がある。登退場およびフシでは、能の擦り足のように擦ったあとつま先がわずかにあがる運びとは異なり、足の裏全体を床に擦り付けて移動する。下袴のすそが長く、つねに足全体は袴のなかにあるので、袴は下へずれないようにかなりきつく締める。「まいまい」とも呼称されたのは、このように体全体が地面を這って移動する動きがかたつむりに似ていたからであろうか。

それとも手足を装束のなかに入れ頭部だけを出して舞うことを云ったのであろうか。いっぽうツメでは太夫は膝を上げ足全体で床を踏む。踏む都度、下袴がつらないように、腰のあたりの袴を袖にいれた両手で持ち上げる。上体は前かがみではなく、まっすぐ起こした姿勢をとる。前進は左足から、後退は右足からを原則とする。

いずれの場合も、手も足も装束の外に出さないことは、能や舞楽の着付けや舞とおおいに異なる。貴人の前での芸能者の礼儀を物語るのであろうか。

登場の次第

舞台前方に幕はなく、したがって登場の次第が演技の重要な部分となっている。メインの曲の奏演前に行われる意味では舞楽の出手に相当する。しかし機能は異なり、出手が舞人の威儀を正し四方の清めの意味を持つとすれば、幸若では観客への拝礼の意味を持つ。無音のなかで厳粛に行われ、全員の登場に五、六分を要する。

図2のごとく、まずシテが下手幕間から運びの姿勢で登場し、上手方向に前進し、中央の桐紋のところで、前に出している右足を後方へ九〇度引き下げ、その足に左足を添える。次に三歩出て右足を左足よりやや前に添える。続いて右、左、右と後方へ引き、さいごの右足は左足に添える。両足をそろえた構えの姿勢から、右足を前方に弧を描くように摺って真横に開き、左脚を曲げ、少しずつ腰を下ろし、同時に両手を正面に合わせ、上半身を前へ倒していき、扇の先に額が着くあたりまで頭を下げる。以上が左膝を立てた蹲踞の礼である。構えに戻りさらに舞台の最前まで進み、前に出している右足を大きく一八〇度後ろへ引き、左足に添えて後面向きとなる。後方幕前まで進み、右足を立てて腰を下ろす。同様のことを太夫、ワキが行う。鼓方は舞台前方に斜めに歩行し、正座する。白扇を前に置いて礼をしたあと、扇を脇に差し立ち上がって後ずさりで小鼓座に進み床几に腰掛ける。

四、音曲と芸態

ここではレパートリーのうち「浜出」を例に音曲と芸態の関係を述べたいと思う。浜出は、源頼朝が大将軍となりその栄誉を称えて由比ガ浜で催された船楽の模様を歌った作品である。船楽が行われた記録はないが、歌詞の「陵王に一踊り、還城楽のさしあし、抜頭の撥返り、輪台破のさすかいな、青海波の抜く手」などは舞楽の舞の手に一致しており、鉦鼓、太鼓、琵琶、箏、琴など豪華メンバーを揃えた賑やかだった宴の様子が生き生きと表現された曲である。

大江には浜出の譜本は、明治三十三年の奥書をもつ真多平本のほか力蔵本があり、国会図書館にもう一本大江系の譜本がある。このほか関西大学本、京都大学本、黒田本など諸本があるが、どの譜本も基本的な曲節型構造は変わらない。大江で配布されるプログラムには真多平本によったものが掲載されている。大江諸本と冒頭論文でおこなった分析名称による曲節型構成を示すと表1のようになる。

曲の冒頭部分には曲節型の記載はないが、序開キである。また打切のあとはツメが続行する。分析名称の欄にある曲節型ごとに音曲と芸態について解説しよう。

序開キ

小鼓方が床几にかけるのを見計らって、太夫が立ち上がり前向きとなり荘重に歌い始める。歌詞が長い場合、シテやワキに交代することがあるが、終わりは必ず太夫が歌う。つぎの曲節型のカカリを太夫が歌わなければならないからである。歌い手のみ構えの姿勢をとり、他の二人は後ろ向きに腰をおろしている。小鼓は加わらない。

表1 「浜出」大江諸本対照表

段	歌詞（歌出し）	句数	大江現行本	真多平本	力蔵本	大江国会本	分析名称
1鎌倉尽くし	そもそもかの鎌倉と	18					序開キ
	八つ七郷にぞ	1	カカリ	カカリ	カカリ	カカリ	カカリ
	あら面白の	21	フシ	付ケ	（不記）	フシ	フシ
2初日の祝宴	かかるめでたき	24	コトバ	詞	言ハ	言ハ	コトバ
	黄金のつるべを	1	カカリ	カカリ	カカリ	カカリ	カカリ
	はねつるべにて	1	←	←	ウケカケ	ウケカケ	←
	酒にあまたの	6	フシ	フシ	フシツケ	フシ	フシ
	蓬萊の山の上には	1	イロカカリ	イロカカリ	イロカカリ	イロ	イロ
	李夫人が	9	フシ	フシ	（不記）	フシ	フシ
3二日目の祝宴	二日の日	13	コトバ	詞	言ハ	言ハ	コトバ
4三日目の船楽	皆御供とこそ	1	カカリ	カカリ	カカリ	カカリ	カカリ
	船の上には	5	イロ	イロ	イロ	イロ	イロ
	水引に錦を	7	ツメ	ツメ	ツメ	ツメ	ツメ
			打切	打切	打切	打切	打切
	秩父の六郎殿	43					ツメ

コトバ

芸態は序開キと同様であるが、テンポは少し早めとなる。

カカリ

太夫が構えの姿勢で歌う。コトバからフシやイロの類への導入旋律で、歌詞は一句のみのことが多い。句の終わりに小鼓方は、ホーホーと掛け声をかけたのち鼓を抱えて、つぎのフシに備える。

イロ

太夫が構えの姿勢で独唱する。切々と歌い上げる歌詞が多く、二句以上から成り、各句末で小鼓方がホーと掛け声をかける。

フシ

おおらかな旋律で歌われる曲節型で、小鼓は歌の各拍ごとに鼓を打ち、旋律の節目節目でホーあるいはイヨーと掛け声をかける。概してホーは歌の音高より高いところから下がる掛け声で、イヨーは歌と同じ高さの音をまっすぐに伸ばすような掛け声である。立ち方三人は運びの姿勢となり、歌いながら舞台をゆっくりと前進あるいは後退する。音調が上がりかけたら太夫に従ってシテとワキも並んで前進し、音調がもっとも高いときは舞台の最前まで進む。音調が下がりかけたら、太夫にしたがって後退する。このような説明はいかにも非理論的に思われるが、演ずる方々は音調の違いは小鼓の掛け声で大体判断できると説明なさる。運びは先に述べたようにまったくの擦り足で行われる。

ツメ

立ち方三人の斉唱と小鼓の演奏で、太夫は足踏みをして舞台をまわる。幸若舞の曲のもっとも活気のある部分で、リズムが眼目であったといわれる曲舞を彷彿とさせる。

イロ最後の小鼓「ハー」のかけ声のところで、シテとワキは前向きとなり、太夫とともに立ちあがる。最初の一句「水引に錦をさげぬれば」を三人で斉唱する。このとき太夫は、歌いながら扇を開き、袴の腰の辺りを両手で摘み、踏む用意をする。二句目の「浦吹く風に」から、太夫は舞台を前後左右に踏み進む。

歌詞については、句ごとに等間隔に近い一定のリズムのまとまりを感じることができる。これには二種類のリズムが認められる。ひとつは、歌詞を、原則として四シラブルで一まとまりになる枠に当てはめるタイプで、フシほどではないがかなり旋律的に歌われる。もうひとつは、八シラブルで一まとまりになる枠に当てはめるタイプで、歌うというよりも一定の抑揚に歌詞のシラブルをはめ込んで進めるものである。前者をツメⅠ、後者をツメⅡと呼ぶと、両タイプの各一まとまりは、ツメⅠがツメⅡよりやや早めである。しかしシラブルの数がツメⅠはツメⅡの半分なので、ツメⅡのほうが早口で歌われているという感じが強い。リズム感も後者のほうが強い。ツメ部分の歌詞を一句一行にして示すとつぎのようになる。ツメは必ずツメⅠで始まりツメⅠで終わるが、終わりになるにしたがってツメⅡの部分が多くなり、ツメⅠがツメⅡの間に挿入されているような感じを受け、どんどん躍動感を増していく。ツメという用語も、一定の枠に言葉を詰めこんで進めるという意味を表すということが納得できる。

ツメⅠ　　みずひきにーにしきをさげぬればー
　　　　うらふくかぜにーひょーよーしー
　　　　ごくらくじよーどはーうみのうえにー
　　　　うきいでぬかるとうたがわるるー
　　　　おんがのまいあるべしとてー

げんかんのーやくをぞさされけるー

打切　イヨー　ホー　エイ　ヤ　ハー

ツメⅠ　ちちぶのろくろーどのー

ふえのやくとぞきこえけるー

ながぬまのーごろーはー

とびょーしのーやくなりー

かじわらのーげんだーかげすえはー

たいこのやくとぞきこえけるー

ツメⅡ　ごれんちうにはーびわさんめんことにちょー

きんのことのやくをばーきたのーおんかたひきたもー

いちめんのびわをばーほーじょーどののみうちさまー

かずさのすけのみうちさまー

ツメⅠ　わごんのしらべーたまいけんー

げんかんいずれもー

なにしおーたるじょーずなり

ツメⅡ　ぶたいのうえのまいちごはーちちぶどののじなんー

ふじいしどのともーしてーじゅーさんになりたもー

ツメⅠ　しこーそだちのめいどーなり

ツメⅡ　たかさかどののつるわかどのーひだりのいっとーうけとりぬー
そーじてちごはじゅーはちにんーくにんずつにわかってー
ヒャーひだりーハーみぎのまいをまいたもー
ツメⅠ　いずれもまいはーじょーずなりー
ツメⅡ　りょーおーにひとおどりーげんじょーらくのさしあしー
ばとーのまいのばちかえしー
ツメⅠ　りんだいはにさすかいなー
ツメⅡ　せいがいはにはひらくてーことりそにーはがえしー
いずれもきょくをのこさずーよにさんにちぞまわれける
うつもふくもかなづるもーぼさつのぎょーこれなりー
てんにんなあまくだりーりゅーじんなうきあがりー
ツメⅠ　ふねびょーどーにめぐるらんーけんもん
ツメⅡ　かくちのともがらもーうかれてここにたちたもー
おんまえのひとびとー
ツメⅠ　ごしょりょーたまわり
みなしょちとこそきこえけ（る）

表2をご覧いただきたい。この表は、平成三年十一月鶴岡八幡宮で演ぜられた録画テープによるものである。歌詞

表2「浜出」ツメ

段	1	2	3	4
ツメI	みずひきに―にしきをさげぬればハ			
	●うらふく	●かぜに―	○ひょ―○よ―	●し―イヨ
	●――◇ごく	○らく○じょ―	○ど●はイヨ	
	●―うみの	○うえ●にハ		
	●うきいで	●ぬるかと	○うた○がわ	○る●るイヨ
	●――◇おん	●がのまい	○ある○べし	○と●て◇イヨ
	●――げん	●かんの―	○やく○を●ぞ	
	●さされけ	●る―		
打切	◎◎イヨ―ホ―エイ　ヤ　ハ―◎◎			

ツメⅠ

ちちぶのろくろ―どのイヨ

●―ふえの　●やくとぞ　○きこえ○け　●る―◇イヨ

●――なが　●ぬまの―　○ごろ○―●は　イヨ――

●――とびょ　●―しの―　○やく○な●り　イヨ――

●――かじ　●わら◇の―　●げんだ―　●かげすえ　●は―ハア

●たいこの　●やく◇とぞ　○きこ○えけ　●る―イヨ

ツメⅡ

●　ごれん　●ちうにはハ―――　●びわ―さんめん　●ことにちょ―ハ――

●きんの―ことの―　●やくをばハ―――　●きたの―おんかた　●ひきたも―ハ――

●いちめんの―――　●びわをばハ―――　●ほ―じょ―どのの―　●みうちさまハ――

●かずさのすけの―　●みうちさまハ――

ツメⅠ	●わごん◇の	●しらべー	○たー○まー	○いー○け	●んーーー
	○げーん◇ー	●かーんー	○いー○ずー	○れ●もイヨ	
	●ーなにし	●おーたる	○じょー○ずー	○な●りイヨ	
ツメⅡ	●ぶたいの○うえのー		●まいちごはーハー	●ちちぶーどののー	●じなんーハーーー
	●ふじいしどのとー		●もーしてハーーー	○じゅーーーさ○んにー	●なりたもーハーー
ツメⅠ	●ーし◇こー	●そだちの	○めいど○ー	○な●りイヨ	
ツメⅡ	●たかさか○どの◇のー		●つるわかどのハー	●ひだりのいつとー	●うけとりぬーハー
	●そーじてちごはー		●じゅーはちにんハー	●くにんーずつにー	●わかってハーーー
	●ヒャーーーーーー		●ひだりーハーーー	●みぎのーまいをー	●まいたもーハーー
ツメⅠ	●いずれも	●まいはー	○じょー○ずー	○なり●イヨ	

ツメⅡ

●りょ—お○—に—／●ひとおどり◇—ハ—／●げんじょ—らくの—／●さしあしハ———

●ばと—のまいの—／●ばちがえし—ハ—

ツメⅠ

●りんだい◇／○はにさ○す／○かいな●—／ハ—

ツメⅡ

●せいがいはには—／●ひらくてハ———／●ことり—そに——／●はがえしハ———

●いずれもきょくを—／●のこさずハ———／○——よひさん●にちぞ／●まわれけるハ——

●うつも—ふくも—／●かなづるも—ハ—／●ぼさつのぎょ———／●これなりハ———

●てん——にんな—／●あまくだり—ハ—／●りゅ———◇じんな—／●うきあがり—ハ—

ツメⅠ

●ふねびょ○—／○ど—に●—／○め—ぐ○—／○る—ら○—／●ん———

○け◇—ん—／●も—●ん—

ツメⅡ	●かくちの	●ともがらも―ハ―	●うかれてここに―	●たちたも―ハ――
	●おんまえの―	●ひとびとハ――		
ツメⅠ	●ごしょり―	●たまわり		
	みな―しょち―とこそ―きこえけ――			

をひらがなで、小鼓のかけ声をカタカナで行の中央に示した。歌詞の左右の丸印等は踏む個所を示している。歌詞の左側は左足、右側は右足である。●はドーンとはっきりと聞こえる強踏を示し、○は弱踏を示す。弱音だがそれとはっきり分かる。強弱いずれもきっちりと股を上げて踏む。まれに見える◇は左右の方向転換をするために添える足の運びを示す。この運びの音は出ず、見物者にも気がつきにくい。

太夫が舞台を踏み進むラインはつぎのようである。まず図3のように、舞台中央奥から前方に直進し、次に右斜め（四五度）に曲がり舞台下手奥に進む。つぎに舞台右端を前方に直進する。つまり左に四五度ほど曲がることとなる。舞台前方に達したら左斜めに（約六〇度）曲がり、舞台上手奥に進む。その後砂時計型に進みつづける。ただし小鼓がテンテンと打音を響かせ「ヨー、ホー、エイ、ヤ、ハー」と掛け声をかけ、テンテンと打つ「打切」の手が入ると、そこで踏進を中止して、舞台中央奥の太夫本来の位置に後ずさりする。打切の手が終わると、図4のように、図3とは正反対の踏進を行う。右足を白矢印、左足を黒矢印で示すと、いずれの場合も、図5のように右曲がりの直後は右

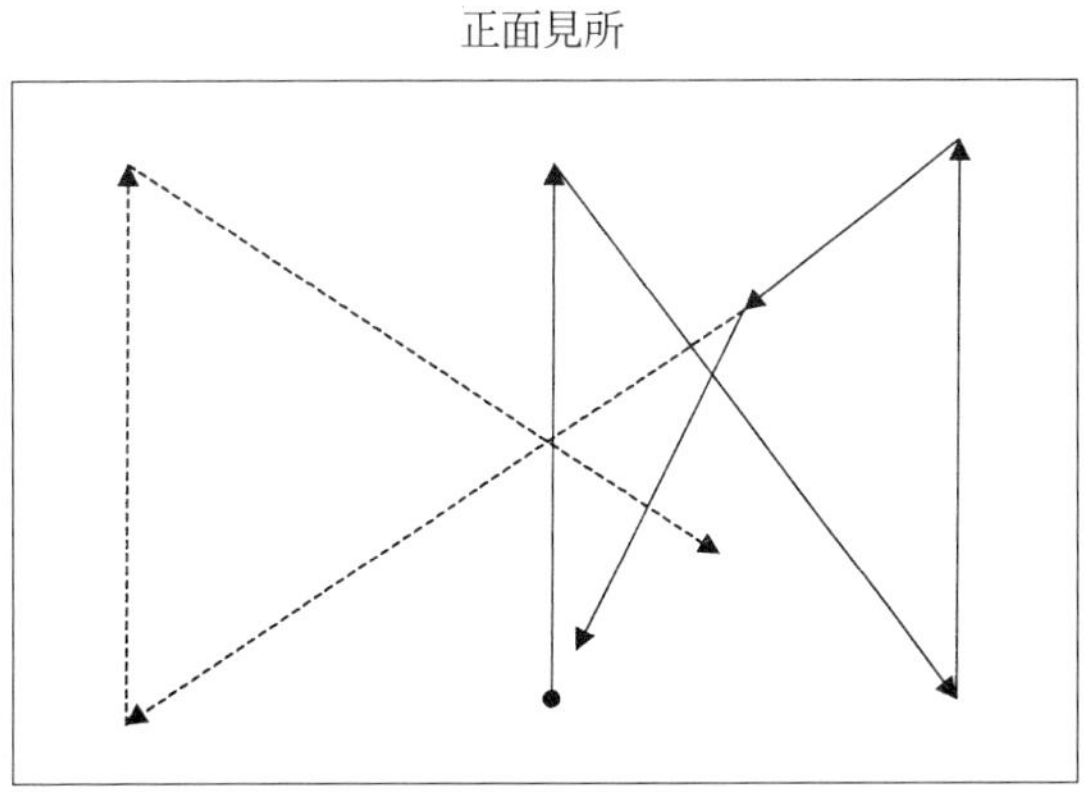

図3　ツメの始め

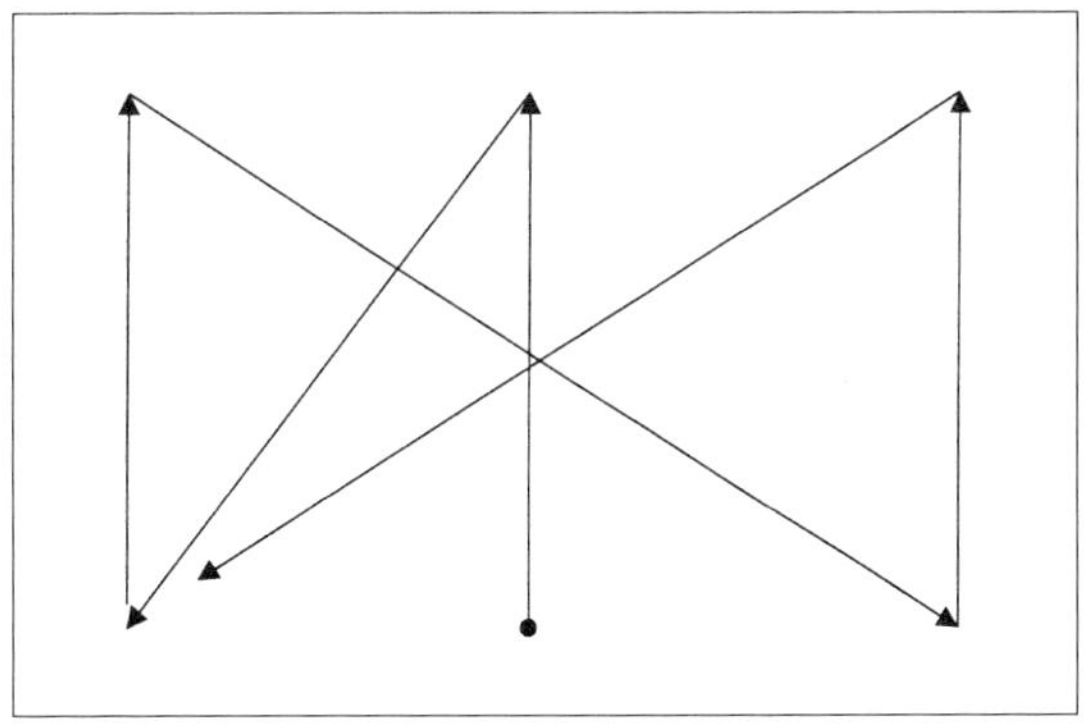

図4　ツメ打切の後

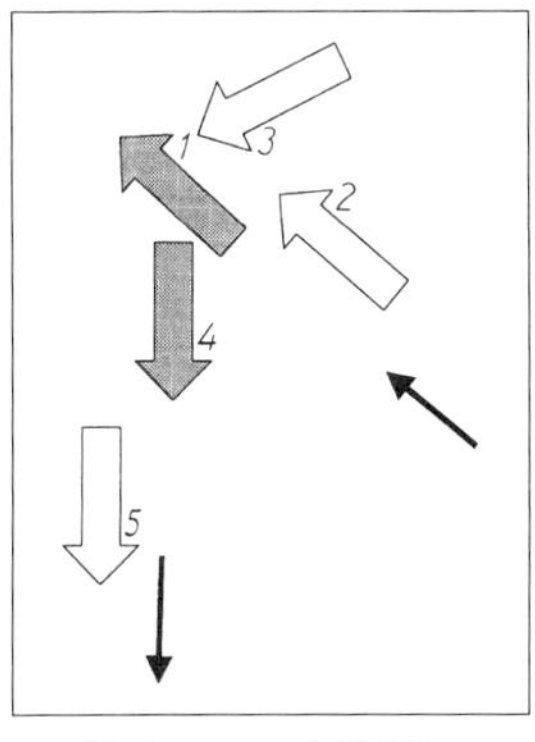

図6　ツメ左曲がり

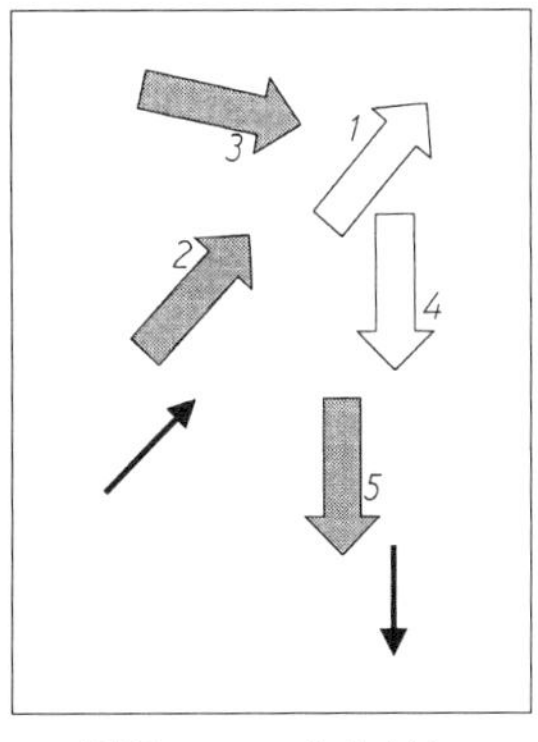

図5　ツメ右曲がり

足を踏み、左曲がりの直後は図6のように左足を踏む。踏進ラインの大きさは舞台によって多少異なるが、幕の紋を目安にしているので、それほど違うわけではない。

しかし打切の個所と回数は演目により異なり、たとえば扇の的では三回もある。ゆえに定位置に戻るときの位置や進行の反復回数も異なり、踏進は臨機応変に行われる。浜出では、前方へ直進のあと「御賀の舞」のところで方向転換（◇印）ののち二句ほどで打切となる。打切は一回だけなので、直進のあと左に折れる図4のほうは二周り半ほどとなっている。なお「打切」の表示は、大江本に歌詞の横に加筆のかたちで記載されるだけで、他本には見えない。打切は臨機応変に行われたのかもしれない。

小鼓の打音は、強踏弱踏の足踏みの場所に一致している。歌の句ごとにかけ声がかけられる。かけ声の「イヨ」の次にはつぎの歌い出しに間があり、「ハー」の次は間が少ないことが指摘できる。また、リズムタイプの変わり目などで一定のリズムが崩れて長めになったり短くなることがある。曲の終わりのほうでは拍節感が希薄になる。ただしこのようなリズムの崩れも、演者のその時の調子によるのではなく、修練を重ねることによって演者の身についた確固とした芸態として存在する。つまり、小鼓に「合わせて」太夫が足踏みをしたり、かけ声に「合わせて」歌の各句を歌いだしているのではない。歌も足踏みも小鼓もすべて口頭伝承によっている。

おわりに

幸若舞は、平家のような座して物語を語っていた芸能が、立ち回って語り歌う芸に変わった、いわば語り舞である。しかし「舞」といっても、両方の手は表現手段として使われてはいない。扇の開閉や袴を摘むときも、手は袖のなかにある。顔も物語の内容に応じて表情を変えるということはもちろんなく、上体も下肢から独立して動かすことをしない。跪く、身体全体で立つ、足の裏全体を擦って歩行する前進と後退、立ち回って踏むというきわめて凝縮された所作である。幸若舞では、この定型的規格的所作に基づいて、一定の拍節にのせて歌うという新しい形式が生まれた。フシとツメである。フシのような旋律の伸縮が一定であることは、聞き手には、緊張を解きほぐす伸びやかな雰囲気を与える。またツメのような力強い足踏みは、聞き手には、乗りのよい心地よさを与えることとなった。

演奏の模様を伝える記録には、音曲や芸態については、音曲に趣きがあり舞も上品で魅力的で愛らしく、おもしろく、珍しいと絶賛している。ときに涙したとも伝えている。とくに少年や稚児の舞が好まれたようだ(8)。稚児がたどたどしい言葉運びで高く響く発声で歌ったり、少年が凛々しく溌剌と強く動いたとしたら、それはさぞ、見る人々を楽しませたに違いない。しかし子供の語りには限界もあろう。

立ったまま歌う長大なコトバと、フシやツメへの繋ぎをするカカリ、イロの類はどうであろう。全体の半分近い分量を占めるコトバは、現在では歌いかたが固定し、記録に見えるような誉め言葉とはかけ離れた、意に満たないものとなっていると云わざるを得ない。現行曲の諸本を見渡すと、たとえば「和泉城」のクドキの「我が身はただうちとけて、最後を知らぬぞあはれなり」やイロの「女房聞いて、あら御いたはしや」には歌い出しに「フン」という書き込みがある。「フシ」と見間違いそうな書き込みであるが、興奮や激情を表す感嘆詞である。また「安宅」の「ホオゆうべも五人切らるる」「イヤた所こはふるとも」「ハウ弁慶とかうして」「へーどこへぞふ夫山伏の名の」なども、小鼓の掛け声と見るよりは強調のための感嘆詞と考えるべきであろう。「浜出」にも「ひゃー左、ハー右の舞の舞いたもう」という賑やかさを強調する立ち方自身の掛け声があった。

大江所蔵のなかで最古の享保七年の識語がある「八島」の譜本をみると、ヤワラカニ、シツカニ、ツヨクなど発声

について の注記が見え、歌詞の「人のおやの子を思ふみちほどに」「たからかに」「おめきさけんで」「いしうも申たる」などそこここにツムルと注記されている。ツムルとは声を呑むようにする発声であろうか。これらの注記は歌詞の横にたまたま加筆追記されたもので、幸若舞が大江に伝えられてあまり時を経ぬころの歌いかたの片鱗を示すものと思われる。譜本には記述されなかったが、歌それ自体に、歌い手の力量による感動を呼び起こすさまざまの工夫が、もっともっと盛り込まれていたはずである。このことを一考する余地があるのではなかろうか。

注

（1）「大江幸若の音楽様式―段と曲節型」（久万田晋との共稿。『幸若舞曲研究　第六巻』三弥井書店、平成二年）

（2）上演日程や神社との関係などは、幸若舞記録作成委員会編『大江の幸若舞』（昭和五十四年）四六～四七頁に詳しい。

（3）「禁中御懸ニテ女房舞参了。烏帽子頭五六人有之。」（『言経卿記』天正四年三月六日の条）
「自一昨日福寺久世舞在之。児五人舞」（『尋尊大僧正記』文明四年六月三日の条）
「くせまい、ちご、おとこ二三人まいる」（『御湯殿の上の日記』文明十七年三月七日の条）
「まいまい一人あり」（『御湯殿の上の日記』文明十七年六月十四日の条）

（4）注2の書一四八頁、松尾馨「幸若舞と共に」。また同書二七頁に、北原白秋の詩を刻んだ石井亮介作の版画には、太夫とシテワキの立ち姿が描かれている。

（5）「午前参内。有曲舞、女なり夕霧子号朝霧、年廿五六許也」（『二水記』永正十七年九月十二日の条）

（6）注2の書二七頁。

（7）『満済准后日記』応永三十四年五月十日の条。

（8）「くせ舞小犬党参。頻申之間令舞児。其芸いたいけ也。」（『看聞御記』永享十年二月十六日）
「於小御所有此事。幸若也。音曲神妙尤有興。」（『実隆公記』明応六年九月七日の条）

幸若舞曲の方法

――物語の挿入――

服部幸造

はじめに

幸若舞曲の方法についてはすでに諸氏による有益な研究がなされている。麻原美子氏は[1]、舞曲の挿入説話のあり方、典拠作品とその作り変えの問題、類型的場面・趣向という様式などの点から多角的に考察を加えられた。山下宏明氏は[2]、いわゆる舞曲の義経ものについて連作性が見られることを指摘された。福田晃氏は[3]、仮名本『曾我物語』に基づいて祝言性と高次の悲劇性をもった舞曲の創造がなされたことを論じられた。又三澤祐子氏は[4]、舞曲の構造を三段階型・四段階型・五段階型に分類し、その作曲原理の解明をなされた。こうした諸氏による素材論から、様式論・文体論から、構造論からの究明によって、幸若舞曲の方法は次第に明らかになってきた。

本稿は諸氏の成果をふまえつつ、幸若舞曲のつくりたて方の特徴を二つの点から考えてみる。一は、「既存の物語を祝言として述べる。」二は、「物語の中にもう一つの物語を挿入する。」である。網羅的にすべての曲について見るのではなく、「新曲」「入鹿」「景清」「笛巻」を中心に取り上げることとする。筆者はすでに「景清」「新曲」の注釈をおこなったが[5]、そこで述べたことを前提にしつつ、注釈では述べられなかったことにも及ぶものである。

一　既存の物語を祝言として述べる

現存幸若舞曲はほとんどすべて典拠作品が指摘できる。それらは『平治物語』『平家物語』『義経記』『曾我物語』などの軍記物語を中心とする。

1　「新曲」の場合

最もわかりやすい「新曲」を例にとってみる。「新曲」は『太平記』（巻十八「春宮還御事　付一宮御息所事」）をほぼそのまま舞曲化したものである。『太平記』では、一宮尊良親王が越前金崎城において新田義顕とともに自害し、その首が京都に運ばれ、御匣殿の嘆きを語る中に「新曲」にあたる部分が、一宮の自刃後に一宮と御息所（御匣殿）の恋と別離と再会の物語を回想するかたちで挿入されているので、この物語が終わった後には再び現在の時点に戻り、御息所の歎きとその死を語るのであって、決してめでたい話ではない。一方舞曲は『太平記』のような歴史語りの中の一こまとして語るのではなく、悲恋と忠臣の活躍と再会のめでたい話に変えてしまっている。その始めの部分をみてみよう。

aつらつらおもんみるに、いにしへより今にいたるまで、朝敵を一時に亡ぼし、太平を四海にいたすこと、武略の功にしくはなし。されば近代は異国襲来の恐れもなく、帝位を争ふかたもましまさず。これしかしながら武運の天命にかなはせ給ふによつてなり。／bここに元弘・建武の昔を思ふに、戦場にしてかばねをさらすのみにもあらず、あるひは君臣の義を守つて身を滄海の波に沈め、あるひはいもせの別れを悲しんで思ひを故郷の月にいたましむる。中にもあはれなりしは、一宮の御息所の御事と、右衛門府生秦武文がふるまひなり。／それをいかにと申すに、そのころ宮すでに初冠めされ、深宮の内に人とならせ給ひしかば、（毛利家元和元年本「新曲」）

ここには『太平記』にはない序の部分が置かれている。この序はａ・ｂの二つに分けられる。ａは舞曲「一満箱王」にも、頼朝の言葉として、「明け暮れ仏神に祈誓申せししるしにや、日本を集めてしるのみならず、四海を太平にいたす事、これしかしながら、君のため身のため、武略の功にしくはなし。」（毛利家本）とあるように、武によって国家の安泰がもたらされることを述べた祝言的言辞であり、『太平記』の序「覆って外無きは天の徳なり。明君これに体して国家を保つ。のせて棄つることなきは地の道なり。良臣これにのっとって社稷を守る。」[6]を意識した言い方であろう。こうした序は古活字本『保元物語』にも「こゝをも(つ)て政道理にあたる時は、風雨時にしたが(つ)て国家豊穣なり。君臣合躰するときは、四海太平にして凶賊おこる事なし。」と見え、古活字本『平治物語』にも「いにしへより今にいた(つ)て、王者の人臣を賞する、和漢両朝、おなじく文武二道をも(つ)て先とす。文をも(つ)ては万機の政をたすけ、武をも(つ)ては四夷の乱をしづむ。天下をたもち国土をおさむるはかりこと、文を左にし武を右にすとみえたり。」[7]と見え、又仮名本『曾我物語』に「国土をかたぶけ、万民のおそるゝはかりこと、文武の二道にしくはなし。好文の族を寵愛せられずは、誰か万機のまつりごとをたすけむ。又は勇敢の輩を抽賞せられずは、いかでか四海のみだれをしづめん。」と見えるなど、軍記物語の序の一般的な形とされるものであった。ただし舞曲の序ａは「武略の功」のみが主張され、君臣の徳道や文武二道を述べているのではないという点が、幸若的だと言えるのかも知れない。

さらに序ａは以下に語られる一宮と御息所の恋物語とはかならずしも合わない。一宮不遇の原因は、「御才覚もいみじく、容顔もすぐれましましければ、定めて春宮にたたせ給ひなんと、世の人ときめきあへりしに、関東のはからひとして、思ひの外に後二条の院のみこ春宮にたたせ給ひしかば」ということであったから、鎌倉幕府の専横によるものであったという理由づけはできる。さらに、さまざまの障害をのりこえてやっと逢瀬をかさねることができ、「生きては偕老の契り深く、死しては同じ苔の下にもと、おぼしめしかはして、十年（十月）[8]にだにもたらざるに、天下の乱出できて、一宮、土佐の幡多へ流されさせ給へば」という状況になるから、これも幕府の専横によるものということができる。最後に、二人が再会できたのも、「諸国に軍起こつて、六波羅・鎌倉・九国・北国の朝敵ども同時に滅びてしかば、先帝は隠岐の国よりも還幸なり給ひ、一宮は土佐の幡多よりも都に帰り入り給ふ」ゆえであったから、たしかに「武略の功」によって二人の奇跡的な再会ははたされたのであった。しかしながら、物語は先帝の側にたつ諸国武士達の武略の功について、具体的には一切触れない。これは恋の物語なのであって、「武略の功」の物語ではない。一見物語内容の背後にある基調的思想の表明のように見えながら微妙にずれている。後醍醐帝の武運を賛嘆しているのかと思われる「されば近代は異国襲来の恐れもなく、帝位を争ふかたもましまさず。これしかしながら武運の天命にかなはせ給ふによつてなり。」という言葉も、むしろ当代の室町幕府を賛嘆するもののように聞こえる。

序bは、aの「近代」の平安に対して「元弘・建武の昔」には、戦場に死んだ者、君臣の義を守って海に沈んだ者、相思の仲をひきさかれ異郷にさすらった者があったことを述べ、その中でも「あはれ」であった者として、一宮の御息所と秦武文の名があげられ、以下の物語に入ってゆく。序の君臣論から「ここに」として以下の世の乱れを語ってゆくのが『太平記』（「ここに本朝人皇の始め、神武天皇より九十五代の帝、後醍醐の御宇に当たつて、」）や、『保元物語』（「爰に鳥羽の禅定法皇と申し奉るは、天照太神四十六世の御末、神武天皇より七十四代の御門也。」）や、『平治物語』（「ここに近来、権中納言兼中宮権大夫、右衛門督藤原朝臣信頼卿といふ人ありき。」）のような歴史語りの取るスタイルであった。「新曲」はここでも一見歴史語りのスタイルを採用しながら、序aからbへのつなぎがずれている。序aを受けて「ここに」と語り始められるのは武略の功にはげまなかった反逆者の系譜ではなく、帝王への批判でもなく、「元弘・建武の昔」の勇士と悲恋の男女のことなのである。

このように「新曲」は、『太平記』の中からその一部分を切り出し、歴史語りらしい序をつけながら、実はそれは当代の安定した国家の賛嘆という祝言としての機能をもったものなのであった。現実の当代の国家が「武略の功」によって安定を保っていたかどうかという問題でないのは言うまでもない。歴史語りふうの語り出しの形式を取る、これが舞曲のスタイルの一つなのである。

2　「満仲」の場合

一般的に舞曲には序がおかれることが少ない。「大織冠」「満仲」に見られるが、「新曲」が意識しているのは「満仲」である。

「満仲」には、「それひそかにおもんみるに、覆つて外なきは天の道なり。載せて捨つる事なきは地の徳なり。始め清くして澄めるものは昇つて天となり、重くして濁れるものは降つて地となる。中央は人たり。これよりして君臣の道行はるるものか。およそ人皇五十六代の帝を清和天皇と申し奉る。」（毛利家本「満仲」）と、『太平記』序を引用しつつ「君臣の道」を説いている。ただし「満仲」もその物語内容は、帝王と臣下の道を直接語っているのではなく、武士の主君（満仲・美女丸）とその部下（中務・幸寿丸）の関係が引き起こす忠義と悲劇と仏による奇跡の物語が語られているのである。「満仲」もまた原拠のある作品の舞曲化であった。説草と呼ばれる法華経の談義本の京大本『多田満仲』(9)がそれである。川崎剛志氏が、「『多田満仲』が本話を「法花経読誦ノ勝利得益」の先蹤として説くのに対して、舞「満仲」は「君臣の道」の先蹤として語る。天地開闢から始め、清和源氏の系譜、満仲の行状に至る。」、「舞「満仲」は『多田満仲』の結語と同内容の記事を含みつつも、それとは別に、法華経を讃歎し、源家繁昌の由来を語り、以て一曲の結語とする。」[10]と注されたように、これも原拠作品を祝言に変えている。その末尾は、「満仲の御心、法のために企て、罪障の流れを汲み、菩提の道明らかに、子々孫々も繁昌し、天下をたもち給ふ事、千秋万歳の源をあらはし給ふものなり。はた又かやうに、義を重んじ、命を軽くし、名を後の世に残し置く、幸寿丸が心中、上古も今も末代も、こやためしなかるらん、人々申しあひにけり。」と、原拠にはない言葉がつらねられ、仏法の護持、源氏の繁昌、国家の千秋万歳と、幸寿丸への讃嘆という幸若舞曲的な結びとされる。

3 「新曲」の結び

「新曲」の終りの部分を見てみよう。

さしもうかりし世の中の、時のまにひきかへて、人間の栄花、天上の娯楽、きはめずといふ日もなく、尽くさずといふ御遊もなし。長生殿の裏には、梨花の雨っちくれを破らず、不老門の前には、楊柳の風枝をならさず。今日を千年のはじめと、めでたきためしに明かし暮らさせ給ひけり。（「新曲」）

さしも憂かりし世の中の、時の間に引きかへて、人間の栄花、天上の娯楽、極めずといふ事なく、尽さずといふ御遊もなし。長生殿の裏には、梨花の雨っちくれを破らず、不老門の前には、楊柳の風枝を鳴らさず。今日を千年の始めと、めでたきためしにおぼしめしたりしに、楽しみ尽きて悲しみ来たる人間のならひなれば、中一年有つて建武元年の冬の頃より、また天下乱れて、公家の御世、武家の成敗に成りしかば、一宮はつひに越前の金崎の城にて御自害あつて、（『太平記』）

見るように、幸若は二人の再会を叙して「めでたきためしに明かし暮らさせ給ひけり。」と結んでいるのに対して、原拠の『太平記』は「めでたきためしにおぼしめしたりしに、」と栄花・楽しみが反転して、二人の仲が再び引き離され、ついには一宮の自害、さらには御息所の死にいたることを述べる。「新曲」は一宮と御息所の死に触れないのみならず、本来悲惨な結末にいたった二人の物語を、二人の再会で終ることによって、めでたい物語に変えてしまったのである。

「長生殿」「不老門」などの『和漢朗詠集』による言葉はすでに『太平記』にあったものであるが、幸若歌謡の「長生殿」に「長生殿のうちには、春秋をとめり。不老門の前には、日月遅し。」（幸若長明本）とあり、同じく幸若歌謡の「一天平」に「一天平らかにしては又四海なほ無事なり。十日の雨つちくれを動かさず、五日の風枝を鳴らさず。誠にめでたき時世かな。」（幸若長明本）とあるように、これ自体が幸若的な祝言であった。これに続けて「めでたきためしに……」として一曲を終るのである。

『太平記』の「春宮還御事　付一宮御息所事」は『太平記』の中でも異質な物語である。物語の女主人公「御息所」は今出川公顕の娘で御匣殿と言われた人であるが、『増鏡』（十五「むら時雨」）によれば、一宮尊良親王との間に男御子などがあったが、一宮が土佐に流される以前に亡くなっている。そうであればこの物語そのものが成り立たないことになる。又物語冒頭で、一宮が春宮になることができなかったのは「関東のはからひとして」であったとされるが、これも史実に合わない。さらに『太平記』における一宮は、例えばその自害の時のさまが「一宮いつよりも御快げにうち笑ませたまひて、主上帝都へ還幸成りし時、われを以って元首の将とし、なんぢを以って股肱の臣たらしむ。それ股肱無くして元首たもつ事をえんや。さればわれ命を白刃の上に縮めて、怨を黄泉のもとにむくはんと思ふなり。そもそも自害をばいかやうにしたるがよきものぞ」（巻十八「金崎の城落つる事」）と描かれるように武勇の人であった。しかしこの物語では王朝風の貴公子のごとく、身の不遇を歎き、女と逢えない悲しみにくれる人として造型されている。この物語は単独にも『中書王物語』として作られているが、場面設定や人物描写などに室町物語類と重なるものがいくつかある。特に『秋夜長物語』とは類似表現が多く[11]、両者がまったく無関係とは考えられない。きわめて愛好された話柄らしく、近世小説に多くの素材を提供していることは後藤丹治氏の『戦記物語の研究』に指摘がある。

このように典拠作品では悲劇としてあったものが、祝言に変えられてゆくというのが、幸若舞曲の一般的方法であることは、すでに諸家によって指摘されていることであり、義経もの、曾我ものについても、それらは原拠そのままではないが、やはり祝言芸能としての「めでたさ」が強調される。

二　物語の挿入

1　「新曲」と『太平記』の場合

以上、幸若「新曲」と『太平記』の序と末文の比較を通して、幸若舞曲の方法を見てきたのだが、この「新曲」にはもう一つの幸若的方法が取られている。今一度「新曲」の序と『太平記』とを比較してみよう。『太平記』には次のようにある。

一宮の御頸をば禅林寺の長老夢窓国師の方へ送られ、御葬送の儀式を引きつくろはる。さても御匣殿の御歎き、なかなか申すも愚かなり。この御匣殿の一宮に参りそめ給ひしいにしへの御心づくし、世に類ひなき事とこそ聞えしか。一宮すでに初冠めされて、(『太平記』)

『太平記』は、一宮の首が京都に送られ葬礼の儀が行われたこと、御匣殿の嘆きの切なることを述べた後に、二人のなれそめを回顧し、物語が終ったところで再び現在の時点、御匣殿の嘆きにもどるのであった。

一方「新曲」は歴史語りをしているわけではないので、まず序a・bを置いて「武略の功」による天下安泰を述べ、近代の世をことほぎ、それに対する「元弘・建武の昔」に忠臣と悲恋の男女があったことを述べる。そして、「中にもあはれなりしは、一宮の御息所の御事と、右衛門督秦武文がふるまひなり」と、その具体的人名を挙げ、ついで「それをいかにと申すに、そのころ、宮すでに初冠めされ、」と以下『太平記』の物語に入ってゆく。いわば序に述べられた命題の比喩譚として、二人の物語が以下に語られてゆくのである。こうした形式も幸若舞曲に多用されるものであった。

2 「入鹿」の場合

幸若舞曲にはさまざまな比喩因縁・故事類例譚がちりばめられている。例えば「入鹿」においては、鎌足の養子の姫を妻に迎えた入鹿のもとへ、鎌足が重態におちいり今生の別れに来るようにとの鎌足のいつわりの手紙が届く。

入鹿大きに驚き、「車やり出せ、牛飼よ。急がせ給へ、御前」と、取るものも取りあへず、左右なく出でさせ給ひしが、中にて心をひつかへし、「しばし牛飼よ。この車をとどめよ。御前ばかりやり申せ。我は行かじと思ふなり。それをいかにと申すに、昔も異国にたとへあり。皆面々も聞き給へ。語つて聞かせ申すべし。…（以下「還城楽」の物語）…このことわりを聞く時は、我も女に契り、鎌足にたばかられ、明日後悔のあらん時、前非を悔ふとかなふまじ。（大頭左兵衛本「入鹿」）

「それをいかにと申すに、」と語り出され、以下に入鹿の口を通して「還城楽」の物語が長々と語られるのだが、それは養子の姫を妻に迎え、油断して舅にだまし討ちにされた例としてはかならずしもふさわしくない。たしかに「還城楽」の物語の中の「きんぞん」は妻の養父玄王にたばかられたのだが、殺されたわけではない。それ以上に「還城楽」の物語は、女に契り舅にたばかられた勇士の話なのではなく、部下に裏切られて自害した龍王の亡骨が墓から現れ、再び武器を取って戦い、敵を追い返したという、奇跡的な英雄の物語なのである。「それをいかにと申すに、……このことわりを聞く時は、」というのが、こうした挿入説話をはめこむ枠の形式なのであり、一応それらしく前後の物語につなげているが、ストーリー展開の上ではうまくつながっているとは言いがたい。それにもかかわらず挿入説話をはめこむことが舞曲の方法なのである。鎌足が偽盲目になって霊鎌によって悪逆の臣入鹿を討つというストーリーも既存の物語を利用したものであった[12]。その中にこれも既存の舞楽伝承[13]をはめこんだのであるが、この夾雑物を取り除いてしまうと幸若舞曲の魅力は半減する。一つの大きな物語展開の中に、比喩因縁・故事類例譚としてもう一つの物語が語られる。それはさらに小さな単位で、物語とは言えない引用・列挙の形で述べられることもある。こうしたペダントリーは舞曲に特有なものではなく、すでに『平家物語』『太平記』『曾我物語』のような軍記物語や、説話集・歌論書などに見られたものであった[14]。舞曲はこの方法を積極的に利用して、歴史的事件を単なる事件として語るのではなく、ある種の人々が共有していた別の物語と共存させたのである。一つの物語が別の物語を呼び出してゆく。

3　「景清」の場合

「景清」は『平家物語』の中の平家残党のいくつかの物語をつなげて、英雄景清像を作りあげた作品である。ここでは南都での頼朝襲撃に失敗した景清が、今一度頼朝をねらい、清水坂の乞丐人の群れにまじらんと、漆をかぶって乞丐人に変装するために、『平家物語』の覚明の故事が呼び出される。

いかにもして主君の敵を討たばやと、思ふ心のうちこそあはれなれ。ここに一つのたとへあり。…（以下、覚明が漆をかぶって南都を脱出した故事）…あはれ漆のなかりせば、西乗坊が命はあやふかりつるものぞかし。かく申す景清もそれに少し違ふまじ。乞丐人の学びをして、ねらはばやと思ひて、（上山宗久本「景清」）

「景清」の英雄譚のもとになっている各種の話は『平家物語』の語り系にはないものである。覚明の故事も『平家物語』(巻七「願書」)に見えるが、信救(後の覚明)が漆をかぶって南都を脱出する話は語り本系にはなく、読み本系の延慶本(三末・十七「木曽都へ責上事　付覚明ガ由来事」)・長門本(巻十四「木曽山門捧牒状」)・盛衰記(巻二十九「新八幡願書」)にのみ見られる。

悪七兵衛景清は平家の侍大将であり、『平家物語』では巻四「橋合戦」、巻七「北国下向」、巻八「室山」、巻十「藤戸」にその名が載せられるが、それは「侍大将には、上総守忠清・其子上総太郎判官忠綱・飛驒守景家・其子飛驒太郎判官景高・高橋判官長綱・河内判官秀国・武蔵三郎左衛門有国・越中次郎兵衛尉盛継・上総五郎兵衛忠光・悪七兵衛景清」(橋合戦)のように、検非違使や衛門府・兵衛府に属する平家軍団の中核的武士達の一員として列挙されているにすぎない。景清の活躍譚としてはわずかに巻十一「弓流」の三穂屋十郎との錣引きがあるのみであるが、舞曲はあえて有名なこの話を採用していない。能の「景清」は錣引きを中心にすえて景清の武勇譚を語っているから、舞曲はあえて景清のはなばなしい活躍譚をさけて、「もののあはれをとどめしは、平家の侍大将悪七兵衛景清にて、もののあはれをとどめたり。あはれ世の中に貧ほどつらき事あらじ。親しき人には遠ざかり、うとき人にはいやしまれ、貧者の家に生まるるほど、つたなかりけることあらじ。」という境遇に置いた。ただしこの景清の嘆きは、清水坂のかたわらに愛人をもったり、熱田大宮司の娘と結婚しているという設定からは、かならずしも理解しやすいものではない。さて『平家物語』の錣引きでは、「長刀杖につき、甲の錣をさしあげ、大音声をあげて、「日ごろは音にも聞きつらん、今は目にも見給へ。これこそ京わらんべのよぶなる上総の悪七兵衛景清よ」となのりすててぞかへりける。」(巻十一「弓流」)とあり、又壇の浦合戦では、新中納言知盛の入水を見て、侍共二十余人が手に手を取り組んで海に沈んだ中にあって、「越中次郎兵衛・上総五郎兵衛・悪七兵衛・飛驒四郎兵衛は、なにとしてかのがれたりけん、そこをも又落ちにけり。」（巻十一「内侍所都入」）とされ、「例の生上手」（長門本　巻二十「法性寺一橋大夫知忠合戦事」）とか「究境の逃上手」（八坂本　巻十二「法性寺合戦」）と言われているから、早くから伝説化された人物であった。この逃上手としての景清の姿は舞曲においても生かされている。

壇の浦合戦の後に景清は丹後侍従忠房のこもる湯浅城に加わったというが（巻十二「六代被斬」）、覚一本系の『平家物語』では忠房の六波羅出頭後の景清のゆくえについては触れられていない。

読み本系の延慶本（六末・三十「上総悪七兵衛景清干死事」）には、〈景清は降人となり和田義盛に預けられたが、義盛が景清の大きな態度をもて扱いかねたため、八田知家に預けられた。後に景清は法師になって常陸国にあったが、東大寺供養の七日前から断食し、供養の日に死んだ〉、とある。ここに見られるような、捕虜となっても相手にへつらうことをしない倣岸な景清の姿、平家に殉じて自死を選ぶ景清の態度、これらは舞曲にうけつがれる。東大寺再建供養が反抗する平家残党の活動を終息させるものと考えられていたことは水原一氏の指摘がある。(15)こうした逃上手としての景清、倣岸不遜な景清、平家に殉ずる景清像が増幅されたものが幸若舞曲の「景清」であるが、舞曲にはさらに『平家物語』では他の人物のこととされている話が景清のこととして集められている。例えば延慶本（六末・二十八「薩摩守平六家長被誅事」）の、〈薩摩守平六家長が、大仏供養の日に東大寺南大門の東の脇で頼朝をねらったが、発見され処刑された。〉というのは、舞曲「景清」において、東大寺転害門・般若寺・清水坂と頼朝襲撃を繰り返し、ことごとく畠山重忠に見破られ失敗する景清像の元になっている。又延慶本（六末・二十九「越中次郎兵衛盛次被誅事」）・長門本（巻二十「越中次郎兵衛盛次事」）の、〈越中次郎兵衛盛次は但馬国に潜伏していたが、京の女に居場所を教えたため、その女の口から発覚し、処刑された。〉というのは、舞曲の「あこ王」の裏切りに作り変えられており、さらに延慶本（六末・三十五「肥後守貞能預観音利生事」）の、〈肥後守貞能は、日頃信仰していた清水の観音の身代わりにより処刑をまぬがれた。〉や、長門本（巻二十「主馬八郎左衛門尉盛久事」）の、〈主馬八郎左衛門尉盛久は、下女の密告によって捕らえられたが、信仰していた清水の観音の身代わりにより処刑をまぬがれた。〉というのは、舞曲の景清処刑と清水観音の身代わりによる奇跡となっている。『平家物語』では、これらは単なる平家残党達の後日譚としてそれぞれ別個に語られているのであって、さして大きな意味のあるものではない。舞曲はこれらの話を景清に集約し、貧者の苦しみにあえぎ、「一度ならず二度ならず、三十七度に及んで、心をつくし肝をけし、君をねらひ申」す英雄、女の裏切りにあい我が子を殺害しなければならない悲劇、牢を破るスサノヲの如き巨人、観音の首がなくなり御身体から血が流れ出る奇跡、などを大仰に語ってゆく。

能では景清の登場する作として「景清」「八島」「大仏供養」がある。舞曲と同じく南都での頼朝襲撃とその失敗を語っているのは「大仏供養」であるが、ここでは「景清」の方を見る。能「景清」は世阿弥時代の古作とされるが、上演記録は文正元（一四六六）年を始めとする。舞曲「景清」は能「景清」を意識しているのではないかと思われるところがある。能「景清」と舞曲「景清」の成立の先後関係についてはかならずしも単純に決めることはできないが、麻原美子氏は⒃、両者がともに能「盛久」に触発されて、あるいはそれを典拠として、作られたものとされる。能と舞曲の「景清」はいくつかの点においてその設定がずらしてあるように見える。すなわち、能では、娘人丸に対して親子の名乗りを拒否する落魄した景清の逆説的な情愛が描かれる。舞曲の方は、二人の男児をそのゆくすえのあわれさを考えて殺害しなければならない、これも逆説的な情愛が描かれる。能は、はげしい八島合戦を通して、かつて英雄であった当時の父景清の活躍する姿を娘に語り、恩愛の情を押さえたところに言外の情愛を示す。舞曲は、妻が二人の息子の将来をおもんばかってとった、夫を密告するという行為を拒否し、子供の生殺与奪権を握る家父長としての景清の裏返しの愛情を示す。能の場所は日向宮崎であり、舞曲の方は宮崎に下るまでが舞台になる。能では、熱田の遊女と契り、娘人丸がいた。舞曲では、熱田の女は大宮司の娘とされ、清水坂の「あこ王と申す遊女」と契り、二人の男児があった。

さて能「景清」において、景清は「さすがに我も平家なり」と、盲目の平家語りとして八島合戦とそこでの錣引きを語るのであった。舞曲「景清」では、景清は『平家物語』の一節、覚明の故事を語った。つまり舞曲「景清」の挿入説話は、襲撃と脱出を繰り返す貧者景清の先例故事を語っているのと同時に、平家語りとしての景清の姿を示しているのでもあった。挿入説話を登場人物の口を通してはめこむことは、舞曲のしばしば用いる方法であるが、ここではそのような機能が与えられていると言えよう。

このように物語りの中に物語をはめこむ方法は、他にも「烏帽子折」「高館」「小袖曾我」「和田酒盛」「夜討曾我」などに見られる。「烏帽子折」では、牛若が自分の持っている笛を草刈笛と謙遜した言葉を笑った女を「君の長」がたしなめ、用命天皇草刈笛の由来を語る。「高館」では、義経から鎧を拝領した鈴木重家が、伝家の重宝の腹巻を弟の亀井重清に与えるに際して、その腹巻のいわれ、「熊野の本地」を語る。「夜討曾我」では、工藤祐経が十郎祐成を屋形の内に呼び寄せ、自分を親の敵とねらうのは誤解だとして、兄弟の父河津三郎が殺されるにいたった物語を語る。曾我兄弟復讐譚の発端に当たるものが、敵の口をとおして語られるしかけである。

単に主筋の物語りのストーリーを楽しむだけではなく、たちどまり、ふくらませ、逸脱を繰り返すというのが幸若舞曲の世界なのである。

4　「笛巻」の場合—付「八島」—

物語の中の物語がほとんど独立して、外の物語が中の物語を導き出すための枠組となってしまっているのが「笛巻」

である。

鞍馬の牛若は学問にはげみ「名誉の児学匠」との評判をとる。これを聞いた母常盤は、児のもてあそびものに笛を送る。牛若は笛の出所をたずねんと、常盤に笛を売った弥陀次郎を呼び寄せ、その笛の由来を語らせる。

かくて、弘法大師が唐と天竺の境の流砂河で文殊菩薩と出会い、術くらべをすること、惣嶺山の麓で三本の竹を見つけ、それを切って流したこと、その竹の一つが讃岐国屛風の浦に流れ着き笛になったこと、その笛の一つが朱雀院の鬼から狭衣中将の手を経て弥陀次郎の手に渡ったこと、などが語られる。そしてその結びは、

牛若聞こしめし、「おもしろし、弥陀次郎。祝ひに三度語れ」とて、おしかへし語らせ、なほもあかずやおぼしめしけん、草子にとどめ給ひて、『笛の巻』と申して、鞍馬寺にありとかや。（毛利家本「笛巻」）

となり、さらに弥陀次郎が褒美をもらって帰ったことを述べて終る。つまり、弥陀次郎の語った「笛の巻」自体は牛若が書きとどめて鞍馬寺に奉納されたのであり、舞曲「笛巻」は草子「笛の巻」のいわれそのものを説いていることになる。舞曲「笛巻」の眼目は牛若の持つことになった笛の由来を説くことにあり、これは弘法大師伝承を使いながら、あたかも商人の口上のように語られてゆく。それがこれだけで単独に語られれば「張良」のような単純な形になるが、舞曲のもう一つの方法、歴史語りふうのスタイルを取る、を応用することにより、牛若の笛の由来譚として再生し、他の舞曲と響きあって牛若の一代記の一エピソードとされた。舞曲「笛巻」の冒頭は、「さる間、とうこうの阿闍梨、常盤の御前にかしこまり、」とされ、「常盤問答」をうける作品としてこの「笛巻」が作られることになった。舞曲がこのような連作風のスタイルを取ることについては山下宏明氏の指摘がある。(17) 舞曲が語りたいのは弘法大師の伝承なのであるが、それを擬似『義経記』の中のエピソードとして語るのが幸若舞曲なのである。

その意味で「張良」は異色である。「張良」には枠がない。いわば物語の中の物語だけで一曲が成立している。「張

良」は幸若家の伝承では古い曲とされるが、[18] 同じように幸若家の伝承では古い曲とされる「八島」は逆に、枠と引用の物語をたくみにつないだ作品と言える。

「八島」の中心は、弁慶の語る八島合戦における佐藤兄弟の活躍譚なのであるが、舞曲はこれを「笈捜」と「和泉が城」（大頭系にのみあり、幸若系にはない。）あるいは「高館」の間にある物語として設定する。ここでの弁慶は八百比丘尼や常陸坊海尊のように、八島の合戦を実見した者として語ってゆく。これが弁慶の語る八島合戦譚のリアリティを保証するしかけになっており、時間も場所も異なる二つの物語を同時に同じ所で展開することにもなる。尼公たちに合戦譚を語っている弁慶と、その語りの中で活躍する弁慶との二重の世界のおもしろさ、演劇ではおこりえない、まさに語り物ならではの趣向というべきであろう。

おわりに

以上略述したように、舞曲は「物語の挿入」という方法をさまざまに機能させることによって、すでに知られている物語を生き返らせ、豊かな想像の世界を作りあげたと言えよう。

（幸若舞曲本文の引用はそれぞれに記した諸本によるが、表記を適宜改めた。）

注

（1）麻原美子『幸若舞曲考』（新典社　一九八〇年九月）Ⅲ第二章「舞曲の挿入説話」、第三章「軍記物舞曲」、第四章「舞曲の様式」

（2）山下宏明『軍記物語の方法』（有精堂　一九八三年八月）「幸若舞曲の連作性」「幸若舞曲の方法」
（3）福田晃「幸若舞曲〈曽我物〉の方法」（『幸若舞曲研究　第四巻』三弥井書店　一九八六年二月）
（4）三澤裕子「幸若舞曲の構造試論」（「国文学研究」84集、一九八四年十月）、「幸若舞曲の構造続論―「信太」「百合草若大臣」「大織冠」の場合―」（「国文学研究」88集、一九八六年三月）、「幸若舞曲の構造―三段階型・四段階型の場合―」（『幸若舞曲研究　第五巻』一九八七年十二月）、「幸若舞曲の構造―五段階型舞曲の祝言性―」（『幸若舞曲研究　第七巻』一九九二年一月）
（5）『幸若舞曲研究　第五巻』（一九八七年二月）、『同　第九巻』（一九九六年二月）、『同　第十巻』（一九九八年二月）
（6）山下宏明校注　新潮古典集成『太平記』に基づく。
（7）古活字本『保元物語』『平治物語』の引用は、日本古典文学大系『保元物語・平治物語』「付録」に基づく。
（8）大頭系は「十月」。『太平記』もテクストによって「十年」「十月」の両様がある。
（9）岡見正雄「説教と説草―多田満仲・鹿野苑物語・有信卿女事―」（「仏教芸術」54号　一九五九年五月）、庵逧巌「舞曲『満仲』の形成」（「山梨大学教育学部紀要」5号　一九七四年五月）、小林健二「幸若舞曲と『法華経』―説教台本「多田満仲」と舞曲「満仲」―」（「解釈と鑑賞」一九九七年三月）
（10）川崎剛志「多田の満仲一代記」（『幸若舞曲研究　第十巻』一九九八年二月）
（11）後藤丹次『中世国文学研究』（磯部甲陽堂　一九四三年）、市古貞次「日本古典文学大系『御伽草子』補注」（一九五八年七月）
（12）阿部泰郎「『入鹿』の成立」（「芸能史研究」69号、一九八〇年四月）、藤井奈都子「入鹿大臣たひし記」（『幸若舞曲研究　第十巻』一九九八年二月）
（13）麻原美子『幸若舞曲考』Ⅲ第二章二「「入鹿」の舞楽説話と『還城楽物語』」
（14）麻原美子『幸若舞曲考』Ⅲ第二章一「舞曲の挿入説話の特質」

（15）水原一　新潮古典集成『平家物語　下』三八七頁

（16）麻原美子「舞の本「景清」考」（『幸若舞曲研究　第九巻』一九九六年二月）

（17）山下宏明「幸若舞曲の連作性」

（18）たとえば小八郎家の『幸若家系図』には、幸若丸は比叡山にあって学問にはげんでいたが、「其比都ニモテアソブ舞太夫地福太夫ト云者ニ〈長郎〉〈満仲〉ト云曲ヲ習ヒ覚テウタフニ、其面白キ事人間ノワザニアラズ。」（笹野堅『幸若舞曲集　序説』）とあり、これが幸若舞の元になったと説明される。

軍書講釈の世界

長友千代治

一　近世の軍書の受容

近世における軍書の受容、また軍書の流行については、多くの研究がある。(注)太平記読みについては亀田純一郎氏の「太平記読について」が研究の出発点であったが、その太平記読みとは、『太平記』をヨムことの朗誦化、芸能化であり、江戸時代初期に出現し、それより講釈、講談として発展したものという。もっとも亀田純一郎氏によれば、太平記読みとは武士階級相手に行なわれる『太平記評判秘伝理尽鈔』の講釈と、市中一般庶民相手に行なわれる仕方話の講釈の二つを含んでいるが、両者の区別は必ずしも明らかにはならないとし、太平記読みの名称は後者に名付けられたものであろうとしている。太平記の全体的な受容の諸相については加美宏氏の『太平記享受史論考』にくわしく、一方『太平記評判秘伝理尽鈔』については若尾政希氏『「太平記読み」の時代近世政治思想史の構想』に説かれているので、本稿では近世以前の受容の様相や、『太平記評判秘伝理尽鈔』についてはふれないこととし、主として近世における軍書の受容や、講釈、講談について、その諸相を見ていくことにする。

近世初期における太平記の受容は、基本的には戦国武将の太平記の受容と、それほど相異はなかったと言われている。例えば、鹿児島津家の武将上井覚兼（天正十七年、四十五歳没）の平家物語や太平記の受容はざっと以下の通りであった。上井覚兼は天正十一年（一五八三）二月七日、日向東諸県郡法華嶽参籠中、折から下って来ている座頭常沢（城沢）に平家を語らせた。四月三日晩には、大隅始良郡桑幡殿の仮屋で平家を語らせて、会釈を受けた。十三年三月二十日には外舅の敷禰頼賀の求めに応じて平家四之巻を読んだ。十月十八日には、鹿児島島津貴久の墓所南林寺を訪れると、平家座頭が来ていて平家を聞いた。十四年四月二十日は終日碁、将棊などで慰んだが、日向佐土原から常沢が来て平家を語り、御酒などを持ち寄り、楽しんだ。五月四日には、鹿児島から座頭則都が来たので、平家を語らせ、二百疋（一疋は銭十文）を与えたりしている。覚兼自身は、天正三年四月十三日、太平記三巻を読んでいる。太平記の読書は十一年正月二十三日、月待の読経後、聴衆に二、三巻を読んで聞かせ、十二年五月二十八日には東諸県郡深年の善哉坊で、御酒後、一巻を読んで聞かせている。七月二十三日には頼賀に太平記一、二巻と直心抄（北条時頼が息子時景に与えた書物）を読んで聞かせ、自らも感じ入った。十四年五月一日は雨天、碁や将棊をし、太平記一、二巻を衆中に読んで聞かせている。地方の武将は、自らが受容者として、また伝達者として、主役をよく演じているのである。

一方、中央の京都では、学者松永貞徳の『戴恩記』（天和二年）には以下のようにある。「道春初而論語の新註をよみ、宗務太平記をよみ、丸にも歌書をよめと、下京の友達どもすすめしにより、なにの思案もなく、百人一首、つれぐ草を、人の発起もなきに、群集の中」で読んだとある。詳細は不明であるが、宗務は遠藤宗務法橋で（『なぐさみ草』）、医を業とし、初め京都、その後江戸に移住したといい（『羅山先生詩集』）、太平記を初めて板行した五十川了庵との交友もあったという（大橋正叔氏「太平記読と近世初期文芸について」）。ここでは内外の古典籍とともに、太平記が知識階級相手に読まれていることが注意されることになる。

下って、宝永六年（一七〇九）『本朝諸士百家記・八・二』には、御城内泊り番の武家の様子が描かれている。「秋夜の雨、哀れ様々な物語り、或は又心地よき噺、軍書の評判、新しき述作物の噂、誹諧の前句付、取り交じへたる浮世噺に、長き夜の徒然を慰み」とあり、武家の奉公の閑暇に文芸があり、軍書も読まれている。

享保七年（一七二二）『心中宵庚申・中』には山城の大百姓の読書が描かれている。「（娘の）千世は、数多の本取り出し、伊勢物語、塵劫記、父様のそばにあるまい網島の心中もござんする。徒然、平家物語、なう父様、どの本がよからうぞ。姉が読みさいた平家物語、祇王が段を聞かう。読みやれ……コレ姉も聞け。平家物語を千世が身に引き比べていふ時は、清盛入道は八百屋半兵衛、祇王は千世が身の上よ」などとあり、書物に身の上を引きくらべて、感情移入をする読書であったことがわかる。

これらに対して、市中庶民の読書はもっとも身近な娯楽であったことがわかる。

○物語伊勢白粉とよまれたり／
　平家の秋に痤《ニキビ》あれ行（『桃青三百韻』）

○読二甲陽軍鑑一
　あら蕎麦の信濃の武士はまぶし哉（『去来発句集・秋』）

○軍書好たゞ仮初も武士質《（ママ）》気（『俳諧附合高点部類掛橋』）

○隙ナ帳場長篠戦記写しとる（『狂俳門松集』）

○戦ハぬ日にもかんちで軍書見る（『柳多留・一〇〇』）

○大部やで軍書コイツハ大閣《（閤）》記（『柳多留・一一一』）

以上のことは、市中に軍書が出廻っていて、容易に入手出来ていることを意味するが、もちろんその確認も取れる。

〔辰（寛延元年）雲鼓評万句合〕には、「かぎりない事〱／草双紙儒書医書軍書一切経」とあり、貸本屋も軍書を沢山用意していて、例えば京橋中通りの文永堂大嶋屋伝右衛門は「和漢軍書絵入読本《わかんぐんしょゑいりよみほん》都而《すべ》貸本類《かしほんるゐ》古本《ふるほん》等《とう》品々《しなぐ》沢山《たくさん》ニ所持《しょじ》仕候ニ付直段格別下直ニ相働差上」《ねだんかくべつげちきあひはたらき》げますので、多少にかかわらず御求めくださいますように願い奉ります（『春色辰巳園・二』など）と広告している。「貸本の明智軍記も三日限り」（『柳多留・九七』）とあるのも、軍書が人気の的であったことを言うのである。

市中庶民の間で、太平記など軍書が読まれる理由はどこにあるのか。天保十一年（一八四〇）『悟窓漫筆・三・下』には「太平記には数種あり。此邦雑家の一学問と称す」とあり、また同書後編（文政七年）巻下には「太平記を読まんに、千人は千人、万人は万人、正成《まさしげ》の忠勇を感じ、直義《ただよし》、師直《もろなほ》の悪行を悪まざるはなし……賤人の雑劇を観るもの、大星を忠義の人と思ひ、定九郎父子を悪人と悪む。人心是非の明、亮々然として掩ふべからず」とある。明和三年（一七六六）『間合早学問・上』「学問大意」には、「それ学問とは、書をよみて、古《いにし》への聖人の道を学ぶことなり」とあり、「学問捷逕」には学問に志すには、「まづ仮名がきの軍書、或は通俗三国志などの類、ひたすら読むべし。通俗ものゝ類を、多く読みゆけば、文字も余程覚ゆるなり。それより蒙求、史記の類を読むべし。蒙求、史記の類あらかた読み終らば、四書五経を読むべし。かくのごとくつとむれば、大方読めるものなり」とある。つまり啓蒙学者の初学者に説くところは、軍書は学問、あるいは学問の入門書であり、その学問とは人心や世の中の是非を明らかにし、聖人の道を学び取るものであった。

一方、軍書の受容については、読書ばかりではなく、語りや講釈もあった。

○上交語上

　平家也太平記には月も見ず（『五元集・亨』）

○平家衰（哀）を語るに

　かへり来て福原淋しうづら立（同前）

両句ともに、平家語りを詠んだものである。
○楠が御目見えをする講釈場（『誹諧寄太鼓』）
○軍書読銭の新手《あらて》に攻かへる（『火燵ひらき』）
○船賃に太平記殿読ミ給へ（宝暦初年『奉納柿本大明神』）
○巴女が出てひるむ夜講の盛衰記（『柳多留・一一八』）
○講釈は八ッを切に読果て／
　草履の跡の石にかさなる（『浪化日記四風雅己卯集』）
○いつまでもはねぬは御代の太平記（『柳多留・一一一』）
近世における軍書の受容について、一般的に最初に瞥見《べっけん》したのであるが、講釈は読書よりも一層庶民化、娯楽化していることが明らかになる。それは軍書を読めない人々をも対象にして、芸能化していることを推察させるものである。次章では具体的に近世の講釈の諸相を見ていくことにする。

二　軍書講釈の諸相

講釈という言葉の意味について、江戸後期の資料ではあるが、『守貞謾稿・六』（天保八—嘉永六年）「雑業」には次のようにある。
○講釈　古戦物語をよみ、其意を説き候者、当時講釈師、記録よみなど唱候者。
ここでは、それが雑業であること、古戦物語の意味を説いて読むことが、留意点になる。もっとも初学者に学問授業の方法を論じた天明三年（一七八三）の『授業編・四』には次のようにある。

○今世ニ誰彼モ、講釈講談ト相混ジテイヘドモ、講釈トハ、何ニテモアレ、講ズルトコロノ書ノ本文註解ヲ併セテ、其字義文義ヲ解釈シテ云聞スコトニテ、其要、省明ニアリ……講談トテモ、事ニヨリテハ、註解ヲ併セ説クコトアレドモ、大方ハ本文バカリナルベシ、大抵一章、モシ長キ章タテバ半章、又至テ短キ章ナラバ、二三章ニモイタルベシ、字義文義ヲクワシク和解シテ、俗耳ニ入リヤスカラシメ、今日ノ人情世態ニ親切ニシテ、聴ク人ノ程々ニ従ヒ、益アリテ害ナキヤウニ云キカスヲ主トスベシ。サラバトテ詼諧の談、バサラノ語、卑陋ノ諺。ナドヲ用ユベカラズ。

講釈と講談の区別はあったのであるが、当時は既に相混じていたこともわかる。

講釈や講談は、各分野で学問ある者によって、生活営為のために普通に行なわれていた。例えば、近松門左衛門について、都万太夫座で作者修業時代、「堺のゑびす嶋で、栄宅と組んで、つれ〴〵のこうしやくもいたされけるなり」（貞享四年『野良立役舞台大鏡』）とあり、近松の弟で当時指折りの医学諺解書の著述家岡本為竹も医学の講義や舌耕をしていた（元禄一一年『広益本草大成』など）。大坂でも儒者・儒医の五井加助や宮城五郎右衛門らが「講尺」をしていた（『難波すゝめ』以下の古板地誌）。近世という時代、講釈・講談・舌耕は、学問・教化・啓蒙・娯楽・情報伝達の方法として、もっとも有効なものだったのである。

軍書の講釈、講談で、市中庶民に一番愛好され、主流となったのが太平記読みであった。元禄三年（一六九〇）「人倫訓蒙図彙・七」「勧進《くわんじん》餬《もらいの》部《ぶ》次第不同」には「太平記読」が載る。

○近世より始まれり。太平記よみての物もらひ、あはれ昔は畳の上にもくらしたればこそつゞりよみにもすれ。なまなかかくてあれよかし。祇園の涼、糺の森の下などにては、むしろしきて座をしめ、講尺こそおこりならめ。それを又こくびかたふけて聞ゐる者もあり。とかく生類《しやうるい》ほど品々あるはなかるべし。

近世に始まる太平記を読んでの「物もらひ」とは、『人倫訓蒙図彙・七』でいう、「己が身すぎ一種にして、人をたぶらかし、偽をいひて施をとる」、勧進の類なのであった。因みに、太平記読みに続いて掲出されているのは、猿舞《さるまわし》、夷舞《えびすまわし》、文織《あやおり》（手品）、門説経《かどせっきょう》、放下《ほうか》などである。

大田南畝の『瀬田問答』には次のようにある。

○今ノ講釈師ヲ、ムカシハ太平記読ト申テ、太平記、古戦物語ヲノミ講釈イタシ候処、享保ノ頃、瑞竜軒、志道軒ナド願ヒテ、今ノ三河後風土記ナドヨミ候事始候由承伝へ候、左様ニ候哉。

答、被二仰下一候趣ニ可レ有二御坐一候。

ここでは、太平記のみならず古戦物語、三河後風土記など、広く軍書一般を読むようになり、また瑞竜軒（赤松）、志道軒（深井）など一家をなす講釈師も出現していること、さらには太平記読みから講釈師と言われる者が出てきていることを明らかにしている。

ここで太平記読みの別称を列記すれば、軍書読、辻談義、辻講釈、軍書講釈、軍書講談などがある。

今少し太平記読みが流行していく様子を見ることにする。『明和誌』には次のようにある。

○一、軍書講談、寛政の頃より至って流行、御記録はいづれもつゝしみ承るべきに、近来は寝ころび、又は肌抜き、聞く人多く、軍書よみも年々の事、皆聞きあきる故、色々と作をいるゝまゝ、赤穂記も三度よめば三色になり、浄るりの講談をする様に成るもおかし。

『百戯述略・一』にも次のようにある。

○軍書講釈、昔は太平記読、或は辻談義などゝ唱へ、社寺境内、或は辻々に場を構へ、軍談を専に演べ候よしの処、追々、諸家の忽屑、或は復讐の物語、世上の風俗等を考へ、実事虚説も相交へ、演舌いたし候儀に有レ之。

さらに『嬉遊笑覧・九』（文政一三自序）にも次のようにある。

○近世に至りては、辻講釈するもの共、世に流布する本のまゝにては珍らしげなき故に、種々附会の説をまじへて説く。其が為に書ける本、やがて世にもてあつかふことになりて、益なき双子数増されり。

ここでは、軍書の辻講釈が種々付会の説をまじえて説くので、そのために書いた本が評判になって、訳もない草紙が増加していることを指摘しているのである。

次に、講釈師の諸相を瞥見してみると次のようになる。

○口で飯喰うは咄家講釈師（『柳多留・一三一』）

○（下総の国に）平日軍書などの耕釈《こうしゃく》を業《わざ》として世をわたる貧亭子《ひんていし》とやらいふ者の倅《せがれ》（『猿の人真似』序）

講釈とは、はじめから飯を食う手段であり、貧乏人の従事する乞食芸であった。したがって元禄十五年（一七〇二）『東海道敵討元禄曽我物語・三・三』には「やつす模様の旅姿、まづ大津屋弥六は太平記読になりて、塩谷判官龍馬進奏の巻壱冊懐中すれば」とあり、延命散を持った薬売りの定斎、継《つぎ》三味線を携えた文弥《ぶんや》風の浄瑠璃弾き語りに類して、身を隠し忍ぶ姿に変身することができた。そのようなことから次のようにも描写されるのである。

○山下に野陣を張って太閤記（『柳多留・一〇三』）

反対に、これが座敷芸にもなり、風流味を出すと、

○軍学も紙帳でするはすばらしい（『柳多留・三』）

紙帳は下賤の者の使う蚊帳であるが、白紙に墨を描かしたり、所々を色々な形に意匠したりするものもあったから、それを使うと、合戦の修羅場など聴衆をうっとりとさせることになった。しかし調子に乗ると失敗も起った。

○太平記おしやべりが出てきずを付ヶ（『川柳評万句合・天明五・梅』）

○太平記元《ト》が女の口《チ》壱つ（『川柳評万句合・明和元・義』）

三 三都の軍書講釈

1 江 戸

貞享五年（一六八八）『日本永代蔵・五・四』には次の話がある。江戸に身を隠していた浪人の一人森島権六という少し教養のある男は、学力もあったので、恩義を忘れず、世話になっている御礼に、せめてはと思い、四人の子供に四書の素読《そよみ》を授けていた。しかし浪人改めで所払いになり、色々に職業を替えた後、
○書物好の権六は、神田の筋違橋《すぢかひばし》にて太平記の勧進読。
となる。ここでも太平記勧進読みの素姓が、もと教養のある浪人で、四書の素読みもでき、加えて筋違橋（神田川に湯嶋へ渡す橋）での乞食芸であったことがわかる。

享保十九年（一七三四）『本朝世事談綺・五』「○太平記読《たいへいきよみ》」には次のようにある。
○江戸にては、見付の清左衛門と云ふ者始め也。年来浅草御門傍らに出て、太平記を講ず。此ものは、理尽抄《りじんせう》と云太平記の評判の書を以て講尺せり。又その頃、赤松清竜軒といふ者、堺町に芝居をかまへ、原昌元と名乗りて軍談を講ず……理尽抄といふ書は、寛永のころ、北国に法花法印日勝《ほつけはふいんにつしょう》といふ僧、名和伯耆守長年が遠孫より伝へたりとて作せり。其後大全綱目など出来たり。参考太平記を就中《なかんづく》よしとす。
これは元禄（一六八八—一七〇三）頃の江戸での町講釈の記述として注目されている資料である。即ち京都の名和清左衛門（後に、本姓をはばかり赤松と改めた）は元禄五年江戸に出府、出願の筋ある内、滞留中の費用に窮し、仕方なく

見付御門の土手脇で太平記を舌講し、聴衆の恵みを受けていたが、なおも願いは聞き届けられず、ついに江戸にとどまり、地所を拝借して、日々軍書を講じて渡世とし、大いに行なわれたという（『古事類苑』所引『元享世説』など）。読んだのは『理尽抄』とあり、正式には『太平記評判秘伝理尽鈔』というが、これは太平記の中の人物や事件について、人物論・政道論の立場で論評・講釈したものである。それは大運院陽翁によつて始められ、その伝授を受けた岡山藩の横井養元、唐津藩の西川宗兵衛、金沢藩の伊藤外記らが大名や藩内家臣に広めて盛行していたことは若尾政希氏の『「太平記読み」近世政治思想史の構想』に詳述されている。この『太平記評判秘伝理尽鈔』について、『本朝世事談綺・五』では町講釈として行なわれ、市中で人気を博していることを書き留めているのである。その『太平記評判秘伝理尽鈔』の読み方について、『太平記綱目』によれば以下の手順を取っていた。最初はその日講釈する本文の読み上げ、即ち「素読」。次に重要な言葉の解釈の「解」。三番目は本文の時代背景や登場人物について全学識を出して理解させる「伝」。ここはややもすると講釈者の興味本位に流れる所といわれる。四番目は政治・軍法・処世など、各分野にわたって力を込めてさまざまに論評を加える「評」。五番目は本文に類似する話題を和漢古今の書物から博引補則する「通考」である。これによっても、講釈師のキャラクターにより、挑発的な演戯に変化することは充分に理解されることになる。

その次の赤松青竜軒は、元禄十三年、堺町で葭簀張《よしずばり》を構えて大いに人気を博した者で、中の町奉行伊豆守殿にも召し出され、先祖は播州三木赤松円心といい、その末裔《まつえい》で、赤松祐輔青竜軒と答えている（『古事類苑』所引『節信録』）。続けて江戸の講釈を資料でたどってみると以下のようになる。『塵塚談』（文化十一）には、享保（一七一六—三五）の頃、浅草寺境内で霊全という者が、辻談義に戯言を交ぜて人の笑いを取ったが、仏道の本意に大方かなっていたといい、深井志道軒（明和二年、八六歳没）はこれを真似たものという。その志道軒は『一話一言・一六』（安永四年頃〜文政五年頃）等によれば、浅草馬道大長屋という所に住み、浅草観音堂脇三社権現の宮前で葭簀張の茶店を構え、数年出て生活の手段にして、無一草という六、七枚の述作書を売ったりしていた。軍書講釈には「陰形の木を以て節を撃ち、猥雑の語を以って交接の形をなす……新令出るごとにまのあたりこれをそしりて、いさゝかも忌む事なし」などのことは『賤のおだ巻』（享和二序）などにも見える有名な伝承である。

『只誠埃録・二〇六』には、滋野瑞龍軒の講釈は、天正（一五七三―九一）慶長（一五九六―一六一四）ごろの軍記を、山の手辺の手習師匠の宅で講じたとある。寛延元年（一七四八）秋にはなぐさみ草を出版し、宝暦（一七五一―六三）初めごろには出講の席で鬮に出したが、これは馬場文耕に似るという。席料は二十四文であった。寛政（一七八九―一八〇〇）年間には不忍池に新地が出来、講釈場に出た。瑞龍軒には甚蔵という悴がいて、父の名跡を継いで舌耕したという。

村上魚淵は初めて伊達記を講じ、諸方の家政を扱ったが、席料を受けず、高座の前に箱を置いて、聴衆には席料と言って志納金を投じさせ、毎夜計算して三分を席主、七分は講師と定めたという。

以上のことをまとめる意味で『百戯述略・一』を引いておく。宝暦頃、江戸には滋野随（瑞）龍軒、成田寿仙、天明（一七八一―八八）頃は馬谷などが行なわれた。これも社寺等のほか、市中の寄せ場へ出たのは文化（一八〇四―一七）以来のことと思われる。宝暦・明和頃、深井志道軒という者は浅草寺地中へ定式に出、軍書のみならず世態の淑慝《しゅくとく》（善悪）を演べ、戯れを交え、世人を譏《そし》ったこともあったが、もっともよく行なわれた、などとある。

江戸の幕末の状況をよく概説するのも『只誠埃録・二〇六』であるが、再度それによると以下のようになる。森川馬谷（寛政三年没、年七八）は初め馬場文耕の門に入り、その後独立して一派をなしたが、懶惰酒色にふけった。講談は俗談文飾をしなければ面白くないとし、意識して戯言を交えたが、根拠は正史により、一々引証して断ったという。

俗に「講釈師見て来たやうな嘘をいひ」というのはこの人のことという。二代目馬谷（文政頃没）は読《よみ》の上手で、山崎大谷戦と別にビラを出したという。文化七年には実子に三代目を譲った。

伊東燕晋は、伊東派と田辺派に分け、伊東派は曽我物を読み初めの例とし、後風土記は謹しんで講じた。体裁を正し、他席へは出ず、諸侯へ招かれ、世俗への講釈はしなかった。御家騒動は読まず、曽我、川中島、盛衰記、三国志のみに限った。湯嶋天神境内の自宅で講舌する時は羽織袴を着、終ると高座から下りて、丁寧に挨拶した。文化三年、将軍家斉の墨田川御成りの時、弘福寺で川中島軍記を、同五年には同所で関ヶ原記を上講した。

燕晋の親族という笹井燕慰は三河後風土記、徳川御代記を講じ、寛政元年には弘福寺で家斉に三方ヶ原軍記を講じている。

田辺南窓は一時大いに流行したが、一変して読み方を改めて、真の講釈師は天下に我一人と慢じ、他は豆蔵と卑しめた。性来、剛気、記憶よく、どんな長冊も一度で覚え、席料を三十六文にしたのはこの人が最初という。義士伝が得意で、当時の講釈師の読む銘々伝はこの人の稿本であった。田辺南龍が南窓に問うた時の答えは、「講釈など聞くものに、物知る人は稀也。依てはでやかにうそをつけ。まことは陰気、嘘は陽気と知るべし」であった。南嵩には、講釈師になるには、第一に言節、第二に胆才、第三は記憶と教えたという。

桃林亭東玉は講釈をやわらげて理解しやすくし、婦女子の聴衆を多く集めて一変した。名古屋の講談では数百人から千人が集まり、評判は大坂に伝わり、大坂では前金三十両を取って約束を実行せず、しかも遊興に費消し、多くの借財に苦しんだ。天保八年（一八三七）江戸に舞い戻って挽回、釈迦八相記では席料四十文を取り、入門者は三十人もいたという。しかし軍書講釈の真を失ったのは東玉からで、講釈師の風儀を乱し、出席の約定を変替し、勝手気儘に振舞い、高座の態度も内容も慣例を破ったという。

『只誠埃録・二〇六』には、講釈寄場の沿革も記している。高座机（粗末なものが多い）を据え、明《あか》りは秉燭《へいしょく》を左右に立て、中には片方一口もあるが、これは十六文取りの出方の時である。前座に出るまでは必ず羽織を着、舌耕中に脱ぐ者もある。典山は下着はいつも単物を着、講談中に上着を座ったまま刎《は》ねて、単物《ひとえもの》で講じた。

江戸の昼興行の席は、浅草寺境内、東西両国、芝明神、市ヶ谷八幡、芝土橋、麹町、万町、湯嶋天神、浅草見付、春日社内、神田小柳町などで行なわれた。講談師は、多くは小刀を帯し、中には見台を構え、槻木《つきのき》（欅の一種）造りの机に拍子木と張り扇を左右の手に持ち、拍子を取り始めたのも典山という。神田白龍は真鍮で蠟燭形のカンテラを用いた。こうして天保六、七年の頃からだんだん盛大になったという。

幕末の講釈については、『守貞謾稿・三二』にも次のようにある。

○浅草見付内太平記場と云ふ軍談の場、今に在り。又堺町に芝居を構へと云ふも、今の両国辺にある如き寺に同じき也。

今世は両国橋の東西、浅草寺の内、或は神田明神、湯島天神、芝神明の社頭に之れ有り。市中にも諸所甚だ多し。天保府命の時、寛政以来の物を存し、夫より後の者は之れを廃止し、△△△△戸となる。嘉永中、又定数のこと止みて、今は甚だ多し。

右の寄、或は軍書講釈のみにて、年中他をはせず。或は昔話、落話のみを以って、他を行はす等もあれども、両国以下寺社にある者、専ら此の如きにて、市中にあ

図版1

るものは毎時定りなく、或は昼は講釈、夜は義太夫節、或は咄などとかするもあり……講釈一人分、銭四十八文、講釈未熟の者は三十六文、童形は此の半銭。下之れに倣ふ。平服也。革包の扇を以て之を拍って講ず。昔噺、落噺、同前。平服也、見台等ヲ置ズ。

「寄《よせ》」というのは「江戸与世」で、軍書講釈、および昔噺、滑稽の落話、浄瑠璃等を銭を取って聞かす席場の俗称である。これを京阪では「講釈場《こうしゃくば》」という。江戸では、夜行なう時には、庇《ひさし》の前に前図に示すような行燈を出して掛け、舌師や太夫名、また題名を書き、雨天の時には、これを桐花油で覆ったという。

2 京都

京都では、祇園の涼みや糺の森で太平記読みが行なわれていたことは『人倫訓蒙図彙・七』によってすでに紹介した。このようなことを伝える資料はまだほかにもあり、諸所で盛んに行なわれていたことがわかる。

宝永六年（一七一〇）『松の落葉・二・一二』「四条河原八景」には次のようにある。

○上は三條橋の下、しも松原のこなたまで、流れに続く水茶屋は、曇らぬ空の星月夜、天の川原もかくやらん。治まる御代の太平記、あるひは平家物語、徒然草、辻談義、辻能をかしく拍子どり……、

元禄八・九年頃『好色産毛・三・一』にも次のようにある。

○古けれど藤の丸の膏薬、林清が哥念仏、肩を裾よと結びたる能芝居、太平記よみ、謡の講尺、露の五郎兵衛が夜談義、大的、小的、楊弓の射場、からくり的に鬼の出る所、鰻焼く煙は梵天に立ちのぼり、

同じように元禄十六年『傾城仕送大臣・六・二』にも次のようにある。

○第一面白きは祇園の納涼、此節は河原に出る諸方の茶屋娘色を諍ひ、豆腐をやく、うなぎのかばやき、心太のそ

ば切料理、かつらあめ、めった的、日本修業が瓜喰ふて居太平記の読売、露の五郎兵衛が傾城陰陽和合の講釈、万づ気の替り、見る物聞き事は罪はなし。

以上は、祇園、四条、水茶屋の並ぶ繁華の地での太平記読みで、諸芸能にまじって行なわれていることが明らかになる。

北野天神での太平記読みを記すものも多い。宝永四年『昼夜用心記・四・一』には次のようにある。

○廿五日は北野、毎月きはまつて参詣群集すれば、七本松に辻能、放下師、太平記、孔雀の尾を翻し、お目の前にて調合の五種香、泥亀《すっぽん》の甲を釣りて……。

この『昼夜用心記・四・一』には挿絵があり、太平記読みが描かれていて、有名である。社殿正面に半畳ほどの大きさの床几《しょうぎ》をおき、その上に浪人風惣髪の男が安座《あんざ》し、前に太平記を広げて、めくりながら講釈をしている。左前端には大判紙に「太平記」と書いて四隅を石でおさえ、右前端に茶碗をおいていて、その周辺に銭や紙捻りが散らばっているのは、乞食芸としての辻講釈であることが明らかである。

享保五年（一七二〇）『浮世親仁形気・一・三』には、右の腕を折って養生している内に今日の暮らしに困り、その後女房も死んで、

○なほ〳〵けふをくらしかねて、無念ながら北野の御縁日に出て太平記をよみ、又は楊枝《ようじ》、耳かきのつきつけ売して、

いる者の挿絵がある。神社の境内、松林の下に「太平記かうしやく仕候」の看板を立て、莚《むしろ》を敷き、惣髪の浪人が正座し、数冊から七、八冊の本の山を三つも積み、講釈に励んでいる。聴衆は三人で、「ちはや城の所じや」「おもしろい」という、聴衆のせりふも入っている。

貞享四年（一六八七）『武道伝来記・五・四』には、斬り合いから京都へ身を隠した為右衛が、西の京大将軍の医者戸川友元の庵に身を隠し、「夜は粮《かて》もとめんため太平記を素読《そよみ》して、今宵も出べしといふにまかせて、堀川を上へ」あがる所を、一条戻り橋で討たれるという描写がある。

元文二年（一七三七）『御所桜堀川夜討・二』には、「口先キ斗で夜を渡り、商売とては千本通、軍書、哥書の講釈師、其比は地主祭に講釈して帰るさ」と、同じような描写がある。

自宅に講席を設けて講釈している描写は、正徳五年（一七一五）『大経師昔暦・中』にある。

○京近き、岡崎村に分限者の、下屋敷をば両隣、中に挾まるしよげ鳥の、牢人の巣のとり葺き家根、見る影細き釣《つり》行灯《あんどう》太平記講尺、赤松梅龍としるせしは、玉がためには伯父ながら、奉公の請に立ち、他人向きにて暮しけり。講尺果つれば聞手の老若、出家まじりに立帰る。なんと聞き事な講尺、五銭づゝには安い物。あの梅龍ももう七十でも有ふが、一理屈有顔付。ア、よい弁舌。楠湊川合戦、面白い道中、仕方で講尺やられた所、本の和田の新発意《しんぼち》を見る様な、いかひ兵《つはもの》でござつたの。いずれも明日〳〵と散り〳〵にこそ別れけれ。

これは岡崎村の取葺屋根《とりぶきやね》（板屋根を木片小石などで押えた屋根）の家で釣行灯を掲げた夜講の描写である。湊川合戦の楠木一族の奮戦を仕方話（役者物真似）で講釈し、聴衆は老若出家まじり、席料は一人五文ずつを集めて安かったというのである。赤松梅龍軒は元禄十年『諸芸目利咄』に、江戸の赤松青龍軒にも勝り劣らぬ能弁とあり、『大経師昔暦・中』には別に梅龍は「つこど声」「ア、よい弁舌」ともあるので、能弁のことはここからもよくわかるが、単なる両人の取り合せなのか、赤松梅龍軒が京都へ出講していたのかどうかは明らかになっていない。

『本朝世事談綺・五』には、江戸の原昌元と並べて、「京都にては、原永惕《はらえいてき》といふ者世に鳴《なる》」とあり、この原永惕は堺の夷島で近松と組んで『徒然草』を講じた、前述の栄宅と同一人と推定されているが、『翁草・六六』には「原栄宅と云ふ上手」、「栄宅死して栄宅の子栄宅、和平兄弟、共に下手なり」とある。但し『中村幸彦著述集・一〇』では松室松峡日記を引用して、和平(栄治)は北野七本松に家を作って、ますます聴衆を集めていたともある。続けて『翁草・六六』では、京都でよく読んだ講釈師について、岡本文助、沢村綾助、今岡丹羽らを列記している。

元禄十二年『曽我五人兄弟・五』には、軍記読売りのことがあるので、参考までにこれも引用しておく。

○牢人と覚しきもの、編笠引込み、柿表紙の仮名本ひろげ、是は先年討れし河津三郎が一代記を、京都にて書物につくり、曽我物語と申て、河津が最期より、其子十郎五郎が浅ましき、流浪の体までを委しく記し、御慰によみ申。一銭づゝの御合力、頼上ると云ければ、宿来の上下立かゝり、所望〳〵と読ませける。

読売りは一文で読むとあるが、これは実際には「絵双紙売」の業態であったと思われる。

時代は下って、『守貞謾稿・三二』には、京都の講釈場は四条河原、四条道場、蛸薬師、革堂などの境内、あるいは北野社頭などにあるとしている。また、京阪では市中の講釈の席を「講釈場《こうしゃくば》」、あるいは「せき(席)」とも「せきや(席屋)」ともいい、江戸の「よせ」に対する呼称とする。昔話、滑稽話、落し話などをこの場で行なっても「話し場」とは言わず、やはり講釈場という。

3 大坂

大坂でも講釈は人だちの所でする乞食芸であった。『浮世親仁形気・三・一』には次のようにある。

○物よみならはせて、末々では人だちの所へ出し、太平記の講釈さする思案であらうが、一文二文の編笠銭はかどらぬ物ぞと笑へば、浄閑腹にすゐかね、身が秘蔵の子を太平記よみの物もらひにするかと、してゐたる木枕取てなげ太平記講釈は、ここでも一文二文の編笠銭とあり、また太平記読みの物貰いともあるのである。大坂の天満天神では、甫水という者が太平記を読んでいたことが、天和三年（一六八三）『難波の貞は伊勢の白粉・二』に出ている。

○（鈴木）平八にはおさ〳〵劣るまいと見ぬさきより、天神の甫水《ほすい》が太平記《たいへいき》の評判にくちばしるつぎ湯の煙まひやうがよいほどに、

この甫水は道頓堀でも講釈していた。貞享五年『武家義理物語・二・二』には、敵討ちに出た者が道頓堀に行き、芝居がはねるのを心がけ、客の中に敵を探す場面がある。

○出羽・義太夫が浄るりのはてくち、又太夫が舞を聞く人、竹田がからくりの見物、甫水が太平記をよめる所、其外浜芝居の小見せ物、水茶屋の客まで吟味して、

と描写されている。ここでも太平記講釈は浄瑠璃芝居などに肩を並べて行なわれる芸能であったことがわかる。貞享三年『好色一代女・五・四』には、「長けれど只《たゞ》なら聞物、越後なべが寝物語、道久《だうきう》が太平記」とある。ここには「只《たゞ》なら聞物」とあるけれども、宝永元年『風流連三味線』には大坂新町の「西口の太平記かうしやく、彦八が咄し」と出ている。その太平記読みの席料は三文であった。

もう一つの大坂の遊山所、生玉神社境内でも講釈が行なわれていた。正徳五年『生玉心中・下』には次のようにある。

○昼は名に負ふ遊山所の、貴賤群集の伊達尽し、人を勇めの芸尽し、茶屋が藁屋の軒続き、竹の柱にふしこめし、稽古浄瑠璃、太平記、琴のつれ歌、

宝永七年『御入部伽羅女・五・一九』と元文四年『絵本御伽品鏡』には、生玉境内での太平記講釈の挿絵が出てい

る。『御入部伽羅女』では、常設の見世物小屋が続き、物真似米沢彦八、万歳楽介軽口咄に続いて、太平記の小屋がある。軒下の所、頭上には「太平記／信長記／四十七人／評判」の看板がかかっている。「四十七人／評判」とは、赤穂義士の仇討ちの講釈のことにほかならない。月代《さかやき》を剃った講釈師は正座し、張扇で書見台を叩いて講釈している。これに対して客は三人。長椅子に座るのは杖を持つ老人と扇を広げて編笠を被る浪人、その背後に墨染を着た若い僧が立っている。

『絵本御伽品鏡』では常設小屋、右前の柱に「太平記かうしやく」の看板をかけ、その下には盆の中に茶瓶と茶碗をおき、安座する月代の講釈師は書見台の上に左手をかけ、張扇を右手に振りあげ、客の聴衆は武士や町人ら四人。皆な感心して聴き入っている。次の狂歌が散らし書きにされているのもおもしろい。

○生玉《いくたま》くわいてつ／

講釈《かうしやく》にうそ八百も／銭もうけ／めくら蛇《へび》かや／やは〱／ほしや〱

もはや講釈が「うそ八百」で娯楽化し、「銭もうけ」になっていることを明らかにしているのである。

『守貞謾稿・三二』には、大坂の講釈場も図版2のようにあげている。

○難波新地、法善寺、和光寺、天満天神、御霊、座摩、博労稲荷にあり。

昔は生玉の社頭には此の類多くありて賑しきよし。近世は衰

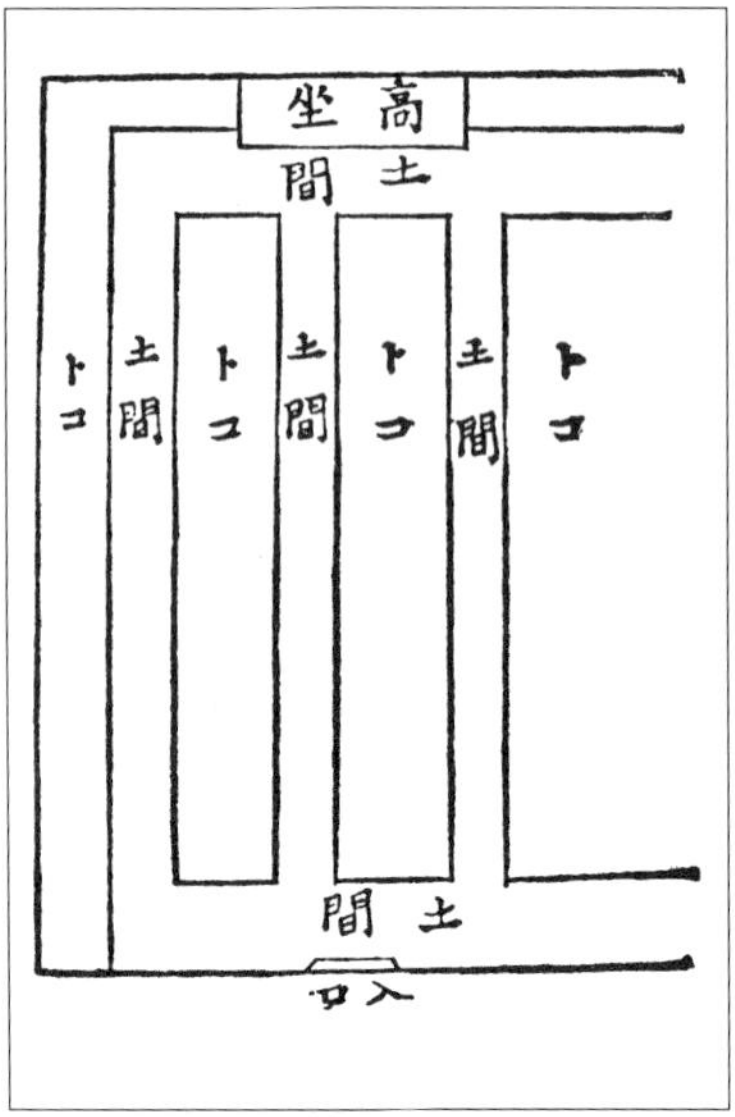

図版2

微して、平日は寂莫たり。
又坊間諸所にあり。
講釈、咄ともに、一人、大略三十六文を募る。
京坂の席は、左図の如く、床の間に土間を通りたり。
これはもう近代に続く講釈場の形態である。

（注）基本的文献として次のものがある。
○亀田純一郎氏「太平記読について」（『国語と国文学』昭和六年一〇月）
○大橋正叔氏「太平記読と近世初期文芸について」（『待兼山論叢』第五号　一九七二年）
○中村幸彦氏「太平記の講釈師たち」（『中村幸彦著述集』一〇　昭和五八年　中央公論社）
○加美宏氏『太平記享受史論考』（昭和六〇年　桜楓社）
○延広真治氏「軍談・実録・講釈」（『増訂版日本文学全史』四　近世（平成二年　学燈社）
○若尾政希氏『「太平記読み」の時代近世政治思想史の構想』（平凡社選書一九二　一九九九年）
なお資料集としては次のものがある。
○藝能史研究会編「講談」（『日本庶民文化史料集成』第八巻　寄席・見世物　三一書房　一九七六年）

瞽女唄・祭文松坂の語り

鈴木昭英

はじめに

越後で旅回りする瞽女の姿が見られなくなってまもなく四半世紀になろうとする。それはそのまま日本における瞽女の実動の終止を意味するが、まだ幾人かの瞽女経験者は生存している。しかし、瞽女の芸業が衰退し、瞽女が居なくなってはじめて識者の間に関心が高まり、近年はいろいろな立場からアプローチがなされている。盲目という不自由の身でありながら長い旅を続け、農山漁村にくまなく歩を進め、唄を通して民衆に娯楽を提供し、文化および情報を運んだ。その行動と生活の在りように共感を覚える人が少なくないのであろう。

瞽女は口承文芸の担い手であり、その方面で大きな足跡を残した。文字を知らない人が、口から耳へと習い覚えた唄の数々を演唱する。その歴史は古く、男性盲人の座頭や盲僧に劣らない活動を示した。口承文芸の形成と発展、伝播に大きく貢献したと言えるであろう。

さて近年、国文学、とりわけ口承文学の立場から瞽女唄の語りが注目されるようになった。山本吉左右氏の研究がその最たるもので、氏は説経節正本に語り物の特徴と言える口頭的構成法が存在することを瞽女唄の語りを介して証明された。(1) 中世の伝統を受け継ぐ語りと言っても、台本だけでは実際の語り方や節回しは分からない。ところが瞽女唄には口頭的構成法が備わっていて、そこから古い語り物の語り構造が推測できるとするのである。

近世から近代にかけて、越後では各地に瞽女の定着と集団化が見られ、活発な巡業活動を展開した。(2) かつてそれらの組に所属し、第二次大戦後も稼業を続けた瞽女たちの中で、その演唱せる唄が録音され、詞章の文字化がなされたものも少なくない。本稿は、そうした資料により、瞽女唄のうち特に語り物の本領である祭文松坂（段物）について、演唱の形式やことばの構成、特徴的表現などを明らかにしたいと思う。

一　祭文松坂について

瞽女唄の原初的な語りがどのようなものであったかは定かでない。口寄せ巫女の祭文語りなどと共に考えてゆかねばならぬ問題であろうが、今はおく。盲女が鼓を打って『曽我物語』を語り、寺社の縁起や本地物、仏教説話などを語った中世期の語り物の曲節はどのようなものであったか、それさえほとんど不明と言わざるをえない。時代の移り変りとともに新しい唄を取り入れ、旧来の唄を改変し、あるいは創作してきたと思われるが、その過程を知ることはいたってむずかしい。

われわれが調査の対象としたのは、近世から近代にかけて形成され組織化された瞽女集団の一員として、近代に生をうけ活躍した瞽女たちである。すでに瞽女の芸業が衰退に赴き、あるいは風前のともしびにほうこうした人たちであるが、その伝承する唄の中には古い伝統を受け継いでいるものが少なくない。

瞽女唄には、物語の散文詞章に節をつけて語る語り物と抒情的詞章に節をつけて歌う唄い物とがある。その語り物には瞽女唄として伝統のある祭文松坂（段物）とそれをくずした口説（一段物）があり、さらに常磐津・富本・清元・

新内など江戸浄瑠璃諸派の語り節がある。唄い物には江戸唄の長唄・端唄があり、また瞽女が独自に創作した門付唄、万歳・春駒などの祝い唄、それに各地の民謡やその時々のはやり唄が数多く含まれている。(3)

瞽女はいつの時代においても瞽女以外の歌い手からも各種の唄を学び、これを取り入れてきた。しかし、元唄をそのまま歌い継ぐことはまれで、瞽女はそれを独自に調整し、編曲し、あるいはそれに基づいて創作をした。はやり節や民謡にくずしや替え唄の多いのがそれを証明している。それは語り物にも言えることで、そのことは瞽女唄の特徴でもあった。聴衆を前にして歌うとき、即興的に、改変、創作がなされた。したがって瞽女唄の語りという問題を述べるにはこれらのすべてにわたって検討しなければならないが、ここでは瞽女唄の根幹とも言うべき祭文松坂に限ることとした。

越後瞽女は、瞽女節による語り物のうち段に区切って歌うものをダンモンと通称する。「段物」のなまりである。しかしこれは俗称であって、正式には「祭文松坂」と言う。

段物は長篇の物語を幾段かに区切って段ごとに語るからそう呼ばれるが、段に区切って語る手法は中世の幸若舞や近世の浄瑠璃、歌舞伎に見られ、語り物本来の姿を伝えているという。(4)長篇ものを一度にみな語るとなれば時間もかかり、語り手は疲れるし、聴き手にも飽きがこよう。そこで語りの途中でいったん打ち切り、その次が聴きたいとなればまた歌い継ぐ。芸の商いの立場からすれば聴き手から報酬を引き出すための手段にもなる。

段物は三味線の伴奏に合わせて、ほぼ一定の長さの詞句を単位として歌い継いでゆく。中棹の三味線による伴奏は比較的に低音域を上下し、独特の節回しで語りが進行する。段物こそが本当の瞽女節であり、瞽女本来の唄だとしてその習得に心がけた。

「祭文松坂」の呼称の出どころはどうであろうか。瞽女唄が北陸地方の盆踊唄の松坂節と合したものという意見もあるが、[5] 祭文松坂は民謡の松坂とは節が違うのでそうではないと言う瞽女がいた。私もそのように思う。

越後には確かに古い伝統のある盆踊唄の松坂があり、特に加茂松坂や新津松坂が有名であった。そのほかに婚礼や米寿の祝い、建て前などの席で歌う祝い唄の松坂があり、かつて松坂と言えば知らぬ者はいないほど普及していた。瞽女もそれをよく歌ったが、瞽女にはまた独自に創作された松坂節があった。刈羽瞽女には瞽女が婚礼の席で歌う「婚礼松坂」と称するものがあり、またそれとは別に、刈羽瞽女が刈羽郡内を門付けするときに歌う専用の門付唄があり、それを「門付松坂」と言った。[6] また、中・下越の瞽女は、正月から二月にかけて田舎回りする「春語り」に、家に上がり込んでめでたい祝い唄を歌ったが、その唄を「瞽女松坂」と言った。[7] ともかく、松坂と言えばことほぎ唄の代名詞のように見られ、その呼称が広く使われたのである。蒲原や岩船地方、あるいは山形県の米沢地方では、瞽女は門付けにこの祭文松坂のひと言ひと言区切って歌った。祭文松坂の名称について、節の立場から見るならば、松坂よりも祭文に重点を置くべきと思われる。

私が出会った瞽女の中で、祭文松坂は唄祭文であると言った人がいる。[8] また、祭文松坂は祭文をくずしたものであり、祭文を語るのがむずかしいからくずして瞽女節にしたのだと言う瞽女もいた。[9] これらは古くから瞽女の間に伝えられてきた伝承に基づくもので、格別に注意を払う必要がある。

ここに言われる祭文とは、祭文節のことであろう。山伏が神仏を勧請したり祭儀の由来を語ってその加護を祈請するときに奉読する祭文とは異なり、それが芸能化して門付芸になり、後には三都を中心に行われ新作物が出てもてはやされ、浄瑠璃や歌舞伎などにも影響を与えた唄祭文のことを意味していよう。瞽女の祭文松坂もその唄祭文の影響を受け、そこから派生した面があることも否定できないであろう。

しかし、今日残る祭文松坂の主たる柱は説経節を受け継いでいると言えるのでなかろうか。祭文松坂の中に古く五説経に数えられた「葛の葉子別れ」（信太妻）、「山椒太夫」、「小栗判官」、「俊徳丸」（信徳丸）、「石童丸」（苅萱）が含まれている。いずれも中世以来の伝説、伝承を引き継ぐ物語であり、祭文松坂としても主要な演目で、古来人気があり、語りの中心に据えられてきた。だが古い説経節をそのまま受けているかとなると、そうとは言えない。現存する説経節正本のうち江戸初期刊行のものと現行の祭文松坂の詞章との間には、文体の表現や語り口にかなりの隔たりがある。

説経正本では、江戸初期のものより幕末に祭文から説経節を再興した薩摩若太夫の説経祭文[10]がより近い。そこでこれが瞽女の祭文松坂のテキストになったのではないかと推測する説もあるが[11]、文字化された台本を盲目の瞽女が学んで語り節が普及したと見るのは、口承をたてまえとする立場からすれば無理であろう。男鹿半島の脇本村（男鹿市脇本）伊藤宗博氏宅に父君が書き残されたという『小栗判官玉章送り』の祭文があるが[12]、その出だしのことばや語り口は瞽女の祭文松坂に最も近い。秋田には越後瞽女がよく訪れたので、瞽女が語っていたのを書き取ったものかとも考えられるが、定かでない。

祭文松坂は早い時代に説経節の影響を受け、唄祭文の節なども取り入れ、近世には操り人形に結びついた浄瑠璃や歌舞伎、次いで講談などの影響も受け、それらで創作されもてはやされた題材を逐次取り入れ、語りことばを形式ばらず平易なものとし、曲節もくずしくずして今ある姿に改変していったものと思われる。

それでは、祭文松坂にどんな演目があるのかうかがってみる。越後各地の瞽女仲間に所属した二十人がかつて習い覚えた曲目である[13]。それぞれ個別には掲出せず、ここでは二十人全体を一からげにして、習得者の多い順に記した。曲の下の括弧に入れた数字は、その曲の習得者数である。

小栗判官（20）・八百屋お七（20）・佐倉宗五郎（20）・葛の葉子別れ（18）・白井権八（18）・俊徳丸（17）・石童丸

(12)・石井常右衛門（おすて仇討ち）(12)・阿波の十郎兵衛（巡礼おつる）(12)・山椒太夫(9)・景清(9)・山中段九郎(9)・明石騒動（明石御前）(7)・児雷也(7)・赤垣源蔵(3)・千田川留吉(2)・一之谷の旗揃え(1)・焼山巡礼(1)・天野屋利兵衛(1)・山中鹿之助(1)・五郎政宗(1)・片山万蔵（赤穂義士外伝）(1)

以上に見られる二十二曲がこれまで分かった越後瞽女の祭文松坂ということになる。『小栗判官』から『俊徳丸』までの六曲はほとんどの瞽女が習い、『石童丸』から『児雷也』までの八曲はほぼ半数の瞽女が習い、後の八曲は習う者はわずかでそれも区々であったことが分かる。聴き手が要望するものを瞽女は努力して覚えようとしたから、そこに大衆が好んだのは何か、人気があったのはどれかということが率直にうかがえる。

二　語りの仕組み

山本吉左右氏は高田瞽女杉本キクエの語る『山椒太夫』船別れの段を聴いて、同じ演目を演奏するたびにことばが変化することに注目した。同一演目の同一演奏時における語句の使われ方や同一演目の異なる演奏時における変り方をいろいろ分析し、口から耳へと伝承され、聴衆を前にして語るとき、物語が変化しながら新しく再構成されて行くことを見極め、そこに典型的な口頭的構成法があることを確認された(14)。大きな成果と言えるが、一人の瞽女が語る一つの演目だけでなく、組の違う大勢の瞽女が語る多くの演目を比較検討することも必要である。そうした立場から、祭文松坂の仕組みを見て行くことにする。

祭文松坂は物語の詞章に曲節をつけ、三味線の伴奏に合わせてこれを詠唱するのであるが、その基本となるのは七五音を単位とすることばである。これをヒトコト（一言）と言う。どこの組の瞽女が歌っても同じであるから、暗黙の普遍的法則と言ってよい。そしてこのヒトコトの語りが数コト続くと一区切りとなる。これをヒトクサリ（一関）とかヒトクダリ（一行）とかヒトナガシ（一流し）などと言っているが、いわば語りの中の段落である。一節と言ってもよかろう。一連と言う人もある。

その語りの進行ぐあいを見てみよう。まず最初は三味線の演奏から始まる。いくぶん長めに強弱、高低をつけながら口語りを引き出す態勢をつくる。語りに入るとヒトコトのことばの間に三味線の相づち程度の合い方を入れ、ヒトコト語り終ると短かめの合い方が入る。ヒトコトごとにそれが繰り返されてヒトクサリが終り、そこでいくぶん長めの合い方が入る。これも強弱、高低をつけながら小休止へ、さらにそこから次の語りへと移行する態勢をつくる。口語りも音声に高低をつけ、張りを入れたり引き延ばしたりするが、ヒトコトごとに持たされた節回しというものがある。語りの全体はこのようなヒトクサリの繰り返しで進行してゆく。

語りの節回しや三味線の入れ方には師伝があり、組により瞽女個人によっても違いがあることはむしろ当然である。いずれにしてもこのヒトクサリに要する時間は間奏を入れてもわずか一分前後、その単純な繰り返しの中で物語が展開してゆく。そこにこそ口説節の特徴的な語りが現出すると言ってよかろう[15]。

ところで、さきにヒトコトの音数は七五音と言ったが、それはあくまで基本的なことであって、一音、二音の増減はよく見られることである。時には前句七音を長くすることがある。長岡瞽女片貝組の渡辺キクの語りには十七・八音から二十音という長いのがある[16]。これをヒトコトとして一気に歌うので、三味線の合い方で調子を取る。これは他の瞽女にも見られることであり、一応原則的な基本はあるとしても変形は許されることを意味する。絶対的なものとして固定してしまうと、ことばの表現に適切さを欠くことになりかねない。

同様のことはヒトクサリのコト数についても言える。さきにヒトクサリは数コトと言ったが、コト数は人によってまちまちである。一般には三コトあるいは四コト、五コト、六コトが多い。しかし、同じ人でもコト数を換えて語ることが可能である。語り手の思いようでそれは自由に換えられた。文句さえ覚えてしまえば、語り方や三味線の合い方はそれほどむずかしい問題ではない。一般的にはコト数が多いと一段の全体時間が短くなり、少ないと長くなる。早く終えたいときはヒトクサリのコト数を多くすればよい。三味線の間奏に一定の時間がかかるからである。

ヒトクサリのコト数を固定しないで、不規則に自由に語る瞽女もいた。長岡瞽女深沢組の加藤イサ、片貝組の渡辺キク、刈羽瞽女野中組の伊平タケなどはヒトクサリのコト数にはとらわれず、その場その場で自由に思いのままに語っていた。加藤イサの語った『白井権八』山入りの段(『山中段九郎』)[17]の基本は五コトのようであるが、四コト、六コト、七コトで語るところもある。渡辺キクが語った『小栗判官』[18]はそれがもっと顕著である。ヒトクサリごとのコト数を順に記すと次のようになる。

支度の段　十一・七・七・十一・十・十二・七・十三

銚子の段　十一・六・十・七・八・七・七・七・十・七・十二・十五

お座敷の段　前段　十・十・十・十・十二・七・七・七・十・十・七・十・七・十五

後段　十三・七・七・十・十・十・七・十・七・九・十一・十・二十四

二度対面の段　十・十・七・八・七・七・十・七・十一・六・十・十五

これにコト数の基本があるとすれば数の多い七コトまたは十コトということになるが、コト数には無頓着と言ったほうが当を得ていよう。伊平タケの語るコト数もいっそう長く、およそ十五コトから二十コトに及ぶのがあり[19]、長い間語りに没入するので、聴衆の存在を忘れたかのようにさえ感ずる。聴衆もまた話がとぎれないで進行するから、継続して物語の世界に浸れる。変則的な語りも、時には有効であったことは否定できない。

しかし、このような変則的な語りは、二人以上の瞽女が同じ段物をいっしょに語るときは不可能である。瞽女の旅稼業は通常三、四人のグループで行われる。師弟関係にある人たちが主体となる。段物はそれらのうち二、三人が同一演目をヒトクサリごとに交互に歌い継いで語ることが多い。一人で語れば疲れる。商売は苦楽を分かち合ってするものという相互協力の精神があり、また交互に歌い継げば変化があって面白いと喜ぶ聴き手もあり、よくなされた。そうした場合このような不定形、不規則の語りはできず、型通りということが前提条件になる。伊平タケは、若い頃は門付瞽女であったが、やがて結婚し、それ以後座敷瞽女の道を歩いたから[20]、一人商売の身でそのような不定形の語りをしても何ら差支えなかった。聴衆は不定形、不規則でもそのことを気づかないし、気づいても不自然さを感じない。むしろ話の山場を超えたところで小休止したほうが聴衆にとってもよかった。

ヒトクサリが終ると、たとえコト数が不定形であっても、それが終ったことを聴衆に告げるのは三味線の合い方である。そのためヒトクサリごとの間奏は長めで独特の音律で奏される。しかし、長岡瞽女や長岡系瞽女[21]の段物には、語りのことばの上からヒトクサリが終ることを予告する手段がとられている。ヒトクサリの最後のヒトコト七五音のうち、前句七音の初めの三音ないし四音（時には二音のこともある）をその前のヒトコトの後ろにつけて歌うのである。最後から二番目のヒトコトは十五音または十六音という長い句になり、最後尾のヒトコトは八音あるいは九音という短いものになる。ヒトコトの音数にこのように長短が出てくるが、それを三味線の合い方で巧みに処理する。これによって語り手は歌いながら唄の切れを確認し、聴き手もすぐ休息に入ることを自然のうちに感じ取るのである。この語り方は長岡瞽女、長岡系瞽女に普遍的に見られるもので、刈羽瞽女伊平タケや高田瞽女杉本キクエには見られない。この長岡瞽女特有の語り方と言ってよい[22]。

ヒトクサリの語りでさらに述べておくべきことがある。長岡瞽女片貝組渡辺キクにだけ認められるのであるが、それはヒトクサリの文句が始まる冒頭に「エー」という出だしの句を必ずつけることである。[23] その発声によりヒトクサリの語りを引き出す形をとる。これは珍しいことであるが、おそらく片貝組全体の詠唱方式であったと思われる。片貝の派は祭文松坂でも門付けの岩室くずしでも、語り方や節回し、三味線の弾き方でもほかの派とはちょっと違っていたというから、これもその一つと言ってよいであろう。

さて、これまでるる述べてきたのは語りの詞句に曲節をつけて歌う部分に関するものであった。ところで、物語の中には登場する人物が他人に話かけたり、それが二人以上の会話になっているところもある。その語りをどうするかの問題がある。話しかけのことばだから七五調の音数に合わせることは無理である。それはそれでよいが、実際に人に話かける形で声まで似せて表わすこともできるし、ほかの語りのところと同じように節をつけて表現することもできる。高田瞽女杉本キクエは前者の形を取り、刈羽瞽女伊平タケや長岡瞽女、長岡系瞽女はみな後者の形を踏んでいる。上越と中越ではこの点に関し歴然とした違いがあったと言えるかも知れない。

杉本の場合、『葛の葉子別れ』のように話しことばのないのもあるが、『小栗判官』『俊徳丸』『山椒太夫』にはこれがある。[24] それらは七五音を踏んでおらず、ヒトコトは自由な音数で構成されている。その部分はいわゆるせりふであり、その人になりきって話しかける形を取る。ことばの切れ、切れで三味線の合い方を入れる。その合い方も、撥を一つだけ入れて済ますこともあり、二つ、三つ、あるいは五つほど入れることもある。そして最後のヒトコトは、中ほどから後半は節をつけて語り、そこから間奏に入る。

伊平の場合は『小栗判官』『佐倉宗五郎』『平井権八』などで確かめられる。[25] 話かけのことばは七五音を踏んでおらず、話しかけ以外のところと同じように節をつけて語る。語りの間に時々三味線の音を入れるが、わずか撥音が一つのこともあり、二つ、三つの場合もある。長いことばが続いたときには、ヒトクサリの段落のときの間奏と同じ長めの合い方を入れており、そこに特徴がある。

渡辺キク、小林ハル、それに長岡組から外れた組の四郎丸組土田ミスの語りにも登場人物の話かけのことばはある(26)が、それらは基本的にはその他の部分と同様七五音で構成され、みな節語りの中に組み込まれている。

話しかけのことばでなく、特別の文言を物語の中で表現する必要のある場合がある。例えば『小栗判官』二度対面の段で、小栗が懐中より閻魔王宮から自分にあてられた手形を取り出して照手に示し、照手がその文面を読むくだりがある。渡辺キクがこれを語ったとき、三味線の合い方を入れず、ひたすら字面を追って読んでゆく形を取り、ほとんど棒読みに近いものになっている。

三　語りの表現

1　出だしとおさめの句

出だしの句　段物は、長短はあるが一段語るのにおよそ三十分前後の時間がかかる。本格的な長篇物語であるから、冒頭に特別に用意された決まり文句の出だしのことばをつけ、そこにこれから語る演題を提示する。状況によっては何も言わないで直ちに本文に入ることもあるが、それはまれである。出だしの句をつけるのは瞽女唄の中では祭文松坂だけであり、その点で特別の扱いとなっているが、それは聴き手に対し襟を正してこれが重みのある本格的な語り唄であることを訴えるものでもあった。

それでは、一座の聴衆を前にして祭文松坂を語り始めるとき、その出だしの句はどのようなものであったか、比較する上から杉本キクエ、小林ハル、渡辺キク三人のそれを列記してみる。どの演目にも普遍的に語られたことばで、その点ではみな決まり文句と言ってよい。演題およびそれにかかわる修辞のことばは曲によって違うからこれを省き、その位置に［　　］を印した。

A　杉本キクエ

さればによりてはこれにまた、いずれにおろかはあらねども、しゅじゅなるりやくをたずぬるに、よき新作もなきゆえに、［　　］、ことはこまかに読めねども、あらあら読み上げ奉る

B　小林ハル

さればによりてはこれにまた、いずれにおろかはなけれども、何新作のなきままに、古き文句に候えど、［　　］、ことこまやかには読めねども、あらあら読み上げ奉る

C　渡辺キク

しかるによりてはこれはまた、あれよこれよと思えども、何新作にもなきままに、古き文句に候えど、［　　］、これより読み上げ奉る、お聞きなされてくだしゃんせ

三人三様だが、共通点も多い。聴き手に対しへりくだった姿勢で、何もよい新作物がないので古い文句のこれこれの話を取り上げ、これからその粗筋を読んで差し上げます、というもの。三つの出だしを読んでみると、BとCは類似性が強く、これらとAとではいくぶん開きがあると言ってよいであろう。

参考までに、長岡瞽女の瞽女頭山本ゴイ（マス）の語った『小栗判官』[27]の場合を記してみる。

D　山本ゴイ（マス）

さればによりてはここにまた、いずれにおろかはなけれども、小栗判官一代記、ことやこまかに読めないど、あらあら読み上げ奉る

先のA・B・Cと比較してみると、三コトめ、四コトめの二コトは省略したものと思われる。本式に読むならこれも入れたはずである。同じ山本が語ったものに『佐倉宗五郎』の録音テープが残っている。[28]その出だしは最初に外題を述べ、後の二コトをそれにつけているが、本来語るべき外題の前の四コトはみな省略したようである。この曲は同席において『小栗判官』に続いて語ったから、こちらは直ちに外題から語り出したものと思われる。

出だしの語句の中の外題は、単に題名だけを提示することもあるが、何がしかの修辞をつけ、物語の主眼を簡潔に表わす場合が多い。例を挙げると、小林ハルの語る『明石御前』は「播磨軍記と世に残す、明石騒動のそのうちに、小菊殺しの物語」と言い、『石井常右衛門』では「石井常右衛門直高が、殴られればなしのそのうちに、殴り返しのその段を」などと語る。[29]こうした外題につく説明は簡潔要を得て、聴衆を物語の世界に引き込む上で重要な役割をはたした。

ところで、五説経に挙げられた曲目は、出だしの句、あるいは本文に入った最初の句において主人公の哀れさを説いており、それが特色になっている。杉本キクエは出だしの句でこれを表明する。「葛の葉姫の哀れさを」(『葛の葉子別れ』)、「小栗判官一代記、照手姫の哀れさを」(『小栗判官』)、「俊徳丸の哀れさを、祈りの段にて申します」(『俊徳丸』)、「安寿の姫につち王丸、船別れの哀れさを」(『山椒太夫』)などと言う。

長岡瞽女、長岡系瞽女は、『葛の葉子別れ』は出だしの句の中で「ものの哀れを尋ぬれば、芦屋道満白狐、変化に葛の葉子別れを」と三コトで語り、その他は本文に入った最初のヒトコトで説く。『小栗判官』を例にとると、本文の冒頭に「哀れなるかや照手姫」(山本ゴイ・小林ハル)、「哀れなるかや小萩姫」(中静ミサオ)、「哀れなるかや小萩殿」(渡辺キク)などと言う。これは刈羽瞽女の伊平タケも同様であり、『小栗判官』だけでなく『葛の葉子別れ』もこの方式である。すなわち、本文の最初のヒトコトに「哀れなるかや小萩姫」、「哀れなるかや葛の葉姫」と言っている。

このように、主人公の哀れさを本文の最初に説くことは長岡瞽女や刈羽瞽女など中越地区の瞽女には共通して見られたが、長岡瞽女の場合『葛の葉子別れ』だけは出だしの句において三コトにわたって説明する。別格の扱いであり、しかも「ものの哀れを尋ぬれば」と言うように、主人公の葛の葉だけでなく童子丸や保名をも巻き込んだ別れの悲痛な物語そのものを哀れの対象に考えてかく表現している。長岡瞽女のこの物語に対する思い入れの深さがうかがわれる。

おさめの句　一段の語りを終えるとき、そこで段が終ることわりを入れる。簡単な決まり文句の二コト、三コトである。だが、その段が語りの最後だとするおさめもあり、次の段の語りを予想したおさめもある。

杉本キクエはどの段の切れでも、まず「さてみなさまにもどなたにも」と聴衆に呼びかけ、その後「これはこの座の段の切れ」とか「あまり長いは座の障り、これはこの座の段の切れ」などと言った。次の段につなげるときは「次の段にて分かります」と言う。複数の段を語っておさめるときは「これまで読み上げ奉る」とか「ことはこまかに知らねども、これまで読み上げ奉る」などと言う。

渡辺キクの場合、まず「さても一座の皆様へ」と呼びかけ、次に「上手で長いはよけれども、下手で長いはおん座の御無礼、まずはこれにてとどめける」と謙そんした丁重なことわりを入れる。この中の「おん座の御無礼」を「御退屈」とすることもある。だが、これより簡単に「まずはこれにてとどめける」で終ることもある。複数の段を語って最後の段になれば「いろいろ読んだる段続き、まずはここらでとどめける」と言ったり、「めでたく二度対面もできました、まずはこれにてとどめける」（『小栗判官』二度対面の段）と話の結末に触れて終ることもある。

小林ハルの場合も、まず聴衆への呼びかけがある。多くは「さても一座の上様へ」であるが、時には「上様へ」を「皆様へ」と言ったりする。その後、次の段があって話がまだ続いているときは「まだ行く末はほど長い、読めば理解も分かれども、まずはこれにて段の切り」などと言う。それを「まだ行く末はほど長い、下手な長読み飽きが来る、まずはこれにて段の切れ」などとへりくだって言うことがある。次の段を語ることが決まっているときは「まずはこれにて段の切り」を「一息入れて次の段」などと、ことばを換えて言う。しかし、こうした細かいことわりでなく「まずはこれにて段の切り」とか「まずはこれにて段の末」などと簡単に処理することもある。

以上、三人の段のおさめの句をうかがった。共通するところもあるが、組が違うので句の表現にいくぶんかの相違がある。それぞれに決まり文句を設定しているが、その場に即した自由な対応が見られる。

このほか、段物を語っていて、時間の都合で途中で語りを打ち切る場合がある。そういうとき、唐突に語りをやめるのでなく、中止のための短いことばを入れる。山本ゴイ、加藤イサ、金子セキ、中静ミサオは「まずはここらで止めおきる」とか「まずはこれにてとどめける」などと言った[30]。ほかの瞽女も、その場に臨めばこの種の短い句を述べて終えたと思われる。

語り継ぎの句　ここで二段目以降を語り継いでゆくときの出だしの句はどう表現されたか、それを見てみよう。最初の物語の出だしに語ったのと同じ文句を言う必要はない。おのずから引き継ぎの段としての出だしがある。それは一コト、二コトの簡単なことばでよい。杉本キクエは「ただいま読み上げ段の次」を決まり文句としていた。渡辺キクは「ただいま読んだる段続き」「さきほど読んだる段続き、あらあら読み上げ奉る」などと言った。土田ミスは「ただいま読んだる段の末」「さきほど読んだる段の末」などと言った。

この段継ぎに関わることであるが、次の段を語るとき、出だしの句に続いて前の段の本文の末尾の数コトを復誦することがある。これまでの語りがどこまで進んで来たか、聴き手に前の段の記憶を呼び戻させるための配慮である。しかし、だれでもいつでもおこなっていたというものでもない。

渡辺キクが私に語ってくれた『小栗判官』（全五段）は「銚子の段」の初めの一コト、「お座敷の段」の前段の初めの一コト、後段の初めの三コト、「二度対面の段」の初めの五コトはいずれもその前の段のしまいの本文を復誦している。渡辺自身「次の段を歌うとき、二コト三コト後戻りして続けるんです」と言っていた。しかし、同じく彼女が語った『葛の葉子別れ』（全五段）や『八百屋お七』（全三段）にはこれが見られないから、いつもそうするとは限らないようである。

土田ミスは『信徳丸』（全六段）二の段の一コト、『小栗判官照手姫』（全四段）三の段の二コトにこれが認められる。前の段に続けて語ったときの復誦であった。

小林ハルは祭文松坂を覚えていたもの十三曲を語ったが、その中で『信徳丸』（全十段）の七の段に一コト、『白井権八編み笠ぬぎ』（全六段）の四の段に二コトの復誦が認められる。全体から見てわずかであるが、それも両方とも前段からはかなり時間を後にして語ったときのものである。即刻に歌うならば復誦はしなかったかと思われる。

杉本キクエや伊平タケの語りには、前段の終りの句を復誦する手法は、今日残る演唱の録音資料からは認められない。研究素材あるいは文化財保存の立場からする録音が多く、昔の瞽女宿での、聴衆の求めに応えて段語りを重ねるという状況はなくなっていた。まして伊平タケの場合、早くから座敷瞽女としての生活に入り、複数の段を一段に構成し直して語ったから、このような復誦はありえないものになっていた。

2　特徴的な語り

これまで述べたように、祭文松坂は一定の長さのことばに節をつけ、三味線の伴奏によってリズムを取りながら語る。一段落すれば語りを休み、三味線だけの演奏となるが、この繰り返しによって物語の筋が順々と説かれてゆく。

基本的にはことばの長さも三味線の間奏も一定であり、口説語りの展開する土壌がすでにそこに備わっていたと言えるが、物語の内容に合った、その場に即したことばの表現が大事である。これは音楽的な立場からも言えることであるが、ことにことばの遣い方、ことばの選択が重要なことになる。瞽女はそれゆえ、口説性を深めるためにいろいろな手段、方法を講じてきた。その語りの表現について、ここで幾つかの特徴的事項を挙げてみる。

イ、ことばの反復

祭文松坂の詞句の中には、同じことばが一度ならず数度にわたって用いられることがある。それが短い単語でなく、ヒトコト全体に及ぶものがある。しかも幾つかが連続して用いられることも少なくない。これらはことばの反復ということであるが、どこの瞽女の語りにも多かれ少なかれよく見られた。同じことばを対句にして並べることもある。それらはことばの発声にリズムを持たせるための配慮でもあるが、あてはかるようなことを言って最後はそれを打ち消す際などによく採用された。その簡単なものの例を渡辺キクの『小栗判官』銚子の段(31)からうかがってみる。

金の屏風の立てようも、綾の床の延べようも、錦の夜具の直しようも、伽羅の枕の並べようも、枕屏風の立てようも、まんざら小萩は知るまいの

傍点（筆者）を付した語句が対句になっている。

さらにこれが単に同じ語句の羅列だけでなく、幾つかの語句を交互に並べたて、複合的に反復して表現することもある。同じ渡辺の『小栗判官』支度の段(32)に次のようにあるのがそれである。

髷はどのふうがよかろうよ　お江戸ではやる今はやり、長船髷がよかろうか、灯篭鬢に勝山か、片外しがよかろうか、ただしは上の下げ髪か、とよ待てしばしわが心、若い娘じゃあるまいし、長船髷にも(ゆ)いわれまい、夫のない身のことなれば、勝山などにも(ゆ)いわれまい、上つ方の奥方ではあるまいし、片外しにも(ゆ)いわれまい、大名高家

の流れでも、落つれば同じ谷川の、水の流れは同じこと、一夜なるとも女郎の身で、下げ髪なぞにもい《（ゆ）》われまい、
姫が心の投島田、茫茫眉毛にしゃんと結い

これだけ髪の形を述べるのであるから髪づくしと言えるが、決まっている髪型を出すまでこうでもないああでもないと反すうして語ってゆく。口説節の一つの特徴がここに出ている。

ロ、同類事物の並列

語りにおいて同類の事物を並べたてることがよくある。「何々づくし」と言ってよいが、それは次に表わす事柄を強調する手段であって、物語の口説性と深くかかわりがある。

渡辺キクの語る『八百屋お七』忍びの段[33]（全三段）は特に口説性の強いことばの表現が随所に見られる点で注目される。その中からこれに関する典型的な箇所を挙げてみる。

駒込の寺小姓の吉三に恋をしたお七が、家を抜け出て会いに行く道すがら、松林の小枝にとまる鳥や草むらの虫たちに目を向け、その鳴き声に耳を傾けさせる。いわゆる鳥づくし、虫づくしであるが、それは「思い切れ切れ切れと鳴く」キリギリスを登場させるための方便であった。そこで、自分が通る今宵だけは鳴いてくれるなとキリギリスに頼み込む。このあたりが話の一つの山場で、虫の鳴き声に託してお七が最も気にする嫌なことばを出し、物語の展開の行く末を暗示させる役割をもはたしている。

この手法は物語の次の段階でもうかがわれる。寺へ忍び込んだお七は、廊下を数々の部屋の前を通って吉三の寝間に至る。唐紙の戸を開ける直前、どうか吉三に会えますようにと数々の神仏の名を数え唄ふうにして読み上げ、最後は腰から下の病に霊験があるという淡島明神に語りかけ、思いの成就を祈請する。部屋づくし、神づくしがあって、お七のはやる気持ちに待ったをかけるが、最後は淡島明神への願かけで会いたい思いは成就する。このあたりでまた

一つの山を迎えるのである。

ハ、数字の畳みかけ

数字を並べて畳みかけ、事柄を強調する方法がある。これも口説語りの特徴の一つであり、瞽女の段物にはよく見られる手法である。ここでは同じ渡辺キクの『八百屋お七』からうかがう。吉三にようやく会えたお七が思いのほどを打ち明ける。

見たい会いたい添いたいと、思う月日が重なりて（中略）、三度の食事が二度となる、二度の食事が一度となる、一度の食事も吉三さん、お茶やさ湯でも通りやせぬ、胸につかえて癪となる

続くお七のことばに、次のようにある。

このようのきれいの吉さんと、末代ならずば十年も、十年ならずば五年でも、五年ならずば三年も、三年ならずば一年も、一年ならずば半年も、半年ならずば一月も、一月ならずば二十日でも、二十日ならずば十日でも、十日ならずば三日でも、三日ならずば一日も、一日ならずば一夜でも、せめて一時片時も、こちの殿ごや女房やと、晴れて抱き寝がなるならば、おなごに生まれたかいもある

段々と時間を詰めていく手法であるが、こうした数字による畳みかけは、いたたまれない、切ない思いを表わす上でまことに効果的であったと言える。

ニ、なぞらえる

さらに特徴的なものに、全く関係ないことだが、よく知られた特定の事物、事件になぞらえて語ることがある。やはり渡辺キクの『八百屋お七』は、先に続いて、お七が吉三と抱き寝ができるなら、あずま屋のどんな貧しい暮らしでも楽しく生きてゆけるということを忠臣蔵にたとえて説明する。幾人かの赤穂義士の名を連ね、これを掛け詞

にして歌い込んでいる。

かく言っても聞き入れてもらえないお七は、かねて青物づくしに事寄せて書いてきた文を吉三に読んで聞かせる。八百屋の娘ということで、青物に託して自分を売り込む。思わせぶりのことばで吉三の心を釣ろうとする。「十六ささげの初生りを、これをもぐ気にならしゃんせ、あんばい見る気はないかいな、食べて見しゃんせ味がよい」と言う。そして最後を花づくしで締めくくる。そこでも「菜種の花さえあのように、しおらしそうの花なりて、ちょうちょに一夜の宿を貸す、それになんぞえ吉三さん、あなたの肌をわたくしに、なぜ貸して下さらぬ」と口説く。いちずな思いの赤裸々な表現であり、庶民文芸の隠し気のない率直さがうかがわれる。

ホ、同一語句の頻用

祭文松坂では、一つの演目の中で同じ語句が幾度となく用いられ、しかもそれらはその瞽女が語る他の演目にもしばしば現われる。そのことばの数はいたって多い。当然それらは決まり文句と言えるもので、同一語句の頻用は祭文松坂の語りの特徴であり、重要な構成要素である。さらにそれは、組が違っても、同じならなおのこと、他の瞽女にも共通して見られるものがある。幾分か形を変えて表現されることもある。

瞽女が祭文松坂の語りにどんな語句を頻用したか、今は小林ハルの場合をうかがってみる。先にも述べたように、彼女は覚えた段物十三曲の録音があり、文字化もなされている[34]。これを確認するには最良である。彼女の語る十三曲を通して頻度が多いものを中心に系統別に挙げてみる。□は物語に登場する人物を示す。

㈠「よりも」を基本に据える語句

前、あるいは後に他のことばをつけ、一つの決まり文句を形成するもの。この場合の「よりも」は「直ちに」とか「すぐに」の意味である。主格が変ったり事項が変るときなどに用いられる。これに「見る」と「聞く」

の二つの動作がある。

○「見る」の場合

A系　□見るよりも・□は見るよりも

B系　□それを見るよりも・□それと見るよりも・□はそれを見るよりも・□はそれと見るよりも

C系　それ見るよりも□・それ見るよりも□は・それ見るよりも□さま

○「聞く」の場合

A系　□聞くよりも・□は聞くよりも

B系　□これを聞くよりも・□はこれを聞くよりも

C系　□それを聞くよりも・□それと聞くよりも・□はそれを聞くよりも・□はそれと聞くよりも

D系　□そのよし聞くよりも・□はそのよし聞くよりも

E系　それ聞くよりも□・それ聞くよりも□は、それ聞くよりも□さま

(二)「さておき」を基本に据える語句

前後にことばをつけ、一つの決まり文句とするもの。「さておき」はさしおく意味のもので、これまでの情景、事象の転換を図るもの。

A系　それはさておき□・それはさておき□は・それはさておき□さん・それはさておき□どの

B系　これはさておきここにまた・それはさておきここにまた

(三)「もうし」を基本に据える語句

前後にことばをつけ、一つの決まり文句とするもの。「もうし」は自分より身分が高い立場にある人への呼びか

けのことば。

A系　これのもうし□さま・これのもうし□さまへ

B系　これこれもうし□さま・これこれもうし□さん・これこれもうし□さんへ・これこれもうし□よ

(四)「いかに」を基本に据える語句

前後にことばがつく決まる文句。「いかに」は呼びかけて言うことばで、「どうだ」の意。

A系　これのいかに□、これのいかに□さん・これのいかに□よ・これのいかに□どの・これのいかに□へ・これのいかに□や・これのいかに□やえ・これのいかに□やら・これのいかに□を

B系　こらやいかに□

C系　これこれいかに□さん・これこれいかに□へ・これこれいかに□や

(五)「申し上げます」を基本に据える語句

言葉を申し上げるときに呼びかける決まり文句。相手の名などをつける。

申し上げます□さま・申し上げます□さん・申し上げます□さまへ・申し上げます□さんへ・申し上げます□よ

小林の語りには、このほかにもことばの共通語は認められるが、以上に挙げた五つの基本的なことばをもとに展開する決まり文句が多数を占めており、これらが随所に、こもごも多彩に繰り返し使用されるところに、独特の口説節が成立すると考えられる。

ヘ、同一語句による同景描写

同一人が語る二つ以上の曲目に同じような情景描写がある場合、同じ文言で表現することをためらうものでなかった。それは、客を相手にお酌に出る前の女性が身だしなみを整える情景描写に端的に表れている。

小林ハルが語る『小栗判官照手姫』の照手姫（一の段）と同『白井権八編み笠ぬぎ』の小紫（四の段・五の段）がそれで、両者の髪結い、化粧、衣装など身支度を語ってゆく表現には、ヒトコト、ヒトコト同じ文言のものが二十一コトに及んでいる。全てが連続するものでなく、中間に他の語句が入って、断続的なところもあるが、類似する情景には同じ文言を使うことにちゅうちょするものでなかったことを示している。

同じように、杉本キクエの『小栗判官』の小萩（化粧の段・一段目）と『八百屋お七』[35]のお七（一段目・化粧の段）の身支度には六コト同文が見られ、そのほかにも一コトに一部同じ語句が使われている。伊平タケの『小栗判官』の小萩（二度対面の段）と『平井権八』の小紫（編み笠ぬぎの段）の表現にも三コト同文のものがあり、そのほか二コトに語句の同じものが見られる。

これら小萩、小紫、お七という三人の女性は、身分、立場の違いはあるにしても、身支度には共通するものがあり、それは同じことばで表現することをはばかるものでなかった。否、同じことばを使うことによってむしろ、これの表現はこうだという決まりの文言を聴者に提示し、その情景を印象づける意向があったものと考えられる。

おわりに

祭文松坂は唄祭文をくずしたものと言われるが、その唄祭文は説経祭文をさすと理解してよいであろう。説経祭文は全編が複雑な構成で、内容表現に応じた節付けがあって語るのにむずかしいから、それをくずして瞽女節にし、現在ある祭文松坂が生まれたということになろう。

くずしというのは、何も元の唄を壊すということではなく、形を変えて歌いやすくかつ理解しやすいものにするということである。瞽女の多くは農山村の出であり、瞽女稼業も田舎わたらいが基本であった。芸能も庶民の要求に応えるものであり、大衆を容易に物語の世界に引き込むものでなければならない。

そのためにも、瞽女は語りにいろいろ工夫を凝らした。もともと、祭文松坂は語り節であり、口説性を備えていた。ヒトコト、ヒトコトに付せられた節回しと旋律があり、ヒトクサリを単位としてほぼ同じ語りが繰り返される。口説節と言われるゆえんである。そのうえ、本稿で指摘したように、その詞章には語りの出だしから語りおさめまで、それぞれに役付けされた決まり文句、類似語句があり、それらが多用されている。基本的な単語をもとに多様に展開することばが随所に使われて、ことばのリズムを作っている。口説性を高めるため特色のある様々な表現形式が見られることも述べたとおりである。

瞽女唄の習得は基本的には師資相承であり、長い年期奉公を通して師匠から芸を習い、それを忠実に受け継ぐことを最良とする。しかし瞽女は、聴衆を前にして語るとき、語りの基本的原則的な仕組みを変えたり、ことばを改編したりする。師匠が知らぬ演目を取り入れて語ることもあった。年期が明ければ、そのことはいっそう増幅する。それが瞽女唄のレパートリーを広げ、時代に即応しながら比較的近年まで存続してきた理由であったと思われる。

注

（1）山本吉左右「説経節の語りと構造」『説経節―山椒太夫・小栗判官他』一九七三年、平凡社。同「口語りの論―ゴゼ歌の場合」『文学』第四四巻一〇号・一一号、第四五巻一号、一九七六・一九七七年、岩波書店。同『くつわの音がざざめいて―語りの文芸考』一九八八年、平凡社。

（2）越後の各地に形成された瞽女集団の組の実態についてはある程度研究がなされている。その論文については拙稿「瞽女と芸能」（『仏教芸能と美術』一九九三年、名著出版。再録、拙著『瞽女　信仰と芸能』一九九六年、高志書院）で紹介した。

（3）越後瞽女が演唱した唄の領域、曲目については拙稿「長岡瞽女の組織と生態」（『長岡市立科学博物館研究報告』第七号、一九七二年）、同「刈羽瞽女」（『長岡市立科学博物館研究報告』第八号、一九七三年）、同「越後瞽女組織拾遺」『長岡市立科学博物館研究報告』第九号、一九七四年）、同「新飯田瞽女」（『長岡市立科学博物館研究報告』第一一号、一九七六年）、同「瞽女　信仰と芸能」（前掲注2稿）、同「瞽女の語り」（岩波講座『日本文学史』第一六巻、一九九七年、岩波書店）、斎藤真一『瞽女―盲目の旅芸人』（一九七二年、日本放送出版協会）、同『越後瞽女日記』（一九七二年、河出書房新社）、新発田市民俗資料調査報告書『阿賀北ごぜとごぜ唄集』（一九七五年、新発田市教育委員会）、佐久間惇一『瞽女の民俗』（一九八三年、岩崎美術社）などで紹介されている。

（4）山下宏明『語りとしての平家物語』一九九四年、岩波書店。

（5）郡司正勝「祭文」『芸能辞典』一九五三年、東京堂。

（6）拙稿「刈羽瞽女」前掲注3。

（7）その歌詞については『阿賀北ごぜとごぜ唄集』（前掲注3書）に紹介されている。

（8）刈羽瞽女寺泊組に所属した桜井トメ。拙稿「刈羽瞽女」（前掲注3）参照。

（9）新飯田組瞽女坂田トキ。拙稿「新飯田瞽女」（前掲注3）参照。

（10）上越市故市川信次氏所蔵の正本で、『小栗判官照手之姫』『苅萱道心石童丸』『八百屋お七小性吉三』『信徳丸一代記』の四本があり、いずれも『日本庶民生活史料集成』第一七巻（一九七二年、三一書房）に収録された。

(11) 五来重「説経祭文解説」『日本庶民生活史料集成』第一七巻、前掲注10書。

(12) 本田安次『日本の民俗芸能』第四巻、一九七〇年、木耳社。同『日本の伝統芸能』本田安次著作集第一四巻、一九九九年、錦正社。

(13) その二〇人とは高田瞽女杉本キクエ、刈羽瞽女伊平タケ・遠藤ミヤ・桜井トメ、長岡瞽女関根ヤス・加藤イサ・渡辺キク・金子セキ・中静ミサオ・小林ハル、四郎丸瞽女土田ミス、三条瞽女駒沢コイ・土田クニ、新飯田瞽女斎藤カネ・青柳ノイ・坂田トキ・田斎タキ、その他下越の瞽女中村キクノ・内田シン・五十嵐フキである。なお、小林ハルは師匠を二度替えて組の違う三人の師匠についたが、娘盛りの頃ついた師匠は長岡瞽女五千石組の師匠で、そのとき長岡の瞽女頭の住む瞽女屋敷に出入りしてそこでも芸を習っており、彼女の芸は長岡瞽女のそれが基礎になっているので、ここでは長岡瞽女として扱った。

(14) 山本吉左右『くつわの音がさざめいて―語りの文芸考』前掲注1書。

(15) 本稿は祭文松坂の詞句の構成や演唱形式を説くことに主眼を置いている。その音楽的特色については次の研究がある。杉野三枝子「瞽女唄の研究―高田瞽女唄を中心として―」『楽道』第三八二号〜三八七号、一九七三〜一九七四年、正派邦楽会。橋本節子「越後瞽女唄の音楽的特色について」『阿賀北ごぜとごぜ唄集』前掲注3書。佐藤峰雄「高田瞽女唄の研究(一)」『新潟大学教育学部紀要』第三六巻二号(人文・社会科学編)一九九五年、新潟大学教育学部。

(16) 拙稿「長岡瞽女唄集」『長岡市立科学博物館研究報告』第一四号、一九七九年。CD『瞽女うた　長岡瞽女篇』一九九九年、メタカンパニー。

(17) 『瞽女うた　長岡瞽女篇』前掲注16CD。

(18) 注16に同じ。

(19) 伊平タケが語った『小栗判官』『佐倉宗五郎一代記』『平井権八』など(拙稿「刈羽瞽女」前掲注3所収)に見られる。

(20) 伊平タケの経歴については、拙稿「刈羽瞽女」(前掲注3)、鈴木昭英・松浦孝義・竹田正明『伊平タケ聞き書　越後の瞽女』

（一九七六年、講談社）で紹介している。

(21) 私がここで長岡系瞽女と言うのは、師匠が長岡組を外れた後弟子を養成して仲間集団を結成した組瞽女のことである。本稿で取り上げた四郎丸組の土田ミスがそれに相当する。

(22) これについては、拙稿「瞽女の語り」（前掲注３）で指摘した。

(23)『瞽女うた　長岡瞽女篇』前掲注16ＣＤ。

(24)「越後高田瞽女歌　段物〔祭文松坂〕」『日本庶民生活史料集成』第一七巻、前掲注10書。上越市発足二〇周年記念『高田瞽女唄コンパクトディスク』一九七五―八〇年収録、上越市。

(25) 拙稿「刈羽瞽女」（前掲注３）にそれらの詞句を紹介したが、その録音テープやＣＤは未発表である。

(26)『阿賀北ごぜとごぜ唄集』（前掲注３書）に詞句が紹介されている。

(27) 一九五八年四月一三日に録音されたテープによる。

(28)『瞽女うた　長岡瞽女篇』前掲注16ＣＤ。

(29)『阿賀北ごぜとごぜ唄集』前掲注３書。

(30)『瞽女うた　長岡瞽女篇』前掲注16ＣＤ。

(31) 拙稿『長岡瞽女唄集』前掲注16。

(32) 注16に同じ。

(33) 拙稿『長岡瞽女唄集』前掲注16。

(34)『阿賀北ごぜとごぜ唄集』前掲注３書。

(35) 斎藤真一『越後瞽女日記』前掲注３書。

能・狂言と軍記および戦語り

竹本幹夫

はじめに

本稿の題目にある「戦語り」というのは、一人の芸能者によって語られる語りであり、あるいはその戦闘の参加者によって語られる語りでもあった。例えば能〈実盛〉において、実盛の首洗いの故事を語ろうとした前シテに対し、ワキが「その戦物語りは無益」と制しているのは、芸人でなくても昔話として戦について語るのは、「戦語り」であったととらえられることを示している。また能〈小林〉に、「其時のいくさにあひたる人は、とあつしよかうあつしよとおもひ、又見ざりし人は床敷おもひ、上下みゝをすまし是をきかんとおもひ候」と言うのも、戦闘の体験者の見聞談を指し、これまた典型的な「戦語り」であったろう。しかしながらここで問題にするのは、そのような想定された口承芸能としての「戦語り」が、能や狂言に取り入れられた例についてではない。このような「戦語り」の実際の内容はほとんど不明であり、そうした生きた「戦語り」が特定の能の典拠となった例も、残念ながら発見されていない。思うにそうした例は存在しないのではなかろうか。

軍記物語全般と能・狂言との関わりは、「戦語り」という限定的な分野を越えて広汎に存在している。軍記文学こそは、能の最大の素材源といっても過言ではない。本稿は、そのような軍記文学と能・狂言との関連の全体像を俯瞰しつつ、軍記を題材とした能が、世阿弥時代から音阿弥・禅竹時代を経て、室町後期に至るまでの間に、いかなる展開を遂げたかを考えるものである。

一　能が取材した軍記物語・軍記物語に取材した能

能の題材となった軍記物語の内、圧倒的なのは『平家物語』系の説話である。ただしどのテキストの記述とも相違するものや、他の文学作品の所収説話とも共通するために『平家物語』系の説話が原典とは特定できないものもあることは、周知の事柄である。またこれらの題材は、必ずしも「戦語り」ばかりではなく、喩え引きとして組み込まれた、源平合戦にまったく無関係な説話からも取材している。源平合戦に取材した能の場合でも、戦闘そのものを描いたわけではないものもある。

『平家物語』に次いで多いのが、『義経記』系説話に取材した能である。この系統の能の特色は、『平家物語』に取材した場合と異なり、判官説話に無縁の独立的な喩え引き説話に取材したものがない点で、これはもともと『義経記』にそうした説話集成的な要素が少ないための当然の結果であろう。この系統では現存『義経記』とは異なる物語から取材したと見られる能が少なからずあり、それが『義経記』生成過程の実状の反映であるのか、能作者の創作か、または『義経記』とは別個の判官説話を取り入れた結果かは問題であろう。なお『義経記』系の能の多くは現在能であり、夢幻能はほとんどない。

第三の取材源は『曽我物語』である。これは数は多くないが、『義経記』系説話に取材した能と同様に、『曽我物語』の一場面を切り出して能に仕立てたものが多い。〈望月〉のように、未知の『曽我物語』系の説話（？）を劇中の謡物として取り入れた例もある。

能が取材したそのほかのまとまった軍記作品としては、『平治物語』『承久記』『太平記』などがあり、直接典拠は軍記物ではないのかも知れないが、合戦に取材した能に、和田氏の乱に取材した能、地方の合戦譚に取材したらしい能、坂上田村丸など古代説話の主人公が登場する能、奥州十二年合戦に取材した能、室町物語と関わりのある能、古代中国を舞台とする能（これは『太平記』などからの孫引きの可能性もあろう）、空想的な合戦を描く能がある。

これらの中には、軍記物語が素材源であるのかどうか疑わしい能や、内容自体が「戦語り」と無縁のものも少なくないが、夥しい数に上るので、以下に分類して曲名を掲げておく。室町期の成立と確認できる、しかも能として上演された形跡のある能の総数は、散逸曲も含め、ほぼ五五〇曲前後となるが、ここに列記した軍記関連の能は、その30パーセント以上にあたる一七八曲である（太閤能を除く）。軍記文学が能にきわめて大きな影響を与えた分野であることを十二分に物語る数字といえよう。

列記するにあたり、『能・狂言必携』所収「能作品全覧」を参照しつつ、典拠などについて簡単に注記する。世阿弥の修羅能など、周知の事柄についてはとくに注記しない。平家物の出典の漢数字は覚一本の巻数である。［語リ］による戦語りの構想を持つ場合など、注意点もその都度注記する。ただし［語リ］がなくても、修羅能の大半は［クセ］で戦語りに相当する演技がある。また一部の項目で「非合戦物」としたのは、戦闘描写のない曲である。


【『平家物語』系説話に取材したと思われる能　八六曲】

（観阿弥・世阿弥時代二七曲）**少将の能**（散逸、観阿弥世阿弥共演）・**阿古屋松**（『盛衰記』七、『三国伝記』等にも、軍記に無縁、世阿弥自筆本）、**敦盛**（世子作）・**籠**（長門本一六、一ノ谷合戦の［語リ］、応永34元雅所演）・**兼平**（前半は軍記に無縁、修羅能、『申楽談儀』所引か）・**咸陽宮**（五、古名秦始皇、正長2所演）・**清経**（世子作）・**源氏屋島に下る**（散逸）・**維盛**（一〇維盛入水、一二六代被斬、修羅能、能本目録）・**実盛**（世子作）・**重衡**（五、一一、『申楽談儀』所引）・**蟬丸**（一〇海道下、非合戦物、『申楽談儀』所引）・**千寿**（散逸）・**泰山府君**（『盛衰記』二、非合戦物、世子作）・**忠度**（世子作）・**経盛**（『盛衰記』三八、敦盛最期の〔語リ〕、『申楽談儀』所引）・**知章**（九知章最期、井上黒の〔語リ〕、応永34年久次筆能本あり）・**二度掛**（九老馬、二度之懸、合戦物、正長2元雅元重所演）・**鵺**（四、非合戦物、世子作）・**布留**（『盛衰記』四四、脇能、世阿弥自筆本）・**仏原**（一祇王、非合戦物、応永34元重所演）・**通盛**（世子改作）・**盛久**（長門本二〇か、非合戦物、元雅作）・**守屋**（『盛衰記』二一、太子伝、井阿弥作）・**八島**（世子作）・**頼政**（世子作）・**籠祇王**（典拠不明、非合戦物、世阿弥時代か）

〔音阿弥・禅竹時代一一曲〕**延年那須与一**（『盛衰記』四二、寺院風流の再現、禅竹時代か）・**大原御幸**（灌頂巻、六道の〔語リ〕、禅竹時代）・**景清**（非合戦物、錣引きの〔語リ〕、文正1観世所演）・**熊手判官**（一一嗣信最期、弓流、修羅能、寛正6金剛所演）・**小督**（六、非合戦物、禅竹作）・**佐々木**（『盛衰記』三四、石橋山合戦の〔語リ〕と馬盗の〔語リ〕、享徳1金剛所演）・**貞任**（延慶本清盛死去、他に『著聞集』等、合戦物、享徳1金剛所演）・**俊寛**（三足摺、非合戦物、『歌舞髄脳記』所引）・**千手重衡**（一〇千手前など、非合戦物、禅竹作）・**文覚六代**（一二六代、非合戦物、河上神主作とも）・**熊野**（一〇海道下の展開か、非合戦物、『歌舞髄脳記』所引）

〔室町後期または成立年代不明四八曲〕**阿漕**（『盛衰記』八讃岐院事所引和歌、内容は軍記に無縁）・**育王山**（三金渡、非軍体の霊験能）・**碇潜**（一一先帝身投、能登殿最期、合戦物の夢幻能）・**鉄輪**（屋代本剣巻など、内容は軍記に無縁）・**河原太郎**（九二度之懸、修羅能）・**祇王**（一、非軍体の歌舞能）・**祇園沙汰**（六祇園女御、斬組ミ物）・**木曽**（七願書、合戦霊験物、願書の〔読ミ物〕）・**木戸巴**（散逸）・**草薙**（一一剣、日本武尊説話）・**現在忠度**（七忠教都落、非合戦物）・**現在経正**（七経正都落、非合戦物）・**現在鵺**（四、非合戦物）・**絃上**（七、歌舞能、河上神主作、永正3謡本現存）・**源大夫**（屋代本剣巻、楽物、文明2金春所演）・**鷺**（五朝敵揃、非合戦物）・**桜間**（『盛衰記』四二、斬組ミ物）・**座敷論**（典拠不明、宇治川先陣一ノ谷合戦の注進状の〔語リ〕）・**座主**

流（散逸）・**真田**（『盛衰記』二〇、合戦物）・**志賀忠則**（七、九、和歌執心物の夢幻能）・**重盛**（二小教訓、非合戦物、天文6金剛所演）・**侍従重衡**（一〇海道下、非合戦物）・**七騎落**（四部合戦状本や『盛衰記』二二、『曽我物語』一などか、文明15観世所演、非合戦物）・**実検実盛**（七真盛、非合戦物、天文3梅若日吉立合能所演）・**俊成忠度**（九など、歌道執心物の修羅能、『禅鳳雑談』所引）・**正尊**（一二土佐坊被斬、斬組ミ物、起請文の［読ミ物］、長俊作）・**城の太郎**（散逸）・**浄妙坊**（『盛衰記』一五、合戦物）・**先帝**（一一先帝身投、合戦物）・**篁**（一二六代被斬、承久の乱の後日譚、軍記に無縁）・**滝口**（『盛衰記』三九など、非合戦物）・**鑪重衡**（典拠不明、非合戦物）・**太刀堀**（『盛衰記』二九、憑物物狂、倶利伽羅落しの［語リ］）・**たんざう**（散逸）・**長兵衛**（四信連、斬組ミ物）・**継信**（一一など、勝浦の［語リ］と嗣信最期の曲舞細部は諸本と不一致、子息鶴若のことは〈摂待〉などと共通）・**土蜘蛛**（屋代本剣巻など、鬼退治物、頼光の［語リ］）・**経正**（七経正都落の展開、修羅能、長享2亀大夫所演）・**巴**（『盛衰記』三五、修羅能）・**知忠**（長門本二〇、斬組ミ物、信光作）・**範頼**（八坂本巻一二、参河守の最後、範頼の［語リ］、天文1日吉大夫所演）・**藤戸**（一〇、妄執物）・**御輿振**（一、非合戦物）・**八剣**（屋代本剣巻など、軍記に無縁）・**行家**（長門本一九、斬組ミ物・享禄4筆大夫所演）・**陽賀**（『盛衰記』三一、非合戦物）・**羅生門**（百二十句本剣之巻等、鬼退治物、信光作）

【『義経記』系説話に取材したと思われる能　二五曲（合戦描写の有無は注記せず）】

（観阿弥・世阿弥時代四曲）**静が舞の能**（散逸、観阿弥所演、井阿弥改作も散逸）・**忠信**（巻五、応永34十二次郎所演）・**摂待**（幸若〈屋島軍〉と関連か、継信最期の［語リ］、『申楽談儀』所引「弁慶の物語」か、寛正5音阿弥所演か、文明15観世所演）・**烏帽子折**（巻二もしくは幸若〈烏帽子折〉との関連不明、永享4矢田猿楽所演）

（音阿弥・禅竹時代四曲）**関原与一**（幸若〈鞍馬出〉の類話、文安3田楽所演）・**二人静**（巻五、六などの展開か、準夢幻能、『歌舞髄脳記』所引か、寛正5音阿弥所演）・**安宅**（巻七の複数のエピソードを集成、勧進帳の［読ミ物］、寛正6観世所演）・**鞍馬天狗**（幸若〈未来記〉と関連か、『常盤物語』と同類話、黄石公の［語リ］、寛正6音阿弥所演、宮増作とも）

〈室町後期もしくは成立年代不明一七曲〉**愛寿**（巻六に類話あり）・**安達静**（巻六など類話多し）・**笈捜〔乙〕**（巻七、酒宴物、天文1日吉大夫所演か）・**岡崎〔乙〕**（義経記と無縁か）・**亀井**（幸若〈高館〉と同話、修羅能、信光作）・**清重**（幸若〈清重〉と同話、文明9観世所演）・**熊坂**（幸若〈烏帽子折〉と同話、夢幻能、永正11宝生所演）・**鈴木**（巻八に関連話）・**鶴若**（義経記と無縁か）・**常盤**（散逸、三条西実隆作）・**錦戸**（幸若〈和泉が城〉と関連か、宮増作とも）・**野口判官**（義経記と無縁か、斬組ミのある夢幻能、天文1日吉大夫所演）・**橋弁慶**（巻三の展開）・**笛の巻**（幸若との関連不明）・**船弁慶**（巻四など、怨霊物、信光作）・**盛長**（『曲海』所収の謡のみ伝存、全容不明、信光作）・**吉野静**（巻五の展開か、『歌舞髄脳記』所引存疑）

【『曽我物語』に由来の能　一一曲】

〈世阿弥時代三曲〉**虎送**（巻六の展開、酒宴物、応永34元重所演）・**望月**（一万箱王の謡あり巻三冒頭部の展開、仇討ち芸尽くし物、〈盲打〉が原曲か、天文6笛彦兵衛伝書所引）・**元服曽我**（巻四と相違あり、永享4矢田猿楽所演、宮増作とも）

〈音阿弥・禅竹時代三曲〉**調伏曽我**（巻四の展開、霊験物、寛正5観世所演、宮増作とも）・**伏木曽我**（巻八、夢幻能、寛正6観世所演）・**夜討曽我**（巻九、寛正6宝生所演）

〈室町後期五曲〉**御坊曽我**（典拠不明、御坊の苦衷をしのぶ［語リ］、酒宴物）・**十番切〔甲〕**（巻九）・**禅師曽我**（巻一〇の展開、母の［文］）・**小袖曽我**（巻七、酒宴物、天文7観世所演）・**櫃切曽我**（先行曽我物の影響作、酒宴物）

【その他の軍記類に取材した能　二五曲（時代別・取材した事件別に配列）】

〈世阿弥時代三曲〉**こは子にてなきと云ふ猿楽**（散逸、太平記物の〈檀風〉の原曲か、犬王所演）・**初若の能**（散逸、由比ヶ浜合戦に取材、『申楽談儀』所引の田楽新座きく所演曲）・**春栄**（未詳の宇治橋合戦後日譚、『五音』所引）

〈音阿弥・禅竹時代六曲〉**朝比奈**（『吾妻鏡』建保元年五月二日条に見える和田氏の乱の展開、河上神主作とも）・**邯鄲**（『太平記』巻二十五、唐物、寛正5音阿弥所演）・**小林**（『明徳記』、享徳1金剛所演、宮増作とも）・**舎利**（『太平記』巻八、鬼神闘諍物、寛正

5音阿弥所演）・**鶴次郎**（『吾妻鏡』建保元年五月三日条の和田氏の乱の展開か、稚児合戦物、寛正6観世十郎所演）・**治親**（典拠不明、籠破り物、禅竹時代か）

〔室町後期もしくは成立年代不明一六曲〕**追掛朝比奈**（『吾妻鏡』建保元年四月一六日条の和田朝盛出奔事件の展開）・**親衡**（『吾妻鏡』建保元年二月条の泉親衡の乱の展開、籠破り物）・**秩父**〔**甲**〕（『吾妻鏡』元久二年六月二十二日条の重忠父子誅戮事件に取材）・**秩父**〔**乙**〕（甲の改作か）・**鞆**（承久の宇治橋合戦の後日譚）・**光季**（『承久記』、稚児合戦物、信光作）・**鱗形**（『太平記』巻五、霊験能）・**鐘引**（『太平記』巻一五、龍神物）・**楠**（『太平記』巻七、修羅能）・**獅子王**（『太平記』巻三二、天竺物）・**白髭**（『太平記』巻一八、脇能）・**第六天**（『太平記』巻一二、鬼神闘諍物）・**武文**（『太平記』巻一八、幸若〈新曲〉とも同材、怨霊物、永正8紀州で所演）・**檀風**（『太平記』巻二、霊験能、犬王所演の古能が原曲か）・**鉢木**（『太平記』巻三五の時頼廻国説話の展開、時頼の〔語リ〕）・**吉野天狗**（『吉野拾遺』上巻、怨霊物）

【典拠不明の地方の合戦・仇討ち譚に取材した能　一一曲】

〔世阿弥時代二曲〕**空也**（長門の仇討ち発心物、『申楽談儀』所引）・**安犬**（『鎌倉大草紙』などの展開か、小山氏の乱に取材、稚児斬組ミ物、『申楽談儀』所引）

〔音阿弥・禅竹時代一曲〕**吉備津宮**（備中吉備津社宮司家中の女体仇討ちもの、善徳作）

〔室町後期もしくは成立不明八曲〕**菊池**（九州菊池島津の合戦譚、稚児合戦物、天文1日吉大夫所演、室町期成立の確証を欠くが〈岩瀬〉も島津氏関係の能）・**黒川**（奥州黒川会津の合戦譚、斬組ミ霊験能、禅鳳作）・**千人伐**（陸奥の仇討ち発心物）・**親任**（上野大聖寺の仇討ち稚児斬組ミ物、長俊作）・**長講寺**（陸奥南部某の霊と岩木山天狗の闘諍物、長俊作）・**広元**（陸奥津軽安原の合戦譚、斬組ミ物。天文12観世所演、長俊作）・**二人神子**（尾張熱田での仇討ち譚、信光作）・**村山**（讃岐上野氏同稚児と西方代官長尾勢との合戦譚、信光作）

まに」書いたのが、世阿弥の修羅能であったと考えたい。

ところで平家物といえば修羅能というのが世阿弥時代の常識であったかというと、そうではない。前掲曲の内、〈阿古屋松・咸陽宮・源氏屋島に下る・少将の能・蟬丸・千寿・泰山府君・経盛・二度掛・鵺・布留・仏原・盛久・守屋・籠祇王〉の15曲はおそらく『平家物語』系の説話に基づく能であるが、いずれも修羅能ではなく、その多くは現在能である。うち〈源氏屋島に下る〉については、『申楽談儀』第十五条に「又、源氏屋島に下ると云ことに、遠見を本に書きしを、軍陣に出で立つ者、逍遙の気に変るべし、と云々」と紹介される能で、あるいは同書の筆録者元能の作かも知れないが、かつては〈屋島〉のような修羅能かと漠然と考えられていた。しかしこの能で描かれたのは源氏が「軍陣に出で立つ」姿であり、それが「逍遙の気」を帯びていたというのである。おそらく主人公の視点から度の過ぎた叙景を行ったのであろうが、内容は義経一行の渡辺福島から讃岐への渡海と屋島への進軍を描いた能であったことが想像可能である。結末が屋島内裏焼亡か、嗣信最期あたりまでであったかは想像の限りではないが、『申楽談儀』の言い回しは、あたかもこの能が現在能であったかのごとくである。先に掲げた世阿弥時代の平家物の能のほとんどが世阿弥の関わった能であることから見ても、世阿弥ですら修羅能以外の平家物の能を作らなかったわけではないことは明らかであろう。〈源氏屋島に下る〉についても、あえて修羅能と考えなくてもよいのである。前掲の一覧においては平家物の修羅能と非修羅能との数は拮抗しており、おそらくは修羅能の方が題材は限定されていたことを考えれば、むしろこれが現在能であった蓋然性の方が高いといえよう。

平家物以外について見ると、曲数はずっと少なくなる。ただしこれは平家物が異常に多いということなのであろう。『義経記』系説話に基づく能は、平家物に次ぐ人気分野であるが、世阿弥が直接関わった能はないのかも知れない。『義経記』そのものに拠ったと確言できる作品は、世阿弥時代以外のものも含め、皆無に近いが、そもそも『義経記』の現存テキスト自体が伝本間の意図的改変によると思われる相違が甚だしく、近世を迎える直前まで作品自体が生成過程にあったとおぼしき面もあるから、致し方のないことなのであろう。ただし『義経記』系の能も『曽我物語』系の能もすでに世阿弥時代から存在したことは確かで、すべて現在能である。判官説話や曽我兄弟説話の一部を切り出して劇化したような作品が多い。戦闘描写と酒宴およびその余興としての歌舞とが、同時代の平家物の能とは際立った、これらの能に共通の要素である。なお〈望月〉は、曽我兄弟のエピソードを踏まえた謡を取り込んでいて、曽我兄弟説話を劇化したものではない。またそのエピソードは一万・箱王の兄弟が幼少のみぎり、仇討ちを志す、『曽我物語』巻三冒頭部の場面に相当するのであるが、持仏堂で箱王が「不動」を「工藤」と誤るというもので、類話の存在を聞かない。現存しない別系統の『曽我物語』の存在を示唆するものか、能作者の創作かは、定かでない。

その他の軍記作品による能では、〈こは子にてなきと云ふ猿楽〉も〈初若の能〉も散逸曲であるが、題名からしても現在能である。前者は目配せをして訪ねてきた子を追いやる場面があることが『申楽談儀』から知られ、兄弟の情愛を描く〈春栄〉に類似の、〈檀風〉や〈鞆〉のような、処刑寸前の親を子が訪ねる能であったとされている。

軍記以外の分野に材を求めたとおぼしき能も、作風としては選ぶところがない。地方の合戦や仇討ちに取材したものでは、〈空也〉と〈安犬〉があり、いずれも『申楽談儀』所引の世阿弥関係曲。〈空也〉は合戦物ではないが、武家の仇討ちをめぐる精神的な葛藤を描く点で、〈経盛〉などに似る劇能である。こうした葛藤を描く能は、題材の分野を問わず、また時代を問わず、現在能の大きな部分を占める。一覧には掲げなかったが、〈籠太鼓〉の様な籠物や、〈盲沙汰〉などの裁判物など、当時の武家社会の世相・世情を反映したような作品も少なくない。〈安犬〉も典拠となった文献を指摘しにくい作品だが、口承説話のみから制作されたものかどうかは分からない。例えば〈実盛〉の前場のように、世間の噂話を直接能の趣向に取り入れる例もあるのである。小山氏の乱についてのある程度の知識がないと、こうした能は作れまい。ただし特定の文献からの引用とおぼしき表現が見あたらないのは気になるところである。なお〈安犬〉の、母にかくまわれた稚児の捜索と包囲、稚児の合戦という設定は、以後の能にも多くある。〈安犬〉の眼目は、その事件の克明な描写にではなく、趣向の設定のあり方にあったのではなかろうか。美少年称揚の趣向は〈春栄〉でも同様であった。先にこの時代の軍記物語系現在能の特色であるとした、合戦・酒宴・歌舞に、稚児という要素も加えるべきであろう。〈こは子にてなき〉や〈初若〉にも、そうした趣向は当然用意されていたであろう。

その他の雑多な説話に基づく四曲には変わった作品が多いが、軍記文学との関連という点では、検討対象に加えるべきかどうか、微妙な分野である。一覧一七八曲中には修羅能に準じた作品や合戦描写のある作品を掲げたが、平惟茂の鬼退治を描く信光作の〈紅葉狩〉のように、あえて掲げなかった作品もある。世阿弥時代の軍記物語系現在能の特色である、先の四要素の多くが、右四曲にも共通する。〈田村〉も〈大江山〉〈幽霊酒呑童子〉も少年が前ジテで、後場は戦闘・闘諍が描かれる。応永三十四年（一四二七）に十二次郎が別当坊猿楽で演じた〈酒呑童子〉が現在能の〈大江山〉か、夢幻能の〈幽霊酒呑童子〉かは、判別出来ない。蓋然性としては現在能ではないかと思われる。

以上のごとく、世阿弥時代における軍記関連分野に取材した能は、圧倒的に現在能が多く、その中で世阿弥の発明した修羅能の個性と特異さは、際立っていることが分かる。

三　音阿弥・禅竹時代の軍記を典拠とする能

禅竹の時代になり、従来の修羅能主体の平家物の分野が大きく広がり、物狂能の趣向を展開した新風の歌舞的現在能が制作されるようになった（三宅晶子氏「舞歌二曲を本風とする現在能」『国文学研究』72集・86集・『中世文学』29号）。ただしそれは『平家物語』という素材に新しい分野を開拓した、というわけでは必ずしもない。前章で見たように、『平家物語』を初めとする軍記文学は、すでに世阿弥時代から、能に多様な題材を提供していたのである。しかしやはりこの時代の平家物は個性的であった。『平家物語』の筋立ての一部を切り出した〈大原御幸〉〈小督〉〈熊手判官〉〈俊寛〉〈千手重衡〉、原話の構想を拡大展開した〈熊野〉、『平家』本体とは別系統の説話に拠りつつ原話にはない後日譚を構想した〈景清〉、原話の有名場面を劇中劇的に描いた〈延年那須与一〉など、この時代の平家物は概ね現在能で、〈八島〉の前場に接続するという形の多武峰様猿楽の〈熊手判官〉と、前九年合戦が舞台の〈貞任〉以外に、夢幻能は確認できないのである。〈熊手判官〉の「敵も味方もこれを見て、誉めぬ人こそなかりけれ」という結尾の詞章は、現在能的ですらある。このように、この時代を特色づける平家物の能が現在能であったことは、明らかである。しかもこれらの作品の多くは禅竹自身の手になるものである可能性が強く、〈延年那須与一〉のごとく、禅竹が口伝を残したとされる（『反古裏の書』）能もある。〈文覚六代〉については後述する。

禅竹・音阿弥時代に作られたことがほぼ確実な、『平家』以外の軍記物を典拠とする能を見ると、『義経記』系説話に基づくものに、〈関原与市〉〈二人静〉〈安宅〉〈鞍馬天狗〉があり、田楽の所演した〈関原与市〉を除き、いずれも観世座系統の上演記録に初出の作品である。亡霊の出る〈二人静〉、天狗物の〈鞍馬天狗〉を含め、発想としては夢幻能的ではなく、現在能である。前シテ天狗の変身、後シテ大天狗という〈鞍馬天狗〉は、配役的には夢幻能といえるが、黄石公から張良への兵法伝授説話の［語リ］があるものの、世阿弥の夢幻能に特有の二重構造的なイメージ展開がなく、主人公自身の物語回想場面というのも厳密にはない。〈二人静〉は後場で義経の吉野逃避行を回想しつつ舞う場面があるが、本来は憑物物狂の能であった可能性を指摘されており（山中玲子氏『能の演出』七一頁以下）、寛正五年に糺河原勧進猿楽で音阿弥が上演したとき、現在と同じ形態であったかどうか定かでない。同じ形態であったとしても、前シテも後シテも霊であるから、夢幻能的仕立ての現在能というべきものである。いずれも作者不明で、上演記録の初出がこの時代であったというだけの能ではあるが、判官物の能では亡霊出現などの趣向があっても、戯曲性・劇性が重視される傾向が強かったことが推測できよう。

『曽我物語』系の能には、逆に〈伏木曽我〉のような夢幻能（修羅能の模作だが合戦描写を欠く）がある。また宮増作の〈調伏曽我〉、宝生の新作初演の〈夜討曽我〉はいずれもこの時代の成立であることがほぼ明らかな能である。原典である『曽我物語』の世界を逸脱・展開させた霊験能〈調伏曽我〉も、曽我兄弟仇討ち場面の劇化である〈夜討曽我〉も、個性的な趣向の能である。ただし神霊の登場という点で〈調伏曽我〉は同じく宮増作とされる〈鞍馬天狗〉と類似するが、これは作風上の共通点なのであろう。また多武峰様猿楽であった〈夜討曽我〉は、前場が鬼王・団三郎との別れという人情物、後場が夜討ちという合戦物で、世阿弥時代の多武峰様猿楽〈一ノ谷先陣〉（二度掛）が、前場が義経に仕えることとなった鷲尾が父と別れる場面、後場が梶原の二度の懸けという構想であったことと類似する。軍記系の題材で多武峰様を作るときの定型があったのか、たんに先例を踏まえたのかははっきりしない。

その他の軍記系説話に基づくらしい能に、『明徳記』を踏まえた〈小林〉、〈夜討曽我〉と同じ足利義政南都下向の際の四座立合の多武峰様猿楽で十二次郎の演じた〈鶴次郎〉、〈延年那須与一〉同様に禅竹の口伝があったとされる〈治親〉（磯屋・籠破とも）がある。〈小林〉は内容から明徳の乱後間もなくの頃に作られたのでは、との推測がなされることの多い能であるが、文献上の初出はこの時代、享徳元年（一四五二）である。後場の合戦描写は世阿弥の完成した修羅能のそれとは異質で、「ノリ地」を中心とする点は合戦物の現在能などと同じ作りになっている。現存の詞章は小林の亡霊登場に先立つ説明の段を欠いているらしく、前シテが中入りして間狂言が登場するのか、前シテが退場せずに巫女の口寄せが行われるのかがはっきりしない。そのため か江戸期の番外謡版本では前場の主要部分を割愛した半能形式になっているが、それは後代の改作であって本来の形ではない。ワキの登場の段は元雅作とされる〈朝長〉に類似し、前場には長大なシテの［語リ］を中心とする明徳の乱の顚末を語る部分がある。こうした長い［語リ］は、古作の能とすればむしろ奇異な趣向というべきである。〈朝長〉前場の頂点もやはり前シテの［語リ］であった。前半が異常に長く、後半が極端に短いという〈小林〉の構成は、序破急説に則った世阿弥以後の作風と見ることもできよう。巫女の口寄せの趣向（実は古い能では〈葵上〉にあるのみで、それ以外はおおむね室町後期初出の能に見られる趣向）や、瞽女の芸能（「ハヤフシ」と言うが、実は〈放下僧〉の［小歌］で歌われる「海道下り」のような謡で、『閑吟集』に放下歌として収録されるものと類似の音曲）など、一見古風な趣向も、必ずしもこの能の成立の古さを傍証するものではあるまい。『看聞御記』応永二十三年（一四一六）七月三日条に、大光明寺客僧の物語僧を召して「山名奥州謀反事一部」を聞いたとの著名な記事を見ても、『明徳記』に描かれた事件への興味は室町中期を通じて存在した可能性があり、あえて事件直後に成立した古い能と考えなくてもよいようである。

〈朝比奈〉は〈文覚〉（文覚六代）とともに、『能本作者註文』に「河上神主作和州十二太夫先祖」とされる四曲の内にあり、この注記を信用すれば世阿弥以前にさかのぼる古曲ということになるが、それは信じがたい。ただし本曲のパロディと思われる狂言〈朝比奈〉が寛正五年（一四六四）紀河原勧進猿楽で上演されており、それ以前の成立と考えられるので、〈文覚〉も〈朝比奈〉もこの時代に位置せしめた。

〈治親〉は題材となった時代も確定できない籠破り物である。籠破りの趣向自体は、室町後期初出の〈親衡〉（泉親衡の乱に取材）と同じであり、題材が明らかな〈親衡〉の方が先行するようにも思えるが、何とも言えない。「鎌倉殿」の命を受けて舅の居鶴大夫父子が、身を寄せている剛勇の治親を騙して捕縛し鎌倉に護送する、という設定は、室町時代の鎌倉公方の場合でもあり得ることなので、鎌倉時代物という限定すらできない。長田父子による義朝の暗殺に想を得た設定なのかも知れない。この能でも治親父子の情愛が描かれるが、稚児の合戦を描く〈鶴次郎〉もそれと類似した面がある。本曲は建保元年（一二一三）の和田氏の乱に取材した能のようで、古郡兼忠とその息鶴次郎を主人公とするが、これは和田義盛の与党古郡左衛門尉保忠をモデルにしているらしい。少年武者鶴次郎は劇中では敵を射倒した後、当の矢に射伏せられるが、情況は異なるものの、『吾妻鏡』同年五月三日の条には、「（長尾）胤景舎弟小童字江丸。年十三。自二長尾一馳参。加二兄陣一施二武芸一。（土屋大学助）義清等感レ之。対レ彼不レ発レ箭云々」と、将軍方の長尾新六定景の子息江丸の活躍が和田一党の大将を感動させた由が見える。稚児の武勇やそれに対する敵方の感動を描く能は、他にも少なくないが、その元になる説話はあったのである。〈鶴次郎〉の場合、直接の典拠は不明である。和田氏の乱を題材にした能は複数存在するが、いずれも事情は似る。この事件は室町期においても人口に膾炙していたらしく、『吾妻鏡』にも見える朝比奈三郎義秀の門破りは、誇張されて風流などにも形象化された。おそらくは和田氏の乱に取材した、未知の軍記物語が存在したのではなかろうか。

　地方の軍記またはその他の雑多な物語類に取材した合戦物・仇討ち物で、禅竹時代のものに、この時代に活躍した太鼓役者善徳（禅徳。禅竹弟）作〈吉備津宮〉がある。善徳作との『能本作者註文』の記事は検証不能であるが、これが唯一の例で、むしろこの時代の能の素材としては、これらは特殊な分野だということなのであろう。

四　信光・禅鳳以後の展開

　室町後期の能は文献上の初出例がこの時代であるというだけで、制作年代自体はもっとさかのぼる能が含まれている可能性もないわけではない。ただし作品の伝存例が多いので、全体的な傾向は把握しやすい。

まず『平家物語』系の能では、修羅能がきわめて少なく、現在能や霊験能が完全に中心となっている。合戦譚以外の、『平家』所収の独立的なエピソードに取材する能もあまり多くない。素材圏が多様化した結果、『平家物語』以外の作品にも目が向けられたのであろう。修羅能が作られなくなったのは、能作の傾向が世阿弥時代とは大きく異なったためであろう。『源平盛衰記』や長門本など、増補系のテキストに安直に寄り掛かる作品も少なくない。その反面、必ずしも「平家の物語のままに書く」わけではなく、例えば〈浄妙坊〉では頼政軍における一来法師の活躍を、「橋合戦」の記述にのみ拠るのではなく、原典にはない会話を登場人物に行わせたりするなど、依拠テキストからかなり自由になっているのである。しかし〈鱸重衡〉のように、平家の公達は登場するが典拠は不明で平家物とは言えないような作品はむしろ例外に属する。〈嗣信〉のように、非夢幻能的な亡霊登場の段で、しかも修羅能風の合戦場面を持つ能は、一見特異な作風のごとくであるが、『平家物語』諸本のどれとも細部が一致しないのは、取材したテキストが特殊なのではなく、嗣信の嫡子鶴若の名を〈摂待〉から借用したり、詞章の細部を適当に作ってしまっている結果と思われ、やはり安直な作風である。世阿弥の能作法が、もはやルールではなくなってしまったのである。

『義経記』系の能も人気があったらしく、比較的多く作られたのがこの時代である。ただし『義経記』との距離が埋まらないのは相変わらずで、幸若舞の詞章との関連を強く疑えるような作品も少なくない。〈野口判官〉のように、播州野口の教信寺（古代の名僧教信が開山）に舞台を置きながら、衣川合戦の際に大天狗に救われた義経が「教心」と名を変えてこの寺に止住したという、荒唐無稽を通り越した珍説を展開する能もあるが、これはさすがに例外的な事例というべきであろう。

曽我物の能は、兄弟の末弟御坊を主人公とするものなど、落ち穂拾い的な作品になる。判官説話ほど人気がなかったものか、作品自体が少ないのである。

その他の軍記に取材のものでは、鎌倉時代の合戦に取材したものがあるが、いずれも直接典拠は不明である。歴史的事実をある程度踏まえつつ、パターン化された趣向を当てはめたものらしい。処刑と親兄弟の情愛、籠破り、謀反など、いずれも先行する現在能に先例のある筋立てで、新味は少ない。『太平記』を典拠とする能は、先に掲げたものよりも実際には多かった可能性がある。ただし同類話が他にも数多くあり、『太平記』の説話にもっとも近似的であるような能は、それほど多いわけではない。

地方の合戦等に取材した能は、観世信光・長俊父子、信光と同時代の金春禅鳳の作品に特徴的である。こうした能は世阿弥時代の〈安犬〉あたりに出発したらしい趣向上の特色を増幅したような構想を持つ。数は多くないが、合戦描写に具体性があり個性的な一群となっている。地方武士の勢力拡大という世相に対応して、地方の戦闘についての情報が豊富になった結果であろうか。戦闘の内容に現実味が増す点が、これらの作品群の魅力なのであろう。

軍記とはまったく関連しない分野に取材した能は、スペクタクル的な趣向、派手な演出等々において、従来指摘されている、信光・長俊父子や禅鳳の作風の範囲内にあり、軍記との関わりという観点からは、とくに問題を見いだしがたい。

五　軍記語りのある狂言

狂言の場合は、能のように成立年代別に論じることができない。戦語りに何らかの関係のある曲（独立の［語リ］のみの作品も含む）を摘録すると、次のようである。

①『源平盛衰記』など平家諸本からの引用　**〈青海苔・那須・姫糊・文蔵・横座〉**

②　能の詞章を簡略化・変形したもの　〈**朝比奈・生捕鈴木・七騎落・太子手鉾・通円・釣狐**〉
③　平家節の音曲的な側面のみをまねたもの　〈**越後婿・不聞座頭・清水座頭・柑子・昆布売**〉
④　既成の説話を踏まえつつ表現を創作したもの　〈**大藤内・膏薬煉・二千石・弦師**〉
⑤　軍記に無縁のもの　〈**鎧**〉

物まね重視の狂言の性格が、軍記に取材する作品の場合にもよく出ている。能のパロディとして軍記を取り入れた例が多いようであり、軍記物から直接引用する場合でも、能ですでに題材化された有名場面を読み上げるものが多い。なお〈朝比奈〉は寛正五年（一四六四）『糺河原勧進猿楽日記』および同異本の両方に曲名が見える。

結　び

生きた「語り物」としての「戦語り」を取り入れた能は、ほとんどないのではなかろうか。同時代の合戦に取材した〈安犬〉は、特定戦記に拠ったと認定できるほどに具体的な描写がない。〈実盛〉の場合のように、世間周知の知識に基づいて能の枠組みを作ったのではあろうが、直接拠るべき文献が存在しない場合、事件展開自体についての叙事的記述は、当然空疎なものになろう。これに対し〈小林〉がある程度克明に乱の経過を説明する段を備えているのは、『明徳記』という書物を参照していたからである。判官説話に取材した能が『義経記』の内容と相違するのは、同書が室町末までテキストの流動を繰り返していたらしい事情と一体の現象なのであろう。現存最善本である田中本ですら、テキストとしては欠陥の少なくない本であり、そのためか、かなり早い段階で、テキストに意図的改変が加えられた形跡が、赤木文庫本以下の古写本には認められるようである。現存『義経記』が室町期の判官物語の全てであったかどうかはさておき、判官物の能では、能作者が独自の説話化を行なった部分もありえよう。曽我物の能にも若干原典を離れた部分が認められる。これらは能と軍記物語の関連にあっては、実は例外的な事例に属すると考えてよかろう。

また典拠不明の能は、鎌倉期の合戦譚に取材するものが少なからず、合戦の内容には一部の例外を別として具体性がなく、籠破り物・仇討ち物など、合戦以外のエピソードを主題とするものも多い。いずれも実在もしくはそれに類する人物を登場させながら、筋立てはパターン化されている例が多い。

軍記物を題材とする能の多くは現在能であり、その傾向は世阿弥時代から同様であった。むしろ世阿弥の修羅能が、軍記物の能の系譜の中では突出しているのである。それだけ卓抜な発明であったということになるが、世阿弥以後は修羅能の傑作はまったく生み出されず、伝統に回帰するような形で、軍記物の現在能が盛んに制作・上演される結果となった。また能における軍記物語の影響はきわめて広い範囲にわたっており、題材としての人気の高さを物語る。様々な説話を吸収した百科全書的な傾向が、能の取材源としては重宝だったこと、内容平易でわかりやすいことが、素材源としての魅力を支えていたのであろう。

説経・祭文と軍記語り

石井正己

一、説経・祭文という視点

一九八〇年代の初め、二年あまり説経・祭文研究会という組織が二〇回ほどの例会を開き、各分野の研究者や演技者を招いて、発表を聞いたり実演を見たりしたことがあった。

七〇年代を越え、まさに学際的な雰囲気の中で、その会は持たれた。今もその一齣一齣がなつかしく思い出されるが、振り返って見れば、その会の裏方作業が私自身の研究のベースの形成に当たっていたことを自覚ざるをえない。

その発起の際の趣意書がうまく見つからないが、その一節に、説経・祭文という語は、これはそれに入るとか、これはそれに入らないとかいう区別をせず、広い範疇で使うというようなことが書かれていたかと思う。芸能はもとより、文学・宗教・美術・民俗・歴史などを横断する、様々な出会いの場を示す語として採用されたのである。その後、この語が広く使われたということを聞かないが、かってそんな時期もあったのである。

そもそも、この語が使われた契機は、おそらく『日本庶民生活史料集成　第一七巻』（三一書房、一九七二年）の刊行にあったと思われる。これは五来重が中心になって編集した「民俗芸能」の一巻であった。その内容は、「民間神楽」「盲僧琵琶」「古浄瑠璃」「説経・祭文」「万歳・チョンガレ節・口説」「操人形」「念仏芸能」「俗謡」から構成されていて、そこに「説経・祭文」という一項目を確認することができる。

五来は「民間芸能　序」で、「説経・祭文は江戸時代には古浄瑠璃と並行し、あるいは江戸末期まで民間にかたられたものであるが、その発生は寺院の唱導にともなって中世にさかのぼることができる。これが芸能化する以前の古代祭文と、中世の修験によってかたられた諸祭文、そして豊富な史料価値をもつ花祭祭文とともに、特殊な分野を形成するオシラ祭文を採った」(四頁)と述べる。

また、一方では、「説経・祭文」の中に、「古代祭文」「オシラ祭文」「諸祭文」「三河花祭祭文」のほかに、「説経祭文」を立てて、新潟県にあった正本をもとに「小栗判官照手之姫」「石童丸一代記」「八百屋お七小性吉三」「信徳丸一代記」を翻刻している。つまり、この本一冊の中でも、「説経・祭文」は時代を越えた広い概念から、五説経を中心とした、いわゆる説経の狭い概念まで、揺れ動きをもたせて使われているのである。そうした使い方であるから、その定義は必ずしも判然としているわけではない。

こうしたことをふまえて、「説経・祭文」と「軍記語り」との関係を考えてみたい。だが、その内容から見て、それらを「軍記語り」という概念と連動させることは、容易ではない。そこで、「民間芸能」において、必ずしも明確な概念に断定することができなかった状況を逆手にとって、説経・祭文研究会が選んだように、さらに広い意味でこの語を考えてみることによって、この問題を追究する道を拓きたいと思う。そこで、説経・祭文研究会と同じ時期に、実は九州の盲僧琵琶のプロジェクト研究を進めていたが、その流れを久方ぶりにここに持ち出してみようと思うのである。

先の「民俗芸能」の中にも、「盲僧琵琶」の一項目があり、「盲僧琵琶　解題」で、「九州の地神盲僧は一寺の住職となって定着し、土荒神法による祈禱や竈祓いの宗教行為を表とし、芸能はその余技となった。まったく両極端を行った近世的変貌であるが、民衆はやはり盲僧に芸能としての語り物（琵琶軍談とも段物とも「くづれ」ともいう）をもとめた」と述べ、さらに「宝山院の森田勝浄師の話ではこの「くづれ」を琵琶説経ともいったというから、これはまさしく説経だったわけである」（一一三頁）と記している。こうしたことからすれば、盲僧琵琶を対象にして、「説経・祭文と軍記語り」という課題に応えることも、そう的外れではなかろうと考えられる。

盲僧琵琶のテキストは各地に残されているが、ここでは最もまとまった『肥後琵琶』（肥後琵琶保存会、一九九一年）を対象にしてみる。これは、かつて『肥後琵琶便り』として出されていた文章を再録したものである。特に、その「資料編」には、熊本県に住んで活躍した山鹿良之（芸名は玉川教演）の語りを、木村祐章・理郎の親子が二代にわたって書き留めた労作が収録されていて、貴重である。

肥後琵琶の演目内容については、何真知子「肥後琵琶採訪録」（『伝承文学研究』第十三号、一九七二年五月）の紹介などがあるものの、これまでに多くの研究があるわけではない。そこで、『肥後琵琶』に収められた「菊池くづれ」「柳川騒動」「和仁合戦」「北国騒動　国上合戦」の四曲について、そのあらすじを紹介しつつ、「軍記」としての特質を明らかにしてみたい。

二、「菊池くづれ」——傍役争いと子の仇討ち

「菊池くづれ」は、山鹿良之の口述、木村祐章の校訂による筆録であり、全十席からなる長編の語り物である。これは、山鹿師がお得意にした演目だったという。そのあらすじは、次のようになる。

九州吟味に遣わされた信長の従弟隆信公は、肥前の国佐賀の城に御座を据えたが、謀反を起こす世の中なので、

郎党一人ずつに人質を出させて御殿に取り置くという回状を巡らす。五条隈部が熊ジュ丸、シンバヤビゼンは虎若丸、蒲池左衛門は千代若丸、田尻直純は千若丸を人質とした。熊ジュ丸は君の傍役をする。隆信公は田尻を招き、菊池の赤星は二人の子がありながら人質を出さないのはなぜか、聞いてこいと言う。田尻は菊池に行き、赤星に事情を話す。赤星は病気が治り次第、三郎かヤソ姫を出すと言う。三郎はそれを立ち聞きし、自ら肥前に参りましょうと言って、田尻と出かける（第一席）。

隆信公は三郎の綺量が優れているので、御前次間役を命じる。熊ジュ丸は三郎丸と歌、詩、碁、将棋をしても勝てず、剣術でも負けてしまう。そこで隆信公は三郎丸を傍役にし、熊ジュ丸を玄関番にする。熊ジュ丸は三郎を刺し殺し、その場で腹を切ろうと思うが、父のことを考え、病気願いを出して御殿下りをする（第二席）。

父の隈部は熊ジュ丸から事情を聞き、赤星とはかねて遺恨のある仲なので、三郎丸を亡きものとし、そなたを再び傍役にしようと言う。そして、妻の弟花田の民部時純を招いて事情を話し、三郎が御殿女中に文を送ったことにして、落し文を届けようという計略を立てる。そこで大月弾正を抱き込み、計略どおり事を進める（第三席）。

隆信公は三郎に問いただすが、身に覚えはないと言う。しかし、隈部は隆信公を説得し、三郎主従は二の丸獄屋に打ち込められる。隈部は妹ヤソ姫もたばかり、兄妹もろともに殺さねばならないと言って、菊池に赴く。隈部は赤星に、三郎が菊池に休息に下りたいと言うが、そのためには代理にヤソ姫を上せねばならないと告げる。赤星は不審に思うが、隈部は起請文をしたため、信じさせる。ヤソ姫はそれを立ち聞きし、自ら参りましょうと言う。母に別れを告げ、父とも別れて、隈部とともに出立する（第四席）。

隈部は道中、ヤソ姫主従に、徒足そのままで馳せ込むのが肥前の掟だとだまし、さらに自分が菊池へ行ったことは他言するなと戒める。ヤソ姫主従は教えられたとおりに駆け込み、隆信公に無礼者と言われて、二の丸獄屋に打ち込められる（第五席）。

二の丸で兄妹は再会し、ヤソ姫はここに打ち込められた経緯を語る。隈部はその一部始終を立ち聞きし、隆信公には三郎主従が反逆を企てているので、生かしておいては一大事とそそのかす。その言葉に、隆信公は、三郎の家来は詰腹を切らせ、ヤソ姫の腰元は自害させ、三郎兄妹は逆さ磔にしてナブリ殺しにしろと命じる。隈部は早速、竹江原に引き出す（第六席）。

隈部は三郎丸とヤソ姫を逆さ磔の拷問にする。その苦しみを見て、家来は切腹し、腰元は自害する。兄妹は苦しみの中、亡くなる。鍋島加賀輝綱はこの話を聞き、兄妹をむざむざ殺すのは何事かと思って駆けつけるが、間に合わない。輝綱は赤星が聞いたら、妻の兄の島津が控えているので、肥前は潰されてしまうから、今のうちに攻めたほうがいいと進言する。一方、三郎丸の家来竹若丸の幽霊が父安蘇の七郎のもとに現れ、怨みを晴らしてくれと頼む。そのことを赤星に告げると、無念を晴らそうとするが、妻がまずは島津の助勢を頼むほうがいいと言うので、落ちてゆく。そこへ肥前方が押し入るが、誰もいないので、焼き払って帰る（第七席）。

島津の屋敷に行き、事の次第を語ると、川上左京を呼び、隆信を亡ぼそうと言う。川上にとって、隆信は妻子の仇であった。回状を巡らし、雲仙岳に向かう。川上は隆信公にお目通りをして、勝負するか降参するか考えよと言う。隆信公は田尻を使者として様子を見させる。輝綱は不吉な前兆によって、肥前が負けるだろうと言う。しかし、隆信公は戦の用意をして雲仙岳に向かい、合戦となる。赤星は熊ジュ丸の首を取り、倅の仇を取ったと叫ぶ。安蘇の七郎は隈部を切り落とす（第八席）。

川上は名乗りを上げ、土居の江上と戦い、組み打ちとなる。そこに輝綱が来て、江上の命を助けてくれと頼む。隆信公は輝綱に万事を頼み、川上左京と勝負する。川上は隆信公の首を取り、島津勢は引き上げる（第九席）。

隆信公の首は高瀬川に流されたが、柳の根株にかみつく。それから毎晩、不思議な火が見えるので、願行寺の住職が小僧に見させると、首がある。結局、住職が首を持ち帰り、経を読む。しかし、島津が高瀬川を通ると、雹が降る。菊池の城では、熊ジュ丸と三郎丸の戦う剣の音が聞こえるという（第十席）。

この曲は、傍役を降ろされた息子熊ジュ丸に対する可愛さから、父の隈部が次々と計略を巡らし、三郎丸とヤソ姫を磔にするが、その二人の仇討ちを父の赤星が果たし、家来竹若丸の仇討ちを父の安蘇が果たす、というところに眼目がある。先立つ物語は具体的には語られていないが、これに、島津の川上左京が隆信公に対して妻子の仇を討つというストーリーが合流して、結末となるのである。「菊池くづれ」という演目ではあるが、落城の箇所は簡単であり、むしろ、仇討ちに重きがあることは否定できない。

これは、昭和二十八年の口述筆記に始まり、第三席は十年を経てなされ、木村祐章は、「おなじ言葉の繰り返しがくどいと思うくらいに行われ、文語と口語の入り乱れも激しい」という感慨を漏らしていた（一三〇頁）。さらに父の仕事を受けて、理郎が五十五年に第十席を録音して、この筆録は完結した。このテキストの完成は木村親子の悲願であった。しかし、その間に山鹿の語りは大きく動いたらしい。

これは、何真知子の調べたライフヒストリーによれば、最初の師匠である天草の江崎初太郎から習っている。習ったといっても、「山鹿良之氏の場合は師匠より口移しに全部を教えられたのではなく、〝大意をつかんで小さいところは自分で工夫せよ〟と突放された」というものであった（同頁）。それゆえか、山鹿師の語りにも大きな揺れが生じたようだ。後述する「和仁合戦」も落城を語る曲だが、それと較べてみても、この筆録は菊池の城の落城を語る箇所はずいぶん簡潔である。それが山鹿師の「工夫」であったのかどうかは、今後その他の筆録と比較した上でなければわからない。

一方、「田底の小山福順さんの知っている菊池くづれは「山城くづれ」ともいい、田底村山本村が舞台で、三郎、ヤソ姫の人質のところまではほとんどおなじだが、後隆信が隈府を攻め、原口や合志川で戦い、結局、隈府城が焼かれ菊池が負けます。これが「城くづれ」というのだと私は思っています。これも小山さんが以前、隅府で城の焼打ちのところを語った晩にランプ火事が起きたと申しています」という内容でも語られたことが記されている（一五頁）。こちらならば、まさに菊池の城の落城を語るものであり、「菊池くづれ」の演題にもよく叶う。だが、こちらが本来の語りであったかどうかはやはりわからない。

最後の第十席の内容とも関わるが、「これを高瀬の町で語ると夕立、雷があり、菊池では火事が起ると伝えられます」と説明している（同頁）。このことは、実際に強く信じられていたらしく、そうした俗信に支えられて、この曲は肥後琵琶の琵琶師の演目として広く語られてきたのである。

三、「柳川騒動」——父の仇討ちを繰り返す

「柳川騒動」は「台本解題」から、これも山鹿良之の語りの筆録と知られる。「九州の軍記物に題材をとっている、数多い仇討ちもも《ママ》の一つ」と紹介される（一五八頁）。全七席からなる長編の語り物である。

熊本城を治める細川を石田が攻めるが、柳川の立花将監宗重が加勢して、石田は敗北する。そこへ相良が来て横旗を上げ、相良の勝ちと思われた。手柄を横取りされた立花は立腹して相良の首を打ち、立花の家来も相良の家来南条八左ヱ門ほかを討ち取る。相良は心穏やかでなく、八左ヱ門の倅八郎は立花への復讐を決心する（立花）。

南条八郎は主の仇立花将監宗重、父の仇結城六郎常重を討ち取ろうと考え、柳川へ向かう。味方がいないため、

古物屋で化物みたいな面と白地の綾地を求め、妖怪の姿となって馬場小路で人を待つ（第一席）。

侍主従が通るのを捕らえてはねぶるので、百日ばかりもすると通る人がなくなる。殿の御殿では毎日妖怪の評定となり、立花は妖怪退治のできる家来はいないのかと責める。三家の者が馳せ参じたところへ、老人結城六郎が現れて退治をしようと言い、たかが妖怪退治なので、娘萩乃にさせたいとい提案する。帰宅した六郎は萩乃に妖怪退治を命じられたと告白するが、萩乃は自分から願い出たのだろうと見抜く。萩乃は男の出で立ちになって、千夜の満願になる夜、馬場小路に行く（第二席）。

萩乃は妖怪が現れないので、腰をおろして夜明けを待つ。そこへ火の玉のようなものが現れ、夜明けとともに乗り込んで主の仇を討とうと、腰をおろす。萩乃は女と名乗り、戦うが、勝負がつかない。組み討ちとなり、萩乃が妖怪の紐を解くと面が落ち、立派な侍の顔が現れる。萩乃がなぜ家中を騒がせるのかと尋ねると、八郎は仇討ちを決意した経緯を語り、結城六郎常重を殺してくれと頼む。萩乃は恨むのは筋違いだと説得し、自分は六郎の娘だと告げて、縛り上げる。すると茂みの中から声がする（第三席）。

父六郎が現れ、ともに殿の御殿に行く。妖怪を生け捕ったとして立花の前に引き立てる。立花は六郎から事情を聞き、八郎を家来にしようと言うので、結局、八郎はそれを受け入れる。立花と六郎は盃を交わし、六郎は下男市蔵を連れて城を出るが、鉄砲で打たれてしまう（第四席）。

鉄砲の主は八郎であった。足を打たれた六郎は思うとおりに動けず、八郎に討たれる。市蔵は殿に注進し、立花は六郎の死を悲しむ。そこに萩乃が駆けつけ、くせ者は妖怪八郎にちがいないと言う。六郎の野辺送りを済ませると、萩乃は父の仇を討ちたいと願い出て、巡礼姿になって旅立つ。途中、久留米で今井源四郎に会い、女房にならないかと言われるが、この人は蛍見の時に恋をしかけて、柳川を追放になった男であった。萩乃は金剛杖に仕組んだ刀を抜いて切りかかるが、それを見た井上新九郎が火消しの加勢を頼む（第五席）。

萩乃は八十人を討ち取るが、火消しに取り囲まれる。そこに関東の三勇士が来て、櫓の上の井上に手裏剣を打ち、火消したちを追い払う。萩乃が六郎の娘と名乗ると、三勇士は六郎は自分たちの師匠に当たるので、助太刀しようと言うが、一旦別れる。小倉の町で八郎を見付けて戦うが、八郎は逃げ出し、行く先がわからなくなる。萩乃は中国あたりまで探すが見つからず、二年が過ぎる。植木の宿にたどり着き、再び八郎を見付けて呼び止める（第六席）。

萩乃は八郎に挑み、左肩を切り、次には右腕を切り、ついに首を打つ。それを最前より見ていた三勇士が宿屋に引き連れ、祝いをする。萩乃は柳川の殿の御殿に戻り、仇討ちを果たしたことを告げる。立花は市蔵を婿に取ったらどうかと勧めるが、萩乃は納得しなかった。しかし、結局承諾し、二人は祝言を上げ、市蔵は六郎左衛門となる（第七席）。

南条八郎が父の仇討ちを決意し、妖怪に変装してまでそれを果たそうとし、一度はその子萩乃に捕まるものの、それを実現する。しかし、萩乃もまた女の身でありながら、父の仇討ちを決心し、巡礼姿に身を変えて捜しまわり、それをついに果たす。この、二度の父の仇討ちにこの物語の骨子がある。しかし、南条八郎にはもう一つ、主の仇立花将監宗重を討つという願いがあったが、それは実現せぬままに雲散してしまった。「菊池くづれ」で隆信公が討たれたのと較べれば、これは個人的な仇討ちに終始したところがある。

この曲について、「山鹿氏によれば、前から語られたものかもしれないが、故小宮朝太郎氏（玉川たい京）が清眼の人で、軍書から綴り出したということを本人から聞いたという話もしていた。小宮氏が外題にのせたかもしれないが、肥後琵琶では地元九州の軍記物に題材をとった数少ないもので、珍しいものであることは間違いはない」と記し、山鹿師以外にこれを語る人は、森与一（玉川京山）しかいなかったという（同頁）。こうした記述からすると、この曲は清眼の琵琶師が「軍書」から外題に乗せた可能性が高いことになるが、その「軍書」が何だったかははっきりしない。それにしても、二度にわたる父の仇討ちに重点を置いた語り方は、おそらく「軍書」そのままではあるまい。

四、「和仁合戦」——田中の城の落城の悲話を語る

「和仁合戦」は山鹿良之の語りではない。末尾に「(明治二十六年巳一月下旬書之　持主古川)」とある写本からの翻刻であるが、それ以上のことはわからない。全五段からなる中編の語り物であり、そのあらすじは次のようになる。

秀吉公が島津征伐をしようと薩州に下る。肥後の和仁の親長は田中の城に居住し、辺春城主能登守親行に縁を結んだ浅香の前、御家を継いだ親実、親範、親宗の四人の子があった。肥後は小城が多く、合戦の止まる時がないので、秀吉は佐々成政を遣わし、田中の城を攻めようとする。田中の城の人々は立て籠もり、佐々は攻め寄せる(第一)。

成政に立花と鍋島が加勢するが、落とすことができない。成政は松尾五郎直元に、娘婿の親行が大将親実の首を取ったら、本領に和仁の領地を加増するという矢文を射させた。親行は承知したという矢文を返す(第二)。親行は親実の近臣うその蔵人只宜を抱き込む。只宜は親実の寝処に忍び込み、寝首を取る。そして合図の火の手を上げ、城に火を放つと、寄手が攻め寄せる。親実の御台所おまきには姫君があり、その時ちょうど懐妊三カ月であった。親宗は、落城となる上は兄の妻子を長寿院に送り届けよと言う。原野藤弥太が引き連れて落ち、清長坊に頼み込む。親範、親宗は激しく戦う(第三)。

成政勢が攻め込み、宗貞と親範が戦う。原野藤弥太には市正が刺し違える。親宗は生死が不明となり、親範は思

うままに戦って、端武者と三人一緒に死ぬ。田中の城は落城となり、成政が乗っ取る（第四）。清長坊にいた姫の菊重は逃げ落ち、和仁淵に身を沈める。御台所は漲ろ淵に身を投げる。御台親子の怨霊は恐ろしいので、和仁石宮と祝われる。親行は本領安堵もなく、亡くなった。うその蔵人は主を害した人非人として道路の端に飢え死ぬ。その後、親行の一子熊市丸は成長し、春吉治左衛門と改めて、加藤清正に召し使われた。一方、おまきの腹から生まれた男子は近範と名付けられ、やがて小野弥九郎治家と名乗り、同じく加藤に仕える（第五）。この曲は、なかなか攻め落とせない田中の城を攻略するために、娘婿の親行を裏切らせたところが、大きな転換点になっていて、その後は一挙に落城してゆく。その際に、和仁の親範、親宗の活躍ぶりに、親実の妻子の悲劇を織り交ぜて語る。だが、生き残った子孫は、加藤清正に仕えるというかたちで落ち着き、仇討ちには展開してゆかない。

この曲は、「聴衆に身近かな、その地方の事件を語る」ことを特色とする肥後琵琶の「代表的なもの」とされ、「今でも玉名郡三加和町には、この悲話にちなんだ地名や伝説が各所に遺っている」という（一六五頁）。また、「実際の事件を浄瑠璃にしくんだもの」であり、「語りの随所にみられる浄瑠璃独特の文章はすばらしい」という感慨も述べられている（一六五〜六頁）。確かに、山鹿師の饒舌な語りに較べれば、この筆録は簡潔な語りになっていて、文語体にも落ち着きがある。しかし、これを「浄瑠璃」と認定する根拠は不明である。

五、「北国騒動　国上合戦」――お家騒動と中央の権力

山鹿良之の口述した「北国騒動　国上合戦」は全十一段からなる長編の語り物である。これは、何真知子の調べたライフヒストリーによれば、江崎初太郎から習っている。そのあらすじは次のとおりである。

一条院の御宇に源頼光は花の都に御座を据え、五人の従者が敬い奉っている（枕）。

越後・越前・加賀三カ国の大将長秀公は国上の城に御座を据え、やよいの姫ととうしん丸という子供がいた。花園山で花見をしていると一天かき曇り、悪鬼が現れて姫を連れ去る。長秀はとうしん丸までこんなことになっては大変と逃げ帰る（一段目）。

姫の行先を探すが、わからない。御台所は傍役敏光にとうしん丸を頼み、とうしん丸には敏光を父、十五夜を母と思えと遺言を残して、亡くなる。その後、長秀公は百日も経たないうちに後妻を求めることになり、ナルカミは、赤松入道がんしんの一人娘こうた御前が離婚し、今若丸と里帰りをしていると勧める（二段目）。

ナルカミが仲をとりもち、嫁入りとなる。とうしん丸は二度目の母の祝言と聞いて驚く。こうた御前は総領がいるとは知らず、今若丸に三カ国を継がせようと嫁入りしたのであった。とうしん丸は母の手にかかって殺されるより、切腹したいと言う。一方、こうた御前はとうしん丸の殺し方を考える（三段目）。

こうた御前はよりはるを呼び、とうしん丸を殺してくれたら一カ国を褒美としてつかわすと言う。しかし、よりはるは長秀公に暇を願い出て、この城内に悪魔が舞い込んでいると告げて、亀山城に隠居する（四段目）。

こうた御前はナルカミを呼び出し、よりはるの時と同様に、とうしん丸の殺害をそそのかす。ナルカミは長秀公が白山権現に参る時、館に伝わる武具類をとうしん丸の下知で商ったとすればいいという計略を立てる。そのとおり事を運び、長秀公は敏光を連れて参詣、馬場先で先祖の系図と巻物を商うのを見付ける。敏光は商人を水責め・火責めにするが、白状しないままに死んでしまう。長秀公は敏光を勘当するが、敏光は切腹を考えるものの、若君のことを考えて思い止まり、裏山へ消える。城に帰った長秀はとうしん丸を扇で打つ。とうしん丸は敏光が帰らないので、泣き明かし、父の御前に行って切腹しようとするが、二の丸獄屋に入れられる（五段目）。

こうた御前は長秀公に暇を願うが、長秀公はそれを許さず、とうしん丸をどうにかしようと約束する。敏光の女房十五夜がとうしん丸の獄屋見舞に訪れる。翌日、長秀公はとうしん丸を花園山に引き出し、打ち首にするように命じる。ナルカミは若君を引き出し、花園山に連れてゆく（六段目）。

そこにちょうど十五夜がやって来て出会うが、ナルカミは切り殺す。花園山に着き、ナルカミがとうしん丸の首を切ろうとすると、白鷺が刀をくわえて邪魔をする。一方、敏光は山中で、ナルカミが花園山でとうしん丸の首を打とうとしているという白山権現の声を聞く。一方、よりはるは熊野権現の声を聞き、亀山城を発って花園山へ向かう。敏光とよりはるが馳せ参じ、ナルカミは逃げ出す。三人は亀山城へ行く（七段目）。

ナルカミは国上の城に戻り、長秀公に報告する。ミノセゲンナイとトビタダイゼンを使者に出し、若君を返してもらいたいと言う。ダイゼンの首を取り、首おけに入れてミノセゲンナイに託す。長秀公はダイゼンの首を見て、驚く。ナルカミはこうた御前と相談し、戦の準備をして亀山城へ向かう（八段目）。

長秀公は家来、女にたばかられたことを残念に思うが、どちらが勝つかやってみようと言う。亀山城に攻め込むが、鉛の熱湯と大盤石で対抗され、国上の城に逃げ帰る。こうた御前は、この上は父入道に頼もうと長秀公に進言する（九段目）。

こうた御前はとうしん丸を祈禱の功力で祈り殺そうと考え、頼まれた行者は奥山で祈禱する。一方、国上勢は亀山城を攻めるが、三笠の山で攻められ、逃げて行く。長秀公はよりはると敏光が城内の成り行きを知っていたと思い、収める方法がないものかと思案する。一方、行者の祈禱により、人形のとうしん丸が今若丸の首をねじ切る。赤松入道は亀山城を攻める（十段目）。

亀山勢は国上の城を攻める。それが源頼光の耳に入り、従者五人が国上の城に駆けつける。赤松入道自らが出て戦うが、頼光の従者が戦いを中止させる。長秀公はよりはると敏光に謝る。そこに白山権現が現れてやよいの姫を返し、とうしん丸が跡を相続し、長秀公は亡くなる（十一段目）。

これまた長くなったが、なかなか巧みな構成であることが知られる。この物語は、長秀公のもとに後妻が入り、実子とうしん丸と連れ子の今若丸という子供同士の相続争いに、よりはる・敏光とナルカミという家老の対応の違いがからんでいる。「国上合戦」とは言いながら、その内実はお家の跡継ぎをめぐる「騒動」にあった。九州とは何の関係もないこの物語が好んで語られたのは、「騒動」に対する関心にあったかと想像される。

特に枕で登場した源頼光は「大江山」の曲にも出てくる人物であり、ここでは単なる時代設定のためかと思われたが、そうではなかった。最後の十一段目で、国上の城と亀山の城との合戦に従者とともに入り込んで来て、見事に仲裁の役を務める。それによって、「北国」の騒動は辺境の合戦に終始するのではなく、「花の都」の権力の傘下に入る。地方と中央の権力の構造が鮮明に際立つ仕組みになっている。

中央との関係で言えば、赤松入道がいる。ナルカミは「それでは、元をただせば都に有名な有力のある人が一人そうろう。その人は悪強く、帝に二張の弓を引かんとした。その悪が発見し、帝より七生の勘当を受け、二百石を頂戴し、越後の国いちふり村に幽こくされ、いまだに優雅な日を送らせそうろう。その名前は赤松入道がんしん」と紹介する。赤松入道は帝の殺害を狙った謀反者であり、「北国」に流離させられた身の上だった。赤松入道の存在は、枕に語られた御世のめでたさ、源頼光の御威勢と補完関係にあったことになる。

この赤松入道の「悪」の血筋を引いたのがこうた御前だった。こうた御前には連れ子の今若丸があったので、継子のとうしん丸に恋慕することにはならず、我が子に跡を継がせたいために、とうしん丸を殺害しようとする。この物語は、それが前面に出ているところに特徴がある。

また、やよいの姫が悪鬼（実は白山権現）に連れ去られたのは、こういう騒動が起こることを予期したからだったという顛末も語られる。やよいの姫が不在だったために、もう一つの継子いじめは回避され、姉弟で苦悩することにはならなかった。結局、継母とその子今若丸の処遇は曖昧なままにこの物語は終わる。

六、再び、説経・祭文という視点から

ここに取り上げた四曲のうち、「和仁合戦」を除いて、「菊池くづれ」「柳川騒動」「北国騒動　国上合戦」は、山鹿良之の語りを筆録したものであった。こうして見てきて、これらの「軍記」には、気がつく特徴がある。一つは、子の仇討ちを果たす「菊池くづれ」や、父の仇討ちを繰り返す「柳川騒動」のように、仇討ちがテーマになることである。もう一つは、娘婿がだまされて領地を得ようとする「和仁合戦」や、継母が我が子今若丸に跡を継がせたいと争う「北国騒動　国上合戦」のように、お家争いへの関心である。

もちろん、これらの多くは九州地方にちなんだ物語であり、それが聞き手に喜ばれる原因にもなったらしい。その内容からみて、「菊池くづれ」には願行寺との関係がうかがわれるし、「和仁合戦」は和仁石宮を祀る人々との関係が想像される。だが、「北国騒動　国上合戦」は白山権現や熊野権現の信仰や霊験を基層に持つが、この地方の伝承とは関係がない。そうしたことを考えるならば、九州地方との関係が絶対的な条件になっているわけではない。一方では、いわゆる在地性とは切り離す視点を持っておいたほうがよいことになる。

繰り返しになるが、こうした軍記語りが九州では、「琵琶説経」として語られてきたのである。それを中世にまで遡らせようとするのは、仇討ちと跡継ぎ争いへの関心から見ても無謀かもしれないし、必ずしもそう考える必要もない

だろう。だが、つい近年までその命脈を保ち、それまで盛んに活動してきた盲僧たちのこうした演目が、「説経」という範疇で捉えられてきたことは、何度反芻してもよいことだろう。

そもそも思い起こせば、遙か沖合の壱岐には、イチジョの語る「百合若説経」があり、山口麻太郎校訂の『百合若説経』（一誠社、一九三四年）で早く紹介されていた。盲僧と巫女とが深く関係したことは容易に想像されるが、それがともに「説経」という語でその語りを呼んでいたことは、やはり注意されることではないか。基層にある共通性に行き当たる言葉が、この「説経」という語なのだろう。

五来重は、「盲僧琵琶　解題」で、こう述べていた。

古代の説経はしばらく擱き、中世の唱導は説経であるが、これがやがて浄瑠璃になったので、盲僧が浄瑠璃をかたることがおこったのであろう。平曲はむしろ都会で賞翫されたのにたいし、浄瑠璃は辺土の庶民に愛されたため、久しく記録にのることがなかった。おそらく中世後期には、平曲と説経と浄瑠璃は並行して存在したものとおもわれる。（二一〇頁）

すでに述べたように中世の盲僧は主流としては説経をかたったもので、そのうちの一部が平曲をかたったということは、地神盲僧の「琵琶説経」の語からもうかがえる。しかもこの平曲そのものも説経であったのであり、九州で琵琶説経を「琵琶軍談」というその軍談にもあたることがわかる。（二一三頁）

ここにいう「説経」は広い意味にとれば、確かにそのとおりであり、「平曲そのものも説経であった」という一言も本質を鋭く突いている、と思われる。だが、ここには「平曲」よりも「琵琶説経」を古層に捉えようとする転倒が、先見的にあったであろうことも、また否定できない。だが、すでに見たように、「琵琶説経」の中の「軍記」に関わる演目は「平曲」と逆転できるほどの古さを、そのストーリーが持っているとは思われない。結論を急ぐ必要はないが、現状認識としてはこういったことになろう。

繰り返しになるが、この文章は寺院の唱導にともなって、深く関わりつつあったと想像される「説経・祭文」と「軍記語り」を発生論的に論じようとしたものではない。だが、五来の示唆する仮説を、もう一度、歴史的な諸資料から実証できないものかどうか、その点について考えてゆくことが今後の大きな課題となるだろう。

また、一九七〇年代から八〇年代の熱い季節を過ぎ、もはや九州盲僧からの新たな聞き書きは絶望的になった現在、その資料の整理と方法の模索が求められる時代に入った。この分野はそれでなくても研究の層が薄いところだけに、ここで試み始めたようなアプローチを重ねてゆくことが今後とも必要だろう。

楽劇としての修羅能

――「平家の物語」を演じる――

藤田隆則

一　修羅物への視点

「修羅物」（あるいは「修羅能」）の特徴は何だろうか。[1]「神・男・女・狂・鬼」（脇能・修羅能・鬘能・雑能・切能）といった五つのカテゴリーどうしを比較してみてわかるのは、修羅物に属するレパートリーが、比較的安定しているということである。それは、修羅物に属するレパートリーが、少数に絞られてきたこと、そしてそのどれもが上演頻度の高いものであり、能の担い手にとってなじみ深いレパートリーだった、ということがおおきな理由だろう。

「修羅物」に属する作品が安定しているもうひとつの理由は、このカテゴリーの由緒正しさに求められなければならない。すでに六百年近く前になる能の大成期、世阿弥の芸論[2]のなかに、「修羅」および「軍体」という用語が用いられている。

修羅

源平などの名のある人の事を、花鳥風月に作り寄せて、能よければ、何よりもまた面白し。是、ことに花やかなる所ありたし。これ体なる修羅の狂ひ、やゝもすれば鬼の振舞になる也。又は舞の手にもなる也。それも曲舞がかりあらば、少し舞がかりの手づかひ、よろしかるべし。(『風姿花伝』)

軍体の能姿

源平の名将の人体の本説ならば、ことに〱平家の物語のまゝに書べし。(『三道』)

ここにしめした世阿弥の「修羅」「軍体」が、後世の分類カテゴリーとしての「修羅物」に、ほとんどまっすぐ、ねじれなくつながっている。つまり世阿弥が「修羅」「軍体」という言葉でとらえようとしたレパートリー群と、江戸初期から現代につづいている「修羅物」のカテゴリーとは、それほどかけはなれたものではないということだ。

そういう条件にめぐまれ、修羅物の研究は比較的すすんできた。研究上のおおきな論点は、作品群が、ひとつの拮抗関係のなかで、構造化してとらえられるということである。つまり、修羅物のレパートリー群は、「修羅」の「修羅」たるゆえんであるような「鬼の振舞」の要素をより本質的な要素としているが、世阿弥以降の具体的な作品はそれにたいして、「舞の懸かり」あるいは「花鳥風月」(幽玄)の要素をおおきく強調してゆく、というグラデュエーションとして、構造化してとらえることができる。これは、世阿弥の芸論と、作品の分析、後世の舞台演出の分析などから総合された理解であり、異論をはさむ余地もないものであろう。[3] 修羅物というカテゴリーについては、研究が尽くされてしまったという感じをうける状況に、われわれはある。しかし、大切な論点は、まだ残されているのではないだろうか。

近年、といってもここ二、三十年の傾向であるが、室町末期から江戸期の演出記事(あるいは手付・形付)を利用しながら演出の歴史を考える研究が盛んになってきた。筆者もこういった研究を志している者のひとりであるが、演出という側面に焦点をあてたとき、修羅物というカテゴリーについて、右とはべつの関心領域が生まれてくるとおもう。演出研究の観点から、私は修羅能について次のような見方をしめしてみたい。能の作品の主役として登場する修羅物の幽霊（とくに後シテ）は、旅の僧の前に出現して、自分が修羅道におちたために受けている苦悩の姿をしめすのであるが、それだけではなく、過去を物語るために出てきているのではないか。つまりシテは、幽霊という「人物」なのであるが、それと同時に、シテはその「人物についての物語の語り手」として登場しているのではないか。他のカテゴリーの能とはちがって修羅能は、「物語を語る・演じる」ということに、よりおおきなウエイトをおいているのではないか。

べつに、目あたらしい視点ではないといわれるかもしれない。しかし、この視点に集中した論考はあまり存在しないのも事実であり、一般の修羅能の解説からもしばしばもれてしまう視点である。以下、具体的に「物語」構成上の特徴、舞台演出上の特徴を見てゆくことにしよう。

二　語られる「物語」について

1　物語の内容的な特徴

ここではおもに修羅能の後場に焦点をあてることにしたい。修羅能においてはふつう、前場の主役は老人（あるいは若い男）である。老人は、旅の僧の前で、土地の名所を教え、かつてこの土地でおこった出来事（おもに合戦など）の物語をおこなう。そうして消える。夜もすがら読経する僧の前に、あるいはまた眠っている僧の夢のなかに、幽霊が登場する。幽霊は生前の姿で登場するから、たいていは武将の姿、すなわち甲冑を帯した出立ちなのである。登場した幽霊は、僧にたいして自らの名を告げて、その後に物語を始める。

ここでまず、物語の内容的な特徴にふれることにしよう。修羅能の主役、つまり武将の幽霊は、ほとんどが、自らが参加・経験した戦いを物語るのである。戦いのいきさつ、具体的な過程、そして結果を語る。結果はしばしば主人公の死であり、主人公はそのまま修羅道の世界でいまも苦しんでいる。その姿までもが描写されるのがふつうである。

大切なのは、物語の内容は、語り手である幽霊がかつてこの世にあった頃の物語であり、その人が物語のなかに、主人公として登場することである。これは修羅能のどの幽霊が語る物語でも例外はない。物語は、主人公の行動を描写し、心情を描写するのである。

次に大切なことは、物語は戦いの場面、あるいはその前後が中心になるので、物語のなかには、戦いの相手が登場することになる。相手の行動が描写されるのはもちろんのことだが、それだけではなく、相手の心情、内面的なことまでもが描写される。

以上の点だけを述べると、修羅能の物語といってもそれが特別な種類のものではなく、ごくふつうの物語であることがわかるだろう。つまり、いわゆる「三人称的」な、あるいは第三者の視点に立った描写態度に貫かれている物語であり、おおくの近代小説の構造とかわりない。

ただ、現代人にとっては、そのふつうのはずの物語が、しばしばふつうでない感じをかもしだしている場合がある。それは、語り手が誰であるかということと、語りの内容とのあいだに不思議な錯綜があるように感じられることがあるからだ。つまり、先に述べたように、後場の主役である語り手は、物語の主人公その人である。にもかかわらず、語られる物語はしばしば、主人公の相手方の視点に立ったり、あるいはまた主人公の死後の時間にまでも話がおよぶのである。

相手方の視点に立つ例として、「頼政」の後場の物語を例に出しておこう。源三位頼政の幽霊が物語をする。物語は、頼政が宇治川をはさんで陣をかまえる場面にかかる。頼政側の行動の描写をおえた物語はさらにすすんで、川の向こう側まで追ってきた相手（平家）方の田原又太郎忠綱の行動を描写する。忠綱が宇治川の急流を渡るためにどのような判断をし、軍を指示したかということが、忠綱の視点から描写される。忘れてはいけないのは、この物語の語り手は忠綱に攻められている側にいる頼政の幽霊なのである。

もちろん、こういった例は、修羅能にかぎられたことではない。能の幽霊による物語のおおくには、同じような例を見いだすことができる。たとえば「鵺」（切能）に登場する鵺の幽霊は、自分を弓で射止めた相手である、頼政のことを延々と物語り描写している。頼政が自分を討ったことによってどのように勲功をえたかということが描写されている。また、「野宮」（鬘能）で、六条御息所の幽霊も、同じように相手方の描写をする。たとえば有名な車争いの場面の描写。自分の車に手をかけて押しのけようとしている葵の上の側の車夫、つまり自分にたいする相手側の描写をするのである。

また、現代人がしばしば混乱してしまうのは、「鵺」のケースですでに見られたように、物語の内容が主人公の死後におよぶような場合である。修羅能の「忠度」を見てみよう。平忠度の幽霊は、修羅物のおおくの作品に見られるように、やはり自分の最期にいたるまでを語っている。そして命を落とす。しかし物語はそこから後のことへと、さらにすすむ。

物語の中心人物が、忠度を討った側、岡部六弥太忠澄になる。六弥太は、死骸となった忠度をしげしげと見つめ、死骸に痛ましさを感じたり（「六弥太心に思ふやう、傷はしやかの人の、御死骸を見奉れば」）、死骸をみて身に結わえられている短冊を発見したり（「見れば不思議やな、短冊を附けられたり、見れば」）するのである。つまり六弥太の心情や行動が

延々と語られるのだ。(4)

その物語の語り手は、しかし、忠度の幽霊なのであって、そのことがしばしば特殊視されてきた。同じような構図は、「実盛」にも見いだされる。実盛の幽霊はやはり、自分が討たれたあとのこと、つまり自分と自分の首を発見した側がどのように行動し考えたかの描写をおこなっている。「樋口の次郎は見知りたるらんとて召されしかば、樋口参りたゞ一目見て、涙をはら〳〵と流いて、あな無慙やな、齋藤別当にて候ひけるぞや」。実盛の幽霊による物語には、実盛の首を陣に持ち帰って見ている源氏側の人物の行動や心情が描写されている。このように、修羅能の物語はしばしば、物語の主人公となる人物の考えや行動から、その相手方の考えや行動にもしばしばおよぶ。そしてそれがかなり長くつづくこともある。

能の場合、語り手たる幽霊が、語りに登場する一人物と同一人物であるので、しばしば、視点や人称が混乱しているかのように見えてしまう。次章の「物語に入りこむ」レベルの議論を考え合わせると、呼びおこされる混乱・錯綜の程度はさらにおおきくなるかもしれない。しかし、そのような混乱・錯綜は、作者によるねらいなのではないことに、くれぐれも留意しておくべきだ。(5)

2　物語の形式的な特徴

修羅物に属する作品群をつらぬく構成上の特徴として、ここで指摘しておきたいのは「後場が長い」ということである。いま世阿弥の作品に焦点をあててみることとし、たとえば、一番目物（脇能）の後場と、修羅能の後場とを比較してみよう。

世阿弥は、能を書くにあたって、序一段破三段急一段という五段構成を規範の枠組みとして提示している。後場の全体は、そのうちの急にあたる。したがって全体構成のなかで単純に考えれば、全体の五分の一にあたるのである。たとえばいま現行観世流謡本（『観世流謡曲全集』）の、脇能の「高砂」を引っ張り出して、その頁数を数えてみよう。前場にテクストに九頁費やされているのにたいして、後場は三頁である。また、「井筒」（鬘能）で頁数を数えてみよう。前場が八頁なのにたいして、後場はわずか二頁である。

以上の作品を見るに、だいたい、後場のテクストの分量は、前場の二分の一というところが、世阿弥の序破急の基本的構成に見合った分量比なのであろう。しかし、そのバランスは、修羅能にはまったくあてはまらない。おおざっぱだが、前場と後場にそれぞれ費やされている謡本の頁数を数えて、右にしめしたような分量比をしめしてみよう。以下のようになる。「敦盛六対六、兼平六対七、清経・実盛六対九、忠度七対六、朝長九対六、通盛六対五、八島九対六、頼政六対七」。この分量比の裏付けとなるのは、作者の製作態度である。世阿弥の『三道』の「軍体」の部分を見てみれば、この比が納得できるだろう。

是又、五段の程らい、音曲の長短を計らふべし。又、入り変りて出る事あらば、後の切れに曲舞などあるべし。しからば、破が急へかゝるべし。かやうなる能は、六段などにもなるべし。又、入り変らねば、四段なるもあり。（中略）音曲なども短か〳〵と書きて、急をば、修羅がかりの早節にて入べし。

本来なら「急」にあたるべき後場で、まだ「破」の段階がつづいているということが述べられている。神が主役の脇能であるならば、五段を基準にして作られるべきだが、それにたいして軍体（修羅物）の能は、六段になってもいい、また、もし一場面のものならば、四段でもよい、と世阿弥はいう。

なぜ、修羅物の後場が長いのだろうか。それは、繰り返し述べているように、登場した幽霊が自分の過去について、言葉によって「物語」をおこなうからである。脇能の後場に出現する神の本体は、同じような意味での物語をほとんどしない。たとえば「高砂」の後場では、住吉の神が出現するが、住吉の神は自らの存在をしめしているだけであって、自ら物語ることはしていない。世阿弥の鬘能でも同じで、物語はしない。たとえば「井筒」の後場の主役は「昔を懐古」する姿を現しているだけであって、何もまとまった「物語」を自分でしているわけではない。

ちなみに、世阿弥の物狂の能も、修羅能と同様後場が長いが、ここではその問題は脇において、修羅能にもどることにする。修羅能の後場に、甲冑を身につけて、ワキの僧の前に出現した幽霊は、所望によって、あるいは自発的に物語を始める。目的はもちろん、罪障懺悔のためである。

ひとまとまりの物語は、「古の事ども語って聞かせ申し候べし、今は怨みを御晴れ候へ」（清経）とか、「昔を語らんその為に、これまで現れ出でたるなり」（通盛）という言葉ではじまる。そのほか、「懺悔の物語夜すがらいざや申さん」（敦盛）、「夢物語申すなり」（八島）、「露と消えし有様語り申すべし」（実盛）、「夢物語申すに」（忠度）などという言葉が、物語の始まりを予告することになる。「兼平」「朝長」「巴」のようにそれがない場合もあるが、いずれも世阿弥よりも後の作品であり、後場に物語があることが当然視され、省略されたのだろう。

また、物語の始まりには独特の語り出しの言葉があり、開始をはっきりと印づけてくれる。「さても」（実盛、巴、清経、知章）、「さるほどに」（朝長、頼政）、「そもそも」（頼政、通盛）、「しかるに」（敦盛、生田敦盛）などがそれである。これらは物語の要所要所で、繰り返し用いられることもある。たとえば「頼政」では、後シテによる一連の物語のなかに、「そもそも」が一度、「さるほどに」が二度、出現する。

次に、こういった言葉から明らかになる、幽霊による物語の部分が、いったいどのような内部構成をもっているのかを明らかにしておこう。『三道』には「後の切れに曲舞などあるべし」と書かれていたが、その言葉のとおり、物語の主要な部分は、クセマイ（クリ、サシ、クセ）という音楽形式を核としている場合がおおい。各作品の「物語」開始以下の謡の小段構成を、重要でない小段などは省略しながらしめしてみよう。

八島　クリ、サシ、掛ケ合、サシ、クセ、詠、ロンギ（中ノリ地）
実盛　語リ、上ゲ歌、クセ、ロンギ（中ノリ地）
忠度　クリ、サシ、下ゲ歌、上ゲ歌、語リ、歌、詠、歌
朝長　クリ、サシ、クセ、ロンギ（中ノリ地）
頼政　サシ、クセ、語リ、中ノリ地、ロンギ、詠、歌
敦盛　クリ、サシ、クセ、掛ケ合、ノリ地、中ノリ地
清経　サシ、掛ケ合、サシ、詠、歌、クセ、詠、中ノリ地
兼平　クリ、サシ、クセ、ロンギ（中ノリ地）
通盛　サシ、クセ、掛ケ合、歌
知章　クリ、サシ、クセ、ロンギ（中ノリ地）
巴　上ゲ歌、クセ、ロンギ、歌、中ノリ地、歌

曲舞（クセマイ）を構成する主要な部分は「クリ、サシ、クセ」である。「クリ」「サシ」「クセ」という形式は、この順番に連続して出現する音楽形式である。クリは、拍節に合わないメリスマ的（詠吟的）な謡にくわえて鼓がにぎやか

に打ち立てて派手な部分、つぎにつづくサシは、拍節に合わないシラビックな淡々とした謡で、鼓の粒もすくない静かな感じである。クセは、クリ、サシとはちがい、鼓がうつ周期的な拍節に合わせた、いわばリズミカルな歌である。

クリ、サシ、クセは、もともと「クセマイ」として能に移入された形式の中核部分であって、おおくは能の前場の物語で使われる。その場合、三つが切れ目なく出現するかたちで用いられる。しかし修羅能の場合には、右にしめしたように、たとえばサシのあとに、いったん静まって、旋律のつかない言葉の部分（語リ）がはいったりするような構成（頼政）などもみられる。

クセがすむと、おおくはロンギという小段（音楽形式）にすすむことになる。次章の話題と関連するが、この小段は主役が舞台を移動しながら所作（仕舞）をするのに、ふさわしい小段である。その最終部が、しばしば「修羅ノリ」（流派によっては「中ノリ」）と呼ばれる、拍節感の強調されるスタイルでうたわれる。ここでは主役はかならず立ちあがっていて、太刀を使いながら修羅道の世界の苦悩の有様を描写する所作（仕舞）をおこなう。

三 「物語」を語りつつ演技する

1 仕舞によって物語に入りこむ

謡のテクストは、それがじっさいに演じられるさい、一定のリアルな時間と空間のなかに投げ出されることになる。そのために、さまざまな、音響上の工夫、身体運動上の工夫、美術的な意匠上の工夫がとりつけられることになる。もちろん、現代ではアルカイックなものと見られる能の演技のことであるから、その工夫の効果は、観客には伝わっていない場合もおおいだろう。しかし、私が明らかにしたいのは、じっさいに舞台でえられる効果ではない。カテゴリーとしての修羅物がどのように演じられるべきものとされていたか、いわば演技者の「修羅物観」のひとつを明らかにしたいのである。

・床机にかかる後シテ

能の演出において、人物による物語がはじまるさいの、きまった演技のようなものがあるだろうか。たとえば「高砂」の前場。登場する老人は（クリ、サシ、クセの箇所で）松のめでたきいわれを語るのだが、その語りの前に、主役は舞台の中央に座り、水衣の肩をおろす。そして、かならず、扇を右手にもつ。では、修羅物の幽霊には、語りを始めることを知らせる、特定の演技があるだろうか。あえてあげるなら、主役（幽霊）が床机にかかる（腰かける）ことがそれである。

修羅物の後シテのなかで床机にかかるのは、以下の作品の幽霊たちである。八島、実盛、朝長、頼政、敦盛、清経、兼平、通盛、知章、巴。ちなみに、これらの作品のほとんどには、物語の始まりをしめす印となる言葉（たとえば「物語いざや申さん」など）が見られる。

しかし、修羅物のすべての作品の幽霊が、床机にかかるわけではない。例外が何人かいる。「箙」「経政」「生田敦盛」そして「忠度」の主役たちである。この四曲だけなのであるが、共通する特徴は何であろうか。

最初の二曲はどちらも物語をおこなっていないのである。幽霊にはその意志がない。ただ、姿を現しているという設定なのである。「箙」では、主役の梶原源太景季の幽霊が、戦いの有様を見せることにおもきがおかれている。（幽霊は登場直後に「修羅道の苦しみ御覧ぜよ」と言っている）。主役は修羅の苦しみにさいなまれており、物語を始めようという心のゆとりがまったくあたえられない。

「経政」でも、やはり主役（平経政の幽霊）には物語を始める気配がない。ワキの高僧の前に出てきても、琵琶を弾くことだけに心を奪われているかのようである。たしかに謡のテクストは、幽霊の出現してきている状況を描写し、物語っているが、しかしそれは幽霊による物語の行為ではない。その意味でこれらの作品の幽霊登場の場面は、世阿弥の脇能の後場などと同類なのである。

「生田敦盛」「忠度」については、主役は明らかに物語をおこなう意志をもって登場している。「昔をいざや語らん」（生田敦盛）、「夢物語申すに」（忠度）といった文句がそれをしめしている。「忠度」では、流派によっては床机にかかるが、観世や金春では、古くから床机を用いない。(6) これは例外的であり、理由を考えるべきだが、割愛する。

・床机を立ちあがる後シテ

物語をおこなう意志をもって床机にかかった修羅能のシテも、もちろん曲の最後まで腰かけているわけではない。ここで問題にしなければならないことは、どのポイントで立ちあがるか、それはなぜか、何のためか、ということである。

基本的なことの確認であるが、能のテクストは読むことによって必要十分な情報が得られるようになっている。つまり、謡の本を読むだけで、あるいは音声を聞くだけで、劇の設定・場面の展開は十分に理解できるようになっている。したがって、登場人物が物語をおこなう場面があるなら、その物語は音声にされるだけで十分理解できるものである。登場人物にふんする役者は、舞台で動きまわる必要もない。じっさい、ほとんど立ちあがらない作品もある。「朝長」の幽霊は、物語のあいだに延々と腰をかけている。「兼平」の幽霊や「頼政」の幽霊もやはり立ちあがらない。いずれも死の場面を語る直前つまり物語の最終部をむかえるまで立ちあがらない。

しかし、おおくの作品では、幽霊は物語が始まってしばらくたったあたりから、床机をはなれて立ちあがる。なぜだろうか。理由をふたつ考えてみたい。まず第一の理由は、途中から立ちあがることによって、長い物語に変化をもたせるためである。じっさい、「朝長」のようにずっと舞台で腰かけていられては、見ているほうも退屈を感じやすい。立ちあがってリズムをとる。そのための絶好の装置は、クセマイのなかの「クセ」の部分である。クセはとりあえず動きが決まっていて、とくに文句に合わせなくても一定の個所で舞台を三回まわるという単純な動きからできあがっている。(7)

クセで立ちあがる作品の代表は、「敦盛」「清経」であるが、これらの舞台を見ていると、舞うことには、リズムをとることのほかに副産物があるように感じられる。本来、舞台を前後に行き来し、まわったりする動きのなかには表示的な意味はないのだが、それによって「幽玄」の雰囲気がかもしだされる効果がある。むろんこれは、第一章に引いた『風姿花伝』の「舞がかり」などの言葉をもとに、古くから指摘されてきたことである。

立ちあがるもうひとつの理由は、具体的に何かを描写する必要があるからである。たとえば「通盛」では、クセの前の「忍んで我陣に帰り」という言葉のときに、「清経」ではクセの前の「足弱車のすご〳〵」の文句で、また「頼政」では「おぼえずしさりて」という文句で、それぞれ「床机をおるゝ」ことになっている(『童舞抄』による)。これらはみな、立ちあがって舞台上を移動することが、「帰ること」「撤退すること」などをしめす所作(仕舞)となっている。

同じ曲でも、どのポイントで床机から立ちあがるかは、流派によって、また時代によってちがいがあり、おもしろい演出史の問題を提供する。同じ流派内でも、演出によって、床机にかかっている部分を立ちあがって演ずるようにかえる場合がある。たとえば「八島」の後場では、義経の幽霊はふつう、クセの末までずっと床机にかけている。しかし「弓流」という小書演出の場合(観世、喜多流)、サシの後の「掛ケ合」の小段(次節に引用)で、義経が弓を落としそれを拾いにゆく物語（弓流し）が、シテによって実演される。文句のあいまに、囃子の伴奏が挿入され、シテが立ちあがり弓を拾う仕舞がゆっくりとおこなわれる。

以上のような所作（仕舞）によって、物語を語るべき語り手は、語り手であると同時に、物語で描写される対象としての側面を強調してゆく。つまり、物語に入りこむのだ。その側面を強調すればするほど、主役ははやい段階で床机から立ちあがり、舞台上を動くことになる。

2　源氏と平家を対比づける

物語の途中、床机から立ちあがり、舞台の上を行き来することのメリットは、ほかにもあるだろうか。私は、舞台をおおきな範囲で使いながらの空間的な処理ができるというメリットを考えている。空間的な処理というのは、舞台上に物語が語られるのにふさわしいロケーションをつくりだすことである。とはいっても、舞台に特別な装置をおいたりするようなことは、能ではふつう不可能である。そういった場合、残されているのは、視線による演技である。

・空間的対比

修羅物にかぎらないが、能の演技のもっとも重要な部分は、視線の演技である。方角をみたり、人物をみたり、景物を見たりすることにより、実在しないものを舞台空間に現出させることが、シテのもっとも重要な仕事のひとつなのである。だからこそ、面のあつかい方が大切にされる。

視線の演技のうち、方角を見ることをここにとりあげておく。たとえば、入水前の心情を延々と語っている清経の幽霊にとって、入水のきっかけのひとつとなるのは、「西に傾く月を見る」ことであろう。月は西方浄土への導きのシンボルであり、その方角を見ることが演技の上では必要不可欠である。
方角と関連するのが、地理的なロケーションである。とくに戦いの再現の場面においては、平家と源氏がどの位置に陣をかまえているのか、その両者を見わけることが重要な教えになってくる。江戸初期の演技指導の書である『童舞抄』から、「八島」の前場の物語の演技についての指示の箇所を引いておこう。

物語の中、如文言余情あるべし。「今のやうにおもひ出られて候」と云時、脇を見る。「左右へくはつとぞのきにける」と云時、左右の手にて引わくる仕舞あり。「御馬を汀に打よせ給へば」と云時立。「馬よりしもにどうどおつれば」と云時、仕手柱のかたをみる。「船には菊王も」と云時、正面を見る。又、「馬より下に」と云時、舞台の中程をみる仕舞もあり。此能、舟と陸との見分様、肝要なり。「船は沖へ陸は陣へ」と云。爰をも見分くべし。
（『童舞抄』）

また、川の両岸において展開される戦いが描写される「頼政」では、舞台の上にどのように源氏と平家を配置するかが問題になる。そのことに言及している資料として、やはり『童舞抄』を引いておきたい。

此謡の段、床机のうへの仕舞なれば、面のあつかひ、足ぶみ肝要也。「よはき馬をば下てにたてゝ」と云時、左に心を付る。「つよきに水をふせがせよ」と云時、右をみる。此仕舞は平等院にて川のながれを前にあて、頼政が仕舞なれば、如此可然の由也。大蔵道入の如右之いたし候。又忠綱に成て水上を左に心得てするもあり。（『童舞抄』）

これも同じように、平家と源氏を舞台上ではっきり見わけ、観客にその二分された空間を見せるための工夫なのである。

・強吟と弱吟

吟とは、もともとは「五音（祝言・恋慕・哀傷・幽玄・乱曲）」のうたいわけに端をはっしたものである。祝言は強く、その他の恋慕・哀傷・幽玄は弱くうたえという教えが、江戸初期の技術書『舞楽大全』（貞享四年（一六八七）刊）には見えており、この頃、現代につながる、吟を二分する考え方が定着しつつあったと考えられる。

現在、吟は、音階上のちがい、あるいは、声の発声技法上のちがいとして、明確に二分されてとらえられているが、江戸初期にはもっとわかりにくい区別だったにちがいない。それは、あらかじめ技法として存在するものであったわけではなく、五音のように、テキストの意味内容と連動した、微妙な表現技術だった。音階上のちがいや、声質のちがいは、その副産物として生じた技法的差異が後世に強調され、定着されたものにすぎない。

修羅物のうたい方にかかわる大切な教えとして、次のような一つ書きが、江戸後期の謡の技術書には見られる（『福王盛充伝書』法政大学鴻山文庫所蔵）。

一、源氏のうたひをつよく心得へし。現在のうたひ幽霊修羅に不限。

一、平家のうたひ惣してよはく謡也。源氏うらはらのちかひ是にあり。

右の謡の技術書は、素謡の実質的な普及者であったワキ方福王流に伝えられた書の一節である。じっさい修羅物の主役は、次のように源氏と平家にわけられる。

源氏・・・頼政、兼平、朝長、八島、箙、巴
平家・・・敦盛、清経、実盛、忠度、経政、通盛、生田敦盛、俊成忠度

現代の謡本を見てもわかるように、源氏のほうの謡の全体が強吟で一貫しているかといえば、そうではない。たとえば「頼政」でも、風景を描写する前場の謡は弱吟が用いられている。また、「巴」にも弱吟部分がおおい。これは、主役が女の幽霊であることが効いているのである。

平家のほうも、弱吟ばかりであるかというと、じつはそうではない。一曲の終結部の修羅ノリの部分は、かならず強吟である。したがって、右の技術書の文言は、一応の目安であるにすぎないし、また謡をうたうさいの精神的なバックグラウンドのちがいを、弱吟と強吟という二分法にこめたという程度に、うけとっておくのが適当だろう。

・シテとツレとによる語りわけ

演出研究の基本は、上掛りと下掛りのあいだでの異同を知ることである。それはしばしば、歴史的な変化を考えるおおきなヒントを提供することになる。修羅物には、注目すべき異同がおおいが、代表としてあげられるのは、「八島」にみられる前場のツレ（漁夫）がどの時点で退場するかについての異同である。そして同じ問題は、「清経」のワキ（淡津三郎）についてもいえる。上掛りと下掛りとのあいだで、退場の時点にちがいがある。

ふたつをつうじて指摘できるのは、下掛りのツレやワキのほうが、作品の最後まで舞台に残っていて、上掛りの同じ人物は、早々と舞台から退場してしまうということである。近年、この問題を直接あつかった論考として天野文雄氏の論があるので見ておこう。

まず、下掛りの「八島」のツレにかんしてであるが、前の場面において、老人（のちに義経の幽霊となる）といっしょに登場したツレ（漁夫）は、前場の末の老人の退場後も舞台に残っており、後場にもそのまま座っているのである。いっぽう上掛りでは、前場の終了とともに、つまり老人といっしょに退場してしまい、後場では舞台上にでていない。

下掛りのほうが古いかたちであろうと述べた上で、天野氏は次のように考えられる。このツレは、作者（世阿弥）が「壮大な八島合戦を語るシテの補助者として案出」したものである。なぜなら「錣引きも弓流しもシテ一人に回想させるのは単調に陥る」[8]ので、それを避けるためだ、という説である。しかしその後、天野氏は意見を変えられた。「八島」の後場に出ているツレは「戯曲構造として整合的に説明することが困難な現象であ」るとされ、旧説を退けておられる。そしてあらためて、後場のツレは「世阿弥の構想であると言うより」、ワキやツレなどの主役以外の人物が「そのまま居残って同音に加わっていたことの名残と解することが妥当」[9]と述べられる。

つまり、積極的な意義を考えるのはやめようということであるが、はたしてこれでよいだろうか。私はもっと演劇的に考えてみたい。下掛りでツレが残るのは、平家と源氏の語りわけるという趣向を舞台にそえるためだと考えたい。その根拠を得るために、「八島」のツレが物語全体のどの部分を語っているかを、検討してみよう。次にあげるのは後場の弓流しの箇所である（下掛りの本文、現行喜多流で代表させる）。

シテ・・・・・其時何とかしたりけん、義経弓を取落し、波に揺られて流れしに

シテツレ・・・其の折しもは引く汐にて、遙に遠く流れ行くを
シテ・・・・敵に弓を取られじと、義経駒をおよがせて、敵船近くなりし所に
シテツレ・・・敵はこれを見しよりも、船を寄せ熊手に掛けて、已に危く見え給ひしに
シテ・・・・其時熊手を切り払ひ、終に弓を取り返し、もとの渚に打上れば

シテツレ（ツレ）は、舞台の隅、笛の前に座って居て、シテと掛け合いでうたう。注目したいのは、ツレがうたう最初が、弓が流れている状況の描写であり、その次は、義経にたいする敵の行動の描写なのである（上掛りでは、ツレが登場していないので、同じ文言が地謡の合唱によって担当される）。いっぽう、これと掛け合いになっているシテの謡は、いずれも義経の行動を描写している文句である。ここだけからの一般化は危険だが、ツレとシテとの謡の対比的配分には、平家と源氏を語りわけるという趣向がこめられているのではないだろうか。

こんどは「八島」の前場を見てみたい。ここでの主役は老人であるが、当地の八島でおこった有名な錣引きの物語がおこなわれる。このときのシテ（老人）とツレ（漁夫）への文言の配分を見てみると、平家の側と源氏の側がはっきりと分担されているのがわかるだろう（下掛りの本文、現行喜多流で代表させる）。

シテ・・・・・（前略）源の義経と、名宣り給ひし御骨柄、あつぱれ大将やと見えし、今のやうに思ひ出でられて候
シテツレ・・・其時平家の方よりも、言葉戦事終り、兵船一艘漕ぎ寄せて、波打際に下り立つて、陸の敵を待ちかけしに

シテ・・・・・源氏の方にも続く兵五十騎ばかり、中にも三保の谷の四郎と名宣つて、真先かけて見えし所に
シテツレ・・・平家の方にも悪七兵衛景清と名宣り、三保の谷を目がけ戦ひしに
シテ・・・・・其時三保の谷は太刀打折つて力無く、少し汀に引退きしに
シテツレ・・・景清追つかけ・・・・（後略）

もうひとつ問題にされてきたのは、「清経」のワキの役割である。上掛りの場合には、幽霊の登場と入れ替わりに、ワキは退場してしまう。いっぽう下掛りでは、ワキは最後まで舞台上に残って座っているのである。もちろんこのふたつでは、下掛りのほうが古いやり方である。

ではワキが残ることの意味は何だろうか。これは、「八島」のような平家と源氏の区別というようなはっきりした対比ではないが、主人公とその外側という対比を明確につけるために、意味をもっているのではないだろうか。

舞台に残っている下掛りのワキがはたす役割は、ただひとつである。それは、宇佐八幡の託宣を声にしてうたうことだ。「世の中の、うさには神も、無きものを、何祈るらん、心づくしに」と、清経をふくむ平家一門を絶望の淵におやる言葉をはっするのが、ワキの役割である。

強吟で勢いよく運ばれていた謡につづいて、この託宣は弱吟でうたわれる。そのあと、もういちど、強吟が復活するが、ワキの弱吟にひかれてゆくかのように、つづくクセの部分は弱吟でうたわれ、舞われ、平家の「哀れなりし有様」が描かれる。

こういった対比をつける演技の背景に、世阿弥の時代の平家語りにおいてしばしばおこなわれていたはずの「つれ平家」があったと考えておきたい。後世の資料からしかわからないのであるが、つれ平家を演じるさいにも、平家と

源氏を別々の語り手が担当するようなやり方があったようだ。『平家物語指南抄』を引いておこう。(10)

是ハコトニヨリ、カケ合ニモカタル。導師ハシテ、助音ハウタヒノワキナリ。読物・祝ナトノ初句ハ、導師ト助音トタイ〳〵シテ語ル。ウタイノ問対ノ如シ。拾イハ敵味方懸合也。

あるいは、この「敵味方懸合」は、能の演出に由来する趣向なのかもしれないが、能の演出の原型として考えておく必要性もあるだろう。

四　結　び

最初に引いた世阿弥の言葉「源平の名将の人体の本説ならば、ことに〳〵平家の物語のまゝに書べし」(『三道』)は、修羅物について考えるときの出発点である。この言葉はもちろん、能のテクスト(能の本)を書くときの規範としてはっせられた教えである。だかそこにとどまらず、舞台演技の規範としても読みうるのではないか。つまり、じっさいの舞台演出を構想する段階においても、「物語」が強調されるべきだったと考えたい。

世阿弥がここで使っている「物語」は、ちまたで耳にすることもおおかったはずの「平家」(平曲)を意味するのであろう。ちょうど、能の「景清」(雑能)の主役(悪七兵衛景清)が「平家の物語」を演じているように、修羅能の主役たちも「平家の物語」を演じる。その演じ方のなかに、修羅能をつらぬく特徴を見なければならない。

注

（1）三宅襄『能楽入門』（創元社、一九五二年）によると、現在上演される二百余の作品中、修羅能は「田村、八島、箙、忠度、俊成忠度、経政、通盛、兼平、知章、頼政、実盛、清経、朝長、巴、敦盛、生田敦盛」の十六曲である。諸流ほぼ出入りはない。このうち、現在の段階で世阿弥作（改作を含む）と考えられている曲は、「八島、忠度、通盛、頼政、実盛、清経、敦盛」である。

（2）世阿弥の芸論を引用にさいしては、表章・加藤周一（校注）『世阿弥・禅竹（日本思想大系　二四）』（岩波書店、一九七四年）にしめされた本文にしたがう。

（3）味方健『能の理念と作品』（和泉書院、一九九九年）は、修羅物というジャンルをめぐる論の、現在の水準をしめすものである。

（4）以下、謡の本文の引用は、とくに断らないかぎり、現行の観世流の本文をそのまま用いることにする。

（5）拙稿「合唱で演じられることば」（谷泰（編）『コミュニケーションの自然誌』新曜社、一九九七年、所収。拙著『能の多人数合唱《コロス》』ひつじ書房、二〇〇〇年、に再録）に、くわしく論じてある。

（6）観世流の「忠度」は室町末期の『宗節仕舞付』（西野春雄（校訂）『観世流古型付集』わんや書店、一九八二年、所収）いらい、現在まで床机なしである。下掛り（金春）の型付『童舞抄』（西野春雄（校訂）『下間少進集Ⅰ』わんや書店、一九七三年、所収）では、床机なしであるが、同じ下掛りの喜多流の最古のまとまった型付と考えられる『七太夫仕舞付』（万治元年（一六五八）刊）では、「『心せよ』ト床机ニ腰ヲ掛ル」とあり、はやくから金春流と異なっていたのである。なお、床机にかけることの意味については次のような解釈もある。「修羅物では床几にかけると馬上の型を意味するのです。ですから床几にかけてゐる間は馬に乗つてゐるつもりに取れないことはありません。田村、巴、八島、朝長とみんな馬上の型があります」（三宅襄『能の演出研究』能楽書林、一九四八年、七七頁）。

（7）拙稿「能の『型』以前」（一九九八年楽劇学会大会シンポジウム発表要旨）『楽劇学』六号、一九九九年、参照。
（8）天野文雄「〈屋島〉のツレ覚書（研究十二月往来）」『銕仙』三六九号、一九八九年、四頁。
（9）天野文雄「能と説話――世阿弥の場合」本田・池上・小峯・森・阿部（共編）『説話の講座』六、勉誠社、一九九三年、所収、二八〇頁。
（10）高木・永積・市古・渥美（共編著）『国語国文学研究史大成9　平家物語』三省堂、一九七七年、所収。『平家物語指南抄』の記事については、薦田治子氏に教えていただいた。ツレ平家の上演法にふれたものに、鈴木孝庸『中世日本の語り物』（新潟大学放送公開講座実施委員会発行、一九九四年）がある。

江戸音曲の平曲受容

野川美穂子

はじめに

「平家の俤にして浄瑠璃といふものはじまりつつかたり出たりしかば　平家にのせて琵琶をひくごとくに浄瑠璃にのせて三味線を引はじめたる」（『色道大鏡』巻第七）の記述にもあるように、江戸音曲を代表する三味線音楽の発展は、平曲およびその担い手の琵琶法師の存在を出発点とする。それゆえ、楽曲の構成、発声法、楽器構造、記譜法といった音楽面をはじめ、文学的題材としての『平家物語』、音楽の伝承制度と当道との社会的関わりなど、江戸音曲の平曲受容は多岐に渡る。[2]本稿ではそうした受容諸相の概観を避け、音楽面での受容を最も端的に象徴する存在として、「ヘイケ」「平家」「平家ガカリ」などの呼称で江戸音曲に現れる旋律型に着目してみたい。たとえば『声曲類纂』には、旋律が他の浄瑠璃や種目に関連する「さはり」の一つに「平家がゝり」を挙げ、「土佐節・義太夫節などにたま〳〵用ひたり。即平家物がたりの節なり」とある。また、中川愛氷『三絃楽史』（大日本芸術協会、一九四一）の「第四編　三絃楽戸籍」には、「◎平家　平家琵琶に其調をとれるもの」と説明し、河東節・一中節・長唄・常磐津節・義太夫より該当例を示している。また類名の「〇平家がかり」「〇平家クヅシ」「〇ウツリ平家」も挙げ、順に清元節・長唄・河東節より該当例を記している。直接に平曲を引用する旋律であるか否かは別として、少なくとも名称の上で平曲との関連を推察できる旋律型が本稿の対象である。本稿では、それらの旋律を「対象旋律」と総称する。

音高やリズムに類型性を見せる旋律型は、構式・平曲・幸若などの中世の音曲、義太夫節をはじめとする浄瑠璃の江戸音曲に顕著である。したがって、「語り物」としての繋がりを示す存在と指摘されることもある。(3) 旋律型は、開始・段落・終止といった音楽的枠組を構成したり、自然音や情景を描写するなど、機能を持つ場合が多い。また、一つの楽曲に固有のもの、一つの種目に固有のもの、複数の種目に共通するもの、他の種目からの引用によるものなど、類型性の及ぶ範囲も様々である。旋律型の類型性は、採譜などの分析を通じて初めて指摘できる例もある一方、「対象旋律」のように、伝承者自らの認識を伴って、特定の呼称と結びついている例もある。後者の場合、旋律型の呼称は、正本類の詞章の傍らに、時に墨譜（胡麻点）も伴いながら、用語譜として書き添えられることが多い。そこで本稿では、「対象旋律」の用語譜としての記述を次の諸本より抽出し、考察の出発点とする。これら諸本には、正本や丸本の翻刻のみでなく、現伝承の詞章を活字化したものが含まれている。正本類は原本を参照すべきであるが、便宜上、まずはAからQを「基礎資料」とし、必要に応じて古正本、他の資料、口伝も参照する方法を採った。なお、江戸音曲のうち、河東節・一中節・常磐津節・富本節・清元節・新内節・義太夫節・長唄を主たる対象に限定し、上記の順に述べる。

A.『歌謡音曲集』（『日本名著全集』江戸文芸之部　第二八巻）
B.『日本歌謡集成　巻九　近世編』
C.『日本歌謡集成　巻十　近世編』
D.『日本歌謡集成　巻十一　近世編』
E.『清元全集』（『日本音曲全集』第3巻）

F.『常磐津全集』（「日本音曲全集」第8巻）
G.『富本及新内全集』（「日本音曲全集」第9巻）
H.『古曲全集』（「日本音曲全集」第11巻）
I.『近松浄瑠璃集　上』（「日本古典文学大系」49）
J.『近松浄瑠璃集　下』（「日本古典文学大系」50）
K.『浄瑠璃集　上』（「日本古典文学大系」51）
L.『浄瑠璃集　下』（「日本古典文学大系」52）
M.『文楽浄瑠璃集』（「日本古典文学大系」99）
N.『近松浄瑠璃集　上』（「新日本古典文学大系」91）
O.『近松浄瑠璃集　下』（「新日本古典文学大系」92）
P.『竹田出雲・並木宗輔　浄瑠璃集』（「新日本古典文学大系」93）
Q.『近松半二　江戸作者　浄瑠璃集』（「新日本古典文学大系」94）

一　河東節

「基礎資料」における該当曲例は次の通りである。(4)

【曲名】　【典拠資料】　【初演年】
《式例和曽我》　D『半太夫節正本集』　享保元（一七一六）

《式三番翁》　D『半太夫節正本集』　明和年間（一七六四〜七二）以前
《江の島》　D『十寸見聲曲集』　享保十（一七二五）
《常磐の聲》　A、D『十寸見聲曲集』、H　延享三（一七四六）
《七草》　D『十寸見聲曲集』、H　文化十二（一八一五）
《秋の霜》　D『十寸見聲曲集』、H　安政五（一八五八）

《式例和曽我》には「しやう〳〵のよるのゆき」の前に「ヘイケ」、《式三番翁》では「さく〳〵として」の前に「ヘイケ」、《江の島》では「承る」の前に「ヘイケ」とあり、[5]シテの「此御神の其往古」に続く。《常磐の聲》は「宮漏高く立って風」の前に「平家」[6]、《七草》は「後白河院の御時より」の前に「平家ガカリ（D）」「平家懸り（H）」、《秋の霜》は冒頭のシテの「花は合掌にひらけて」の前に「ヘイケ（D）」「平家（H）」とある。

河東節の旋律型名称については『江戸節根元記（別名『江戸節根元集』）』（文化九・一八一二）の巻末に、該当詞章例も付した紹介がある。[7] 詞章例は二〇〇例を超えるが、その中に「平家ガヽリ」もある。詞章より曲名を割り出して列挙すれば、「宮楼高く立て風」（《常磐の聲》）、「山がくは峨々と」（《四季の蓬萊》）、「夫遠寺の鐘の」（《一瀬川》）[8]、「三千世界は」（《江の島》）[9]、「山は八よふ」（《清見八景》）の五例である。このうち前掲「基礎資料」抽出例以外の曲例は次の通りである。なお《江の島》については、「基礎資料」と『江戸節根元記』の指定する該当詞章箇所が異なる。

《四季の蓬萊》　享保四（一七一九）以前
《清見八景》　享保四（一七一九）以前
《一瀬川》　享保十一（一七二六）

以上の曲例のうち、《式三番翁（譜1）》《七草》《秋の霜（譜2）》《一瀬川》の四曲は現行曲として『河東節全集』（C

BSソニー、一九七八〜一九七九）により旋律を確認できる。『河東節全集』に収録されない曲の旋律はわからない。ただし《常磐の聲》については、東京芸術大学蔵の五線譜『河東節曲節集（江戸節根元集ニヨル）未完』を参照することができた（譜3）[10]。「東京音楽学校邦楽調査掛印」の刻印を有するこの五線譜には、前述『江戸節根元記』巻末の旋律型名称のうち、冒頭より四十九例目までを、調査時における伝承曲に限って五線譜化してある。

旋律を確認できる曲例により河東節の「対象旋律」を考察してみると、《式三番翁》を除いては、共通の音楽様式がある。浄瑠璃の旋律は各曲それぞれに異なっているが、いずれも自由リズムであり、民謡のテトラコルド[11]を形成する音進行や四度・五度の跳躍が多い。「初重」「中音」「三重」などの平曲の詠唱的旋律[12]を意識した様式と思われる。ただし音域および楽曲構成上の機能としては共通する様式がなく、「初重」「中音」「三重」のいずれかに特定することはできない[13]。また曲ごとに対応させることもできない。三味線は浄瑠璃の合間に挿入され、開放弦を主とするアルペジオ風の短い音型である[14]。平曲の琵琶の特徴を模倣したものと言えるが、琵琶の間奏の通例とは異なり、楽器の音が次の声の開始音を示す機能を持っていない。琵琶における前奏に相当するものもない。河東節における「対象旋律」は、ある特定の曲節や旋律の引用ではなく、平曲の特徴の大枠を示すにすぎない。しかし、浄瑠璃と三味線が拍節的に並行する河東節の典型的な音楽様式に挿入する旋律としては、平曲を想起させるに充分な特徴を備えている。

《式三番翁》の該当旋律には疑問が残る。現時点では、『江戸節根元記』の「此浄るり計は半太夫節とは大きに違ひなり」という記述に従って、半太夫節から河東節に移曲された際の旋律の変化、もしくはその後の河東節の伝承における旋律の変化があり、それにもかかわらず用語譜としての「ヘイケ」の記述は正本にそのまま残ったためと推測しておきたい。『江戸節根元記』の《翁》《三番叟》の記述は、人物関係や詞章の異同に関する矛盾から信憑性が薄いとされ[15]、私見も同様であるが、他の「対象旋律」の様式との著しい相違を根拠とするならば、「大きに違ひなり」の記述には一考の余地がある。なお、河東節の該当曲例のうち、《式例和曽我》《式三番翁》《四季の蓬萊》《清見八景》の四曲は半太夫節からの移曲である。河東節の「対象旋律」の特徴は半太夫節より影響を受けたと思われるが、四曲中で唯一旋律を確認できる《式三番翁》が前述の通りであるため、半太夫節の「対象旋律」の様式を考察することはできない。(16)

一方「対象旋律」が付与された詞章の特徴を考えてみると、『平家物語』の特定の詞章に符合する例はない。(17)《江の島(「基礎資料」抽出例)》《七草》を除き、漢詩文訓読調の詞章に付けられており、たとえば《常磐の聲》は『新撰朗詠集』、《江の島(『江戸節根元記』抽出例)》と《秋の霜》は『和漢朗詠集』に典拠している。散文主体でありながら韻文も混在する和漢混淆の『平家物語』の多彩な文体のうち、有名な「祇園精舎」に代表される漢文調の美文を想起したものと推察する。これも前述「対象旋律」の音楽的特徴と同様に、和文調韻文を主とする河東節とは異質の様式の導入を意図した結果と推測する。ただし、文学としての区分と音楽としての区分は必ずしも一致しない。たとえば《四季の蓬萊》では、文学としての区分の「西は秋にて。しらぎくたへぬふぜい。北はふゆかとうち見へて。山嶽は峨々とそびへたり」のうち、D『半太夫節正本集』によれば、「西は秋にて」の前に「マイブシ」、「しらぎく」の前に「本ブシ色地」、「北は」の前に「色地」とあり、続いて『江戸節根元記』によれば、「山嶽は峨々と」の「平家ガヽリ」となる。なお《七草》は、詞章中の後白河院の名に起因しての「平家ガカリ」であろう。

二　一中節

一中節は、江戸音曲の中でもとりわけ、類型的な旋律型の連結による音楽構造を顕著に示す種目である。呼称を持つ旋律型は多く、[18]他種目の引用を示唆する「謡」「コトウタ」「サイモン」「大阪音頭」「門説教」などに並んで「対象旋律」の「平家」がある。「基礎資料」における該当曲例は、都国太夫半仲（のちの宮古路豊後掾）作曲、近松門左衛門作《酒呑童子枕言葉》四段目「頼光山入」に拠る《頼光衣洗の段》（H）のみであった。シテの「十萬里の波立つて白雲の後を残し、二千歳の石橋となつたり」の前に「平家」とある。[19]譜4に旋律を示す。[20]河東節の例に類似した様式と言える。なお、この曲の東京音楽学校邦楽調査掛採譜による五線譜草稿「都一中　大江山（きぬあらひ）」にも、該当詞章の冒頭に「ヘイケカヽリ」とある。[21]該当詞章は源頼光が鬼神の酒呑童子退治に向かう途上の深山幽谷の難所を描写している。

「平家」は《竜の口》にもある。三世宇治紫文斎の口伝を記す「宇治一中節」（『古曲』第三号）には、「いろいろの節の事」と題して一中節の旋律型名と該当例を列挙する。その部分に「平家」はないが、続く「難しい処と眼目」に記された《竜の口》の説明に、「『それだけ一丈の月と顕れ……』の処で琵琶の平家で行くのでございます」とある。また『都羽二重拍子扇』（文政三・一八二〇）六編には「そのたけ壱丈の月」の前に「平家」と記す朱がある。[22]この部分を音源で確認することはできなかったが、『都羽二重拍子扇』書写本（懐中本）に対する都一花師の書き入れ譜[23]によれば、「そのたけ」の後と「あらわれ」の後に三味線の短い旋律を記す。《頼光衣洗の段》と同様の音楽様式と推測できる。該当詞章は、竜の口刑場での処刑の危機に瀕する日蓮上人御難の前置きとして、和気清麻呂の斬首を救う宇佐八幡の神体が顕れる場面である。「平家」は、《頼光衣洗の段》の場合と同様、雄大荘厳な場面に当てられている。

なお「基礎資料」C（『宮古路月下の梅』）にも「対象旋律」はある。《風流龍神揃》の「かすみにそびへし楼門あり」の前に「平家ガヽリ」、《傾情さよの中山》の「ふじとあさまの。山風も」の前に「平家カヽリ」、《名残の橋づくし》の「ころしも小はる十五夜の月にも見えぬ身の上は」の前に「平家カヽリ」、《狩場桜通翼》の「たづね行衛も白雲のそらにたへなる羽衣を」の前に「平家ガカリ」とある。[24]同書は《頼光衣洗の段》の作曲者でもある宮古路豊後掾の伝承を記す。豊後節、宮古路節の該当曲例と言えるが旋律はわからない。《風流龍神揃》《傾情さよの中山》の二曲は、天明七年（一七八七）二月、初世常磐津文字太夫追善、二世文字太夫襲名披露の折に、両国の万屋八郎兵衛方にて《子宝三番叟》《老松》とともに演奏されており、[25]常磐津節に移された。

三　常磐津節

「基礎資料」における該当曲例は次の通りである。

《伝授の雲龍》　A　元文年間（一七三六～四一）？
《我衣手蓮曙》　C『常磐種』　宝暦四（一七五四）
《妹背塚松桜》　C『常磐種』　宝暦七（一七五七）
《花吹雪富士菅笠》　C『常磐種』　宝暦八（一七五八）
《垣衣草千鳥紋日》　C『常磐種』　宝暦十二（一七六二）
《留袖浅間嶽》　C『常磐種』　明和一（一七六四）

《伝授の雲龍》の「大和の国や三輪の山大明神とあがめ奉るは」の前に「平家ハル」、《我衣手蓮曙》の「趺迦趺座して昔を思ひ迷の雲の」の前に「平家」、《妹背塚松桜》の「二人ならびし。かげろふの」の前に「平家」、《花吹雪富士菅笠》の「蘭省花の時うらゝかに錦の幌」の前に「平家」、《垣衣草千鳥紋日》下の巻の「無明の酒の酔ひ心」の前に「平家」、《留袖浅間嶽》の「いく春か」の前に「平家」とある。

これらの該当詞章に『平家物語』の引用はない。《我衣手蓮曙》には熊谷直実が登場し、《花吹雪富士菅笠》は『和漢朗詠集』収載の白楽天の漢詩による美文である。《伝授の雲龍》は前述の宮古路豊後掾作曲による常磐津節最古曲である。町田嘉章氏は『江戸時代音楽通解』（古曲保存会、一九二〇）に「初期の常磐津は要するに豊後掾のものとさう変りは無く…（中略）…此（《伝授の雲龍》：筆者注）を宮古路節として論じても何等さしつかへない」と述べて正本を転載するが[26]、この正本の該当詞章に「平家」の指定はない。旋律の確認はできなかった。その他の曲は現行しない。いづれも初演は初代常磐津文字太夫である。

「平家」は『老の戯言』（元治二・一八六五）にも記載されている[27]。同書には常磐津節の旋律型の名称と該当曲例および詞章を列挙するが、「時代世話混雑」と分類する旋律型の一つに「（平家）『霞のどかに』」と記す。また続く《子宝三番叟》の楽譜中の「かすみのどかに」の部分に「平家」とある[28]。この部分の現伝承は譜5の通りである[29]。詠唱的な浄瑠璃の合間に同音二音による三味線が挿入されている。

ところで常磐津英寿師、常磐津文字兵衛師によれば、《伝授の雲龍》にしても《子宝三番叟》にしても、該当詞章部分を現在は「平家」と呼ばない。現伝承での「対象旋律」は「平家がかり[30]」と呼ばれる三味線の旋律型である（譜6）。この旋律を用いる主な曲には、次のものがある。雄大な物語を詞章とする曲が多い。

《積恋雪関扉　上》　略称《関の扉》　天明四（一七八四）
《鴛鴦容姿の正夢》　略称《鴛鴦》　文政十一（一八二八）
《恩愛瞶関守》　略称《宗清》　文政十一（一八二八）
《忍夜恋曲者》　略称《将門》　天保七（一八三六）
《常磐の松千代の友鶴》　略称《千代の友鶴》　嘉永三（一八五〇）

《道成寺真似三面》　略称《奴道成寺》　明治八（一八七五）
《大森彦七》　明治三十（一八九七）

英寿師によれば、現在の呼称の「平家がかり」は「武家物の冒頭に使われる三味線の旋律で、琵琶の趣でコワ撥をあてて激しく奏する」という。《将門》《大森彦七》が典型である。《関の扉　上》《奴道成寺》では謡曲の次第の詩型による浄瑠璃に続いて譜6が現れ、《鴛鴦》[31]《宗清》では前弾の最後に譜6が現れる。譜6に続く浄瑠璃は、音高の変化は曲ごとに異なるものの、いずれも自由リズムによる詠唱的な旋律である。浄瑠璃部分が長い場合には合間に挿入される短い三味線を伴う。たとえば《将門》では「それ」の後にアルペジオ風の音型、「五行子にありといふ」の後に同音二音、《大森彦七》では「頃は北朝」の後に同音二音による三味線が入る。置の様式にしばしば見られる特徴とも言えるが、《子宝三番叟》の「平家」に類似している。「平家がかり」の呼称が成立した経緯との関連を推測する。

なお『老の戯言』の「前弾の部」[32]には「（クラヰ）関の戸はじめ　（半位）同下のはじめ」とある。「クラヰ」[33]は《関の扉　上》冒頭の「平家がかり」、「半位」は《関の扉　下》冒頭の三味線の旋律の呼称であったと解釈できる。「半位」は《蜘蛛糸梓弦（蜘蛛の糸）》《紅葉傘糸錦色木（善知鳥）》など、常磐津節の他曲にも使用例のある旋律である。もっとも現伝承が同書刊行時と同様とは限らないため、断定はできない。英寿師は「『クラヰ』『半位』ともに現行の旋律型呼称にはない。重みを以て語る武家物の位取りに関係した用語ではないか」と推測された。

四　富本節

「基礎資料」抽出曲例は、安永五年（一七七六）初演の《百夜菊色の世中（略称《檜垣》《関寺》）》のみである。A、C

『桜草集』には下の巻の冒頭「五蘊かりに形をなし」の前に「平家」とあり、Gには同じ箇所に「平家　カヽリ」とある。富本節の伝承は現在、消滅したと言ってよい状況にあるため[34]、旋律の確認は難しい。しかし、この曲には東京音楽学校邦楽調査掛採譜による五線譜が残されている（譜7）。それによれば、冒頭の三味線は前掲『老の戯言』の「半位」の旋律に類似する。続く浄瑠璃は自由リズムの詠唱的旋律で、合間に短い音型の三味線が入る。該当詞章は、難解な仏教語を用いて関寺の老女の嫉妬の物語を暗示する部分である。

ところで、前章・譜6の「平家がかり」は富本節にも使われている。前掲東京音楽学校採譜の五線譜および日本近代音楽館蔵の田中正平氏採譜による五線譜によれば[35]、次の曲例がある。

《年朝嘉例寿》	略称《長生》	寛延二（一七四九）
《夫婦酒替奴中仲》	略称《鞍馬獅子》	安永六（一七七七）
《新曲高尾懺悔》	略称《高尾》	天明二（一七八二）
《母育雲間鴬》	略称《山姥》	文化二（一八〇五）
《幾菊蝶初音道行》	略称《忠信》《吉野山》	文化五（一八〇八）
《名夕顔雨の旧寺》	略称《田舎源氏》	嘉永四（一八五一）
《家桜幾歳三番叟》	略称《家桜三番》	安政四（一八五七）

《高尾》《山姥》《忠信》《田舎源氏》には冒頭に「平家がかり」がある。《長生》は、「半位」に類似した三味線で始まり、詠唱的で自由リズムの浄瑠璃「あらたまの」となる。続いて三味線はナガシの手、同音二音の繰り返しを奏し、再び詠唱的な「年の始めに」の浄瑠璃となる。「筆取りて」から「君が代の」までは拍節的な浄瑠璃と三味線。その後に「平家がかり」の三味線が現れ[36]、自由リズムで詠唱的な「長生の家こそ」の浄瑠璃に続く。その終わりで三味線は

ナガシの手を奏する。つまり、この曲には『老の戯言』の「半位」「クラヰ」の両方が使われ、いずれも、詠唱的な自由リズムの浄瑠璃の直前に出現し、三味線のナガシの手を伴う。

ところで『古語大辞典』（小学館、一九八三）によれば、「かかり」の動詞である「かかる（懸かる・掛かる）」には、①「関係する。掛かり合いになる」、②「物事に取り掛かる。着手する」などの意味がある。『声曲類纂』「さはり」の一つの「平家がゝり」は①の用例である。河東節や一中節にも同様と思われる例があった。「平家」「ヘイケ」と同意とも言える。一方、常磐津節や富本節の三味線の旋律型「平家がかり（クラヰ）」の場合には、チャチャチャチャチャンと和音を連続する音楽様式が平家琵琶の「拾撥」「三重」などに見られる複数弦を一気に弾く技法を模倣したと解釈すれば①の用例である。しかし、「平家がかり」に続く浄瑠璃の部分の音楽様式も参照すれば、『平家』『ヘイケ』へのキッカケとなる三味線旋律」、すなわち②の用例とも考えうる。同様に、《檜垣》「平家」や富本節《長生》冒頭に現れる「半位」に類似した旋律も、複数弦を同時に弾く技法、続く浄瑠璃の特徴に照らせば、①②を兼ねる「平家がかり」に含め得る様式である。浄瑠璃に対する「平家」「ヘイケ」の呼称が現行しない一因は、浄瑠璃の旋律の多様化に伴い、作曲時や教習時における旋律型の必要性が薄くなったことにあろう。これは浄瑠璃を対象とする他の呼称にも当てはまる事情である。しかし、三味線の旋律型のうち、譜6の旋律のみが「平家がかり」と呼ばれて現行する経緯はわからない。呼称としての定着の時期も、正本類の記載からは断定できない。本稿の検討では富本節の《長生》が「平家がかり」の最古例であった。

なお、A、C（『櫻草集』）、東京芸大蔵の『富本稽古本』の《長生》には、「半位」類似旋律による冒頭に「ハシル」、「平家がかり」で始まる「長生の」の部分に「謡」「ウタヒ」とある。「謡」「ウタヒ」は種目を問わずに用いられ、謡曲より詞章を引用し、謡曲の音楽様式を模倣する。浄瑠璃は吟誦的な旋律[37]を主とするが、三味線と同時進行しない点、四度や五度進行を含む点は「対象旋律」と類似する。「平家がかり」に続く浄瑠璃を「ウタヒ」「謡」とする正本の例は、次項清元節の《北州》にもある。河東節の《江の島》の例も含め、正本記載上の「対象旋律」と「謡」の区分は混乱している。

五　清元節

既述のように「対象旋律」には、浄瑠璃および三味線の旋律型を示す例（「平家」「ヘイケ」「平家ガヽリ」など）と譜6の三味線の旋律型のみを示す例（「平家がかり」）があり、後者の場合でも、続く浄瑠璃には前者に類似した様式が見られる。「基礎資料」による清元節の前者の曲例は《百夜菊色の世中（略称《檜垣》）》（E）で、これは富本節からの移曲である。五世清元延寿太夫家の秘伝書『虎の巻』[38]には「三十六節別ニ口伝」と題して「ヲトシ」「三重」「七ツユリ」などの旋律型名称を列挙し、その一つに「平家カカリ」を記すが、「関寺小町五蘊かりに形なし云々」と《檜垣》を曲例とする。

一方、清元志佐雄太夫師によれば、常磐津節と同様、現行呼称の「平家がかり」は後者の三味線の旋律型を指し、浄瑠璃を対象としない。次に「基礎資料」の該当曲例も含めて「平家がかり」を用いる清元節の曲例を示す。[39]

《栄能春延寿》　略称《長生》　E　富本節より
《夫婦酒替奴中仲》　略称《鞍馬獅子》　富本節より
《新曲高尾懺悔》　略称《高尾》　富本節より
《幾菊蝶初音道行》　略称《忠信》《吉野山》　富本節より

《再春菘種蒔》	略称《舌出し三番》	A E	一八一二（文化九）
《今様須磨の写絵》	略称《須磨》	E	一八一五（文化一二）
《北州千歳寿》	略称《北州》		一八一八（文政一）
《玉兎月影勝》	略称《玉兎》	E	一八二〇（文政三）
《歌へす歌へす余波大津絵》	略称《座頭》《大津絵》		一八二六（文政九）
《梅の春》[40]		E	一八二七（文政一〇）？
《〆能色相図》	略称《神田祭》		一八三九（天保一〇）
《日月星昼夜織分》	略称《流星》《夜這星》	E	一八五九（安政六）
《豊春名集寿》	略称《名寄せ》		一八七一（明治四）
《忍逢春雪解》	略称《三千歳》		一八八一（明治一四）
《津山の月》			一九二四（大正一三）

曲例のうち《鞍馬獅子》《座頭》《津山の月》は前弾ではない。《座頭》《津山の月》《名寄せ》は「平家がかり」の変形である。《座頭》《津山の月》以外は自由リズムの詠唱的浄瑠璃に続く。浄瑠璃部分の長さは曲ごとに異なるが、長い浄瑠璃に続く《舌出し三番》《北州》《三千歳》では合間に三味線が挿入される。《玉兎》《座頭》《神田祭》《流星》《津山の月》を除いては、三味線のナガシの手で一段落となる。「平家がかり」で開始し、詠唱的浄瑠璃を経て、三味線のナガシで終わる様式は、富本節《長生》の「長生の家こそ」と同じであり、富本節の影響と思われる。「平家がかり」の最古例である《長生》は、初世富本豊前掾が常磐津節より独立した際に作曲したと伝えられる。「平家がかり」が富本節に始まるとまでは言えないが、豊後三流における現行曲例の作曲年代を比較すると、富本節を中心に他流に

普及した可能性を推測する。清元節ではとくに頻用され、難解な語句で始まる曲や武張った題材の曲に限らずに使われている。格調の高さを演出する音楽的機能は他流と共通である。志佐雄太夫師によれば、《玉兎》《流星》は軽く、《北州》は重々しくというように、曲に応じた弾き分けがある。

六　新内節

「基礎資料」に該当曲例はない。しかし、岡本文弥『新内曲符考』（同成社、一九七二）には、正本類に記される用語譜（同書では「曲符号」と称する）の一つとして「ヘイケ」を挙げ、「平家ナランカ」と説明する。《明烏後真夢》（略称《真夢》）（安政四・一八五七年）の「きいて女は顔ながめ」、《関取千両幟》（略称《千両幟》）の「ふってやる稲川が」、《一谷嫩軍記》（略称《一の谷》）の「玉のようなるおんよそおい」の三例が示されている。文弥師による傍線の指定は「ヘイケ」を浄瑠璃に対する呼称として捉えた結果と解釈できる。三例の旋律を比較すると、詠唱的浄瑠璃の合間に同音二音の三味線が挿入される[41]様式が共通する。浄瑠璃の音高は曲ごとに異なっているが、《真夢》と《一の谷》はやや似ている。同書の附録テープに収録された、文弥師自らの演奏による《千両幟》の該当部分は譜8[42]の通りである。

ところで新内節の代表曲《若木仇名草（蘭蝶）》のクドキ「縁でこそあれ」は譜9の通りである。この浄瑠璃の旋律を文弥師は「ウレイブシ」と呼び、その歌い出しをとくに「ウレイカカリ」とする。[43]冒頭の三味線の旋律は豊後三流の「平家がかり」に類似するが、特別の呼称を持たない。[44]《明烏夢泡雪》（略称《明烏》）、《帰咲名残命毛》（略称《伊太八》）のクドキをはじめ新内節に頻出する旋律である。現行の新内節は明治末期から大正期に活躍した七世富士松加賀太夫の影響が大きく、《蘭蝶》にしても、作曲当初と現行の伝承が同じとは限らない。したがって、この三味線の旋律がいつ頃より新内節で使用されたかは不明である。しかし、この旋律が詠唱的な浄瑠璃のキッカケとなっている点は「平家がかり」との接点を感じさせる。なお、一中節の《尾上の雲賎機帯》にも類似した三味線がある（冒頭「思ひ廻せば卯の花の雪」の後）。「平家がかり」も含めて、豊後係浄瑠璃内での関連があった可能性は高い。

七　義太夫節

義太夫節の基本的な音楽構造である「詞」「色」「地」のうち、「地」に含まれる旋律型名称に「平家」がある。丸本や床本のみでなく、義太夫節の手引書類[45]にも散見する名称である。たとえば『要曲異見嚢』（文化八序・一八一一）には「諸流之節名」として、『浄瑠璃道しるべ』（嘉永二・一八四九書写）には「フシの名」として、『浄瑠璃発端』（一八五九・安政六成稿）には「章ニ有ふし地の名」として、「平家」を記す。また『浄瑠璃節章揖』（安永六・一七七七）と『要曲異見嚢』には《国性爺合戦》四段目「九仙山」の「柳桜をこきませて……おびたりし」、『浄瑠璃発端』には《義経千本桜》二段目「渡海屋」の「伏拝給ふ……気もきへぎゑ」「指差方に……都有とハ」「かきなでて……帝をしつかと、だき上て」と《平家女護島》二段目「鬼界ヶ島」の「此哀をなどか、しらざらん」を例として挙げ、さらに同書では「平家」の「早」として《一谷嫩軍記》二段目「須磨組討」の「兼て亡身と、知故に、思ひ置事」も挙げる。いずれも詞章に墨譜を添えて例示している。以下この四例に加え、「基礎資料」および『近松全集』（「近」と略記）において「平家」を含む曲例を示す[46]。

《千載集》二段目　　近　　一六八六（貞享三）頃

《薩摩守忠度》二段目　　近　　一六八六（貞享三）

《盛久》三段目　近　一六八六〜七（貞享三〜四）以降
《津戸三郎》三段目　近　一六八九（元禄二）
《悦賀楽平太》三段目　近　一六九二（元禄五）
《天智天皇》三段目　近　一六九二（元禄五）
《蟬丸》三段目　N、近　一六九三（元禄六）以前
《南大門秋彼岸》下之巻　近　一六九九（元禄一二）以前
《松風村雨束帯鑑》三段目　近　一七〇七（宝永四）以前
《相模入道千疋犬》四段目　近　一七一四（正徳四）以前
《国性爺合戦》四段目　J　一七一五（正徳五）
《平家女護島》二段目　一七一九（享保四）
《津国女夫池》四段目　O、近　一七二一（享保六）
《義経千本桜》二段目　P、M　一七四七（延享四）
《一谷嫩軍記》二段目　一七五一（宝暦一）
《仮名写安土問答》初段　Q、近　一七八〇（安永九）

このうち《千戴集》《盛久》《南大門秋彼岸》は宇治加賀掾正本である。加賀掾正本では他に《菅丞相乱曲》にも「平家」の記載がある。[47]旋律は不明であるが、初期の義太夫節の「平家」に影響を与えたと推測する。

曲例の多くは鎌倉・室町期に舞台を設定した時代物であり、『平家物語』を主とする軍記物語の登場人物と関連する。祐田善雄「文楽用語」（M）の「平家」の説明には「太夫は産字とカンの音の扱いに、また三味線は美しく荘重な

旋律に特色があり、悲壮感を強調する所によく用いる」とあるが、該当詞章の多くは、過去を振り返る場面や死に直面した場面など、「諸行無常」「盛者必衰の理」に象徴される悲哀感と結びついている。《蝉丸》《相模入道千疋犬》の場合は、盲人が琵琶を奏する場面でもある。「平家」の終止は「ナヲス」などの用語譜により判断でき、他種目の「対象旋律」に比較すると、該当詞章の長さに特徴がある。《義経千本桜》では、前掲の三例の該当詞章が「詞」をはさんで連続しており、入水直前の安徳帝の場面を音楽的に盛り上げている。なお、『浄瑠璃発端』掲載の《平家女護島》《一谷嫩軍記》は該当詞章の短い例であるが、両曲の丸本類には「平家」の指定がない。「平家」の記載の省略については、『章句故実集』(文化一二・一八一五書写)[48]および同書とほぼ内容の一致する『豊竹章句三絃調』に説明がある。「所ニ依テ節ヲ書ざる事」(目次には「所ニよって節ノ名を書ざる事」)「脇場に遠慮すべき章ノ事」の項のそれぞれに「平家」を挙げ、「一句切にてなをす所ハ節の名ヲかゝず章にてしらすべし」「むつかしき節は脇場に付ぬ物なれ共、品に依ツて付る事有。其時ハ節の名を書べからず」とある。

「平家」の旋律は《平家女護島》の場合、譜10の通りである。[49]前述のように、この曲の丸本類に「平家」の記載はない。Jと「近」には、「もとよりも此島は。鬼界が島と聞なれは」から「謡」が開始、譜10の前半にあたる『浄瑠璃発端』例示部分を経て、譜10の最後の「とふやらん」に「ナヲス」と記されている。『浄瑠璃発端』例示部分より前の音楽様式は、三味線を伴わず、吟唱的浄瑠璃である点で譜10の様式とは異なっており、謡曲の模倣と思われる。一方、譜10の部分は、詠唱的な浄瑠璃、オクターブまたは五度によるアルペジオ風の三味線の音型、浄瑠璃の引き延ばし部分での三味線の同度三音の反復とナガシに特徴がある。この特徴は「平家」の記載のある《義経千本桜》該当部分の様式と共通する。[50]「平家」は「地」[51]の一部を成す「節」(他の種目からの引用旋律)に含まれるが、平曲の様式的特徴の一端が現れている。

なお、前掲『三絃楽史』には《源平布引滝》四段目「松波検校琵琶の段」（天保八・一八三七増補）の「いざやうたはんこれとても」も「平家」とする。[52]この曲では、琵琶の音に似せる目的で、二つの駒を用いたり、金属製の駒を用いて三味線を奏する。[53]

八、長唄

「基礎史料」のB『新編　江戸長唄集』には、《鞭桜宇佐幣》（明和一・一七六四）の「実に要害の一の谷」の前に「平家」、《琴歌　鬮の笛》（安永六・一七七八）の冒頭「さる程に御曹司は」の前に「平家ガカリ」とある。前者は能《忠度》と同趣向の内容による長唄と大薩摩の掛合曲で、該当詞章は大薩摩主膳太夫（二世か）の担当であった。後者は「御曹司は」の後に「合ナホス」とあり、歌の様式を含む呼称として「平家ガカリ」を用いる。いずれも旋律はわからない。また前掲『三絃楽史』には、《老松》（文政三・一八二〇）の「糸竹の縁に」が「平家」、《官女》（文政一三・一八三〇）の「生田の森の」が「平家クヅシ」とある。稀音家義丸師は杵屋栄二師より同様の口伝を受けられた。しかし、現行の旋律からは二曲に共通する特徴および平曲との関連を指摘できない。

一方、豊後三流の「平家がかり」（譜6）と同様の三味線の旋律型は長唄にも使用されている。《官女》と《末広がり》（嘉永七・一八五四）の冒頭にある。この旋律型の呼称を吉住小十郎「大薩摩四十八手」（『邦楽』三巻四号、一九一七年四月）では「異カヽリ」とし、浅川玉兎解説『大薩摩節』（日本ビクター、一九六八）には「異ガカリ　柔らかく上品であるが、弱々しいので大薩摩にはほとんど用いられない」と説明している。

《官女》は本名題を《八島落官女の業》と言い、平家残党の官女を主人公とする。「異ガカリ」に続く置唄の「見渡せば」が詠唱的な自由リズムであり、三味線のナガシで一段落する音楽様式は富本節・清元節の例に似る。《末広がり》は『平家物語』と内容的に関連せず、置唄冒頭より拍節的様式となる。なお、「異ガカリ」に類似した三味線の旋律型は《雛鶴三番叟》（宝暦五・一七五五）の「ところ千代まで」の前にもある。義丸師によれば、この旋律型に対する呼称はない。この曲には後年の編曲が加えられており、現行の伝承が作曲当時と異なる可能性もあるという。また、義丸師によれば、遠藤盛遠を主人公とする《鳥羽の恋塚》（明治三六・一九〇三）の前弾が琵琶を模した旋律と伝えられている。

まとめ

「対象旋律」に種目を越えた統一的様式はない。いずれも各種目における平曲へのイメージを具体化したものと考えられる。『平家物語』を主とする軍記物語の展開や登場人物との直接的な繋がりのみでなく、難解な漢詩文、悲壮な場面を該当詞章とする例もあったことがそれを示す。また音楽的には、多くの場合、自由リズムによる詠唱、アルペジオ風の三味線の音型、声と三味線の分離に特徴が見られたが、これも平曲の多様な音楽様式より、選ばれた一面を模したものである。イメージとしての江戸庶民の平曲受容を映し出していると言えよう。「対象旋律」を使用する機能としては、特定の情感や音楽構造との関連が見られた。徳丸吉彦氏は「三味線音楽における引用」（『日本の美学』四、一九八五）において、引用の意味を「先行物に固有な表示的意味を伝達するため」「先行ジャンルに固有の主題を導入するため」「統語的変化のためのみ」に三区分しているが、いずれにも「対象旋律」の該当例がある。

「対象旋律」は、曲が成立した時点における平曲の伝承を模倣した結果というよりも、「平家がかり」を顕著な例として、先行曲あるいは先行種目においてイメージから結実した様式を継承した結果である例が多かったと考える。「対象旋律」は、平曲の引用でありながら、ある曲から別の曲へ、ある種目から他の種目へと引用される、二重の引用構造を示している。渥美かをる氏は「浄瑠璃の詞章と曲節との関係――初期より義太夫出現に至る迄の――」(『近世文芸』第一号、一九五四年十月)において、ほぼ平曲のままに語られていた発生期の浄瑠璃が、平曲の作曲法を踏襲しながらも、義太夫の出現によって、詞章を生かし、演劇的効果を高める方向で発展するに至る経緯を述べている。その経緯に照らせば「対象旋律」は過去の遺物であるが、様々な声の表現の導入によって平曲と浄瑠璃が分離する中で、遺物というよりも、声の表現に豊かさを加える一要素として生かされてきたと言えるだろう。

最後になったが、本稿を書くにあたって、植田隆之助、太田暁子、蒲生郷昭、稀音家義丸、清元志佐雄太夫、杉浦聡、田中悠美子、常磐津英寿、常磐津文字兵衛、前原恵美の諸氏をはじめ、多くの方より御教示を頂いた。心よりの御礼を申し上げたい。

注

(1) 江戸時代に成立した音曲の意味で用いる。

(2) 井野辺潔「声明・平曲の影響」(日本古典音楽大系第一巻『雅楽・声明・琵琶楽』、講談社、一九八二)。

(3) 時田アリソン「中世的語り物(平曲)と近世的語り物(義太夫節)の重なるところと異なるところについて――歴史的研究のこころみとして」(楽劇学会　第8回例会、一九九五年四月一五日口頭発表)。

(4) 該当曲例は【曲名】【典拠資料】【初演年】の順に列挙するが、【　】内の項目名の記述は以下の章では省略する。「基礎資料」のBCDについては書名を併記した。初演年については、東京音楽学校編『近世邦楽年表』「常磐津・富本・清元之部」(一九

一二)、同「江戸長唄附大薩摩浄瑠璃の部」(一九一四)、同「義太夫節之部」(一九二七)、国立音楽大学音楽研究所編『正本による近世邦楽年表(稿)――享保から慶応まで――』(国立音楽大学音楽研究所年報第11集別冊、一九九五)、『日本音楽大事典』(平凡社、一九八九)、竹内道敬編『河東節二百五十年』(河東節二百五十年刊行会、一九六七)、竹内道敬「宮古路節綜合年表」「半太夫節考」(『近世芸能史の研究』南窓社、一九八二)、『義太夫年表　近世編』(八木書店、一九七九〜一九八〇)を参照した。

(5) 中川愛氷『三絃楽史』では、該当詞章を「神徳をうやまひ給ふと承る」とする。

(6) 前掲『三絃楽史』では「ウツリ平家」とする。「基礎資料」には、「平家」の前に「スエ引ウツリ」とあるため、「ウツリ平家」である可能性もある。ただし「ウツリ」は「基礎資料」の他例を見ると、単独で出現することが多い。実態が不明であるため、本稿では「平家」として抽出した。なお《常磐の聲》は能《砧》に典拠し、この部分も能からの引用である。さらに『新朗詠和歌集』からの引用でもある。

(7) 『燕石十種』第二巻を参照。『温知叢書』十の翻刻には該当箇所がない。なお、河東節の旋律型に関連する記述としては、『奈良柴』(一七六四〜一七六七頃)に紹介される「三重」の類の列挙が先行する。

(8) 『河東節全集』によれば、該当詞章を「シラ」とする古正本がある。東京芸大蔵『古版河東節正本集』の該当詞章には、用語譜の指定がない。

(9) 前掲『三絃楽史』では、《江の島》「三千世界は眼の前に」を「ウタヒヤツシ」とする。この部分は『和漢朗詠集』に典拠するが、能《三笑》にも同じ詞章がある。

(10) 譜1と2は『河東節全集』の採譜。音高は三味線のIをHとし、スクイなどの奏法は省略。譜3は芸大蔵の五線譜より、声の引き延ばしを示すスラーや速度表記などを省いたもの。以下、邦楽調査掛の五線譜を例とする場合には同様に整譜。

(11) 小泉文夫『日本傳統音楽の研究1』(音楽之友社、一九六〇)による。完全四度の核音によるテトラコルドに短三度の中間音をもつ。

(12) 平野健次「語り物における言葉と音楽」(『日本文学』三九巻六号、一九九〇。再録『平家琵琶――語りと音楽――』ひつじ書房、一九九三)における旋律の様式分類。音の引き延ばしの多いメリスマ型の旋律。

(13) 平曲の詠唱的旋律を代表する「初重」「中音」「三重」は音域と楽曲構成上の機能により分類でき、その枠組は講式の「初重」「二重」「三重」より摂取した。薦田治子「平曲の音楽史的研究に向けて」(軍記文学研究叢書7『平家物語　批評と文化史』汲古書院、一九九八)。

(14) 《一瀬川》には、『江戸節根元記』に指定する「夫遠寺の鐘の」以降にも、同じ様式の浄瑠璃が続く(「沙窓空しく暮れ、また明けなんとしては別れを催す枕の鐘」まで)。同部分にて三味線は、やや長い旋律やナガシを浄瑠璃に並行して奏する。概して、用語譜としての旋律型名称は旋律の開始を示すため、該当旋律の終わりの判断は難しい。

(15) 竹内道敬「翁・三番叟」『河東節全集』解題。

(16) 《式例和曽我》の東京芸大蔵正本には、「ヘイケ」に続き「〳〵のよるのゆき」の一字ごとに胡麻点がふられている。

(17) 『平家物語』詞章との対照には『天草版　平家物語語彙用例総索引』(勉誠出版、一九七三。再刊一九九八)、『平家物語〈高野本〉語彙用例総索引』(勉誠出版、一九九六)を参照。

(18) 蒲生郷昭『「歌謡音曲集」による一中節旋律型一覧表』(私家版)参照。

(19) 前掲『三絃楽史』には「十万里の波立つる」を指定。

(20) 五世菅野序遊の浄瑠璃・菅野序柳の三味線による、昭和三十二年三月一〇日演奏のテープ(杉浦聡氏蔵)を採譜。

(21) 右記(20)の演奏とは一部異なる。(20)の方が四度・五度進行の詠唱的旋律が多い。

(22) 杉浦聡氏蔵。

(23) 杉浦聡氏蔵。

(24)『宮古路月下の梅』には諸版ある。宮古路豊後の絶頂期（享保一八〜一九）に出版されたと推測される版（竹内道敬氏蔵）には、《風流龍神揃》以外の曲は収録されていない。「基礎資料」Cの版は享保十九〜元文二年の出版と推定されている。竹内道敬「『宮古路月下の梅』諸本考」（『近世邦楽研究ノート』名著刊行会、一九八九）「『宮古路月下の梅』追考」（『近世邦楽考』南窓社、一九九八）参照。

(25) 前掲『近世邦楽年表』「常磐津・富本・清元之部」参照。

(26) 町田博三（嘉章）編『江戸時代音楽通解』、百十九〜二十頁。同書によれば常磐津志津太夫社中の蓄音機による録音がある。前原恵美氏によれば最近、復曲演奏された。

(27)『音曲叢書』第三編（演芸珍書刊行会、一九一五）参照。

(28) 前原恵美「常磐津節における旋律型の基礎研究」（東洋音楽学会第五〇回大会、一九九九年一〇月一六日口頭発表）によれば、竹内道敬寄託文庫および早稲田演劇博物館所蔵の《子宝三番叟》正本のいづれにも「平家」の指定はない。前掲『三絃楽史』には「かすみ長閑にあけそめて」を指定。

(29)『常磐津千東勢太夫・常磐津菊三郎の芸術』（東芝EMI、一九七九）より採譜。

(30) 表記は平仮名・片仮名にこだわらないが、本稿では便宜上「平家がかり」とする。

(31)《鴛鴦》は、常磐津菊三郎による昭和二十九年の復曲・作曲。

(32) 同書の「前弾」は、曲例から考えて、浄瑠璃の前に弾かれる三味線の旋律を指す。曲の冒頭とは限らない。

(33)『老の戯言』には「置浄瑠璃繻の部」の「クラキ」の例に《蜘蛛の糸》を挙げるが、同書記載の詞章の該当箇所および旋律は不明。

(34) 竹内道敬「富本節」（『日本音楽大事典』平凡社、一九八九）五三六頁。

(35)《長生》《高尾》《忠信》《家桜三番》は東京芸大蔵。《長生》《鞍馬獅子》《山姥》《田舎源氏》《家桜三番》は日本近代音楽館

蔵。日本近代音楽館蔵の楽譜は三味線譜に浄瑠璃の詞章を添える体裁。小節線の有無で拍節的浄瑠璃であるか否かを判断できる。

(36) 富本節《長生》は「長生の家」から語り出すこともある（『歌謡音曲集』四九五頁）。日本近代音楽館蔵の五線譜はこの部分からの採譜である。また『日本音楽集』（『世界音楽全集』第一八巻、春秋社、一九三一）にも、田中正平氏の採譜による同じ部分からの楽譜が掲載されている。清元節への移曲は「長生の家」を冒頭とする。

(37) 前掲「語り物における言葉と音楽」における旋律の様式分類。同音反復の多いシラブル型の旋律。

(38) 五世延寿太夫『延寿芸談』（三杏書院、一九三三。再録『日本の芸談4　舞踊邦楽』九芸出版、一九七九）参照。

(39) 浅田正徹『清元標準譜本』を参照。

(40) 前掲『三絃楽史』には「四方にめぐる扇巴や」を指定。

(41) 下線直前がとくに特徴的。下線の前の浄瑠璃も自由リズムで詠唱的旋律である。

(42) 譜8・9は『新内曲符考』附録テープより採譜。

(43) 『新内曲符考』四十七頁。

(44) 杉浦聡氏の御教示による。

(45) 『日本庶民文化史料集成　第七巻　人形浄瑠璃』（三一書房、一九七五）を参照。

(46) 『近松全集』所収曲の該当詞章は、山根為雄「『近松全集』音曲用例一覧」（『近松研究所紀要』第四号、一九九三）に掲載。

(47) 『浄瑠璃名作集　下』（「日本名著全集」江戸文芸之部　第七巻、一九二九）所収の影印の正本を参照。解題十一頁。

(48) 『音曲叢書』（演芸珍書刊行会、一九一五）参照。

(49) 『義太夫節の精華　竹本越路大夫』（ＮＨＫサービスセンター、一九九三）所収曲を、三味線のⅠをＧとして採譜。

(50) 田中悠美子『義太夫節の旋律型』（東京芸術大学音楽学部卒業論文、一九八三年提出）に、『義太夫節の曲節』（日本ビクター、一九六七）に収録される《義経千本桜》「平家」の採譜がある。

(51)「地」は、「節」と義太夫節オリジナルの旋律である狭義の「地」から成る。

(52)『義太夫節の曲節』（日本ビクター、一九六七）では「いざや……魂を動かずといふことなし」を該当詞章とする。

(53) 田中悠美子氏の御教示による。

［譜1］河東節《式三番翁》　採譜：野川

［譜2］河東節《秋の霜》　採譜：野川

［譜3］河東節《常磐の聲》　採譜：邦楽調査掛

［譜4］一中節《頼光衣洗の段》　採譜：野川

［譜5］常磐津節〈子宝三番叟〉　　採譜：野川

［譜6］「平家がかり」

［譜7］富本節〈百夜菊色の世中〉　　採譜：邦楽調査掛

［譜8］新内節〈関取千両幟〉　　採譜：野川

［譜9］新内節〈蘭蝶〉　　採譜：野川

［譜10］義太夫節〈平家女護島〉　　採譜：野川

（譜例作成協力：佐野隆）

語り物研究主要論文目録とその解説

——軍記語りを中心に便覧的に——

藤井奈都子

凡例

一、「語り物」「語り」というタームでくくられる範囲は広く、その周辺にまで目配りすると、かなりな分量となる。また、近年は後掲の如き種々の目録類が刊行整備され、現実に語り物の中でも或る特定のテーマに関して網羅的に文献を検索する場合には、語り物という広いタームでピックアップし羅列したのみの目録は、補助的な役割しか果たし得ないと思われる。更には紙幅の都合もあって、本稿は、網羅的な目録ではなく、「軍記語りと芸能」という本巻のテーマに沿って、語り物の特に軍記周辺の研究の近年の動向・関連研究文献の検索という点に留意して作製した、便覧的なものである事をお断りしておく。

結果、本稿は本巻テーマに沿って主要と思われる文献を、比較的近年のものに限って挙げた、恣意的なものであり、遺漏等の責は筆者にある。また、構成上、些か偏向的で奇異な形式となってしまった事を、お詫びする。

一、本稿は、原則的に、近年—平成元（1989）年以降同九（1997）年迄に発行された、語り物（軍記周辺）、及びその周辺に関する研究書類で主要と思われるものの内、特に複数著の論集を中心項目として発行年月順に掲げ、解説を加えた。単著の研究書及び雑誌等掲載の論文は、中心項目の解説中に関連文献として付載していく形で、出来るだけ納めた。紙幅の都合上、翻刻・複製類等、或はそれに限らず解説中に関連文献として当然掲げるべきもので、上記の原則に沿って外したものも多い。また、重複や分散を避けて、纏められるものは便宜的に一個所に纏めて掲げた。寛恕願いたい

一、本巻のテーマからは外れる文献、当該年次以前に発行の文献、及び詳細な文献検索には、他の文献目録類を参照されたい。参考までに主要なものを幾つか掲げておく。

語り物研究文献目録［〜昭50］（「軍記と語り物」12　昭50・10）／中世語り物主要翻刻・複製目録［〜昭60末］（「国文学解釈と鑑賞」51―4　昭61・4）／中世語り物研究書目抄［〜昭60・11］（同上）／続神道論文総目録（國學院大学日本文化研究所　1989第一書房）／新版　日本思想史文献解題（大倉精神文化研究所　1992角川書店）／絵解き研究文献目録［昭63〜平2］（「絵解き研究」10　1993・3　絵解き研究会）／仏教文学講座九　研究史と研究文献目録（1994勉誠社）／幸若舞曲研究文献目録（『幸若舞曲研究』各巻　三弥井書店刊）／国文学年鑑（国文学研究資料館　至文堂刊）／日本古典演劇・近世文献目録（園田学園大近松研究所　和泉書院）／軍記物語研究文献目録（「軍記と語り物」各号　軍記物談話会）／能・狂言関係文献目録（「能　研究と評論」各号　月曜会）

＊　＊

Ⅰ『伝承の古層―歴史・軍記・神話―』（水原一編廣川勝美編集　1991・5　桜楓社）

古代〜中世の時代区分を越えた、伝承そのものの奥底に潜む伝承の核へ向けての視座における方法論を意識し、伝承の古層へ向かう文学研究における探索途中での一つの成果たることを目指して編まれた一書。軍記語り及びその周辺に関わる論考が多く収載される。その目次は以下の通り。①軍記と伝承　水原一②『太平記理尽鈔』の「名義並来由」―『太平記』研究史の一章―　加美宏③いくさ語りの変容―『平家物語』の二つの断面―　小林美和④軍語りの古層―名のりの様式　谷口廣之⑤直談系の法華経注釈書にみる伝承の諸相　廣田哲通⑥本邦残存の「捨児三蔵」譚をめぐる一・二の問題　牧野和夫⑦宇治拾遺物語と〈猿楽〉　小峯和明⑧物語と王権―反国家としての物語―　古橋信孝⑨倭武天皇考―『常陸国風土記』の地名起源伝承―　神尾登喜子⑩唱導と王権―得長寿院供養説話をめぐりて―　阿部泰郎⑪『盛衰記』甘糟往生譚の背景―骨で語られるはなし―　渡辺貞麿⑫『今鏡』もしくは歴史の謎　深澤三千男⑬都市伝承としての地名―辻子の神・宗像―　廣川勝美

①（水原）→『中世古文学像の探究』（1995新典社）、（後掲Ⅳ―①）

②（加美）同氏「琵琶法師と太平記読み」等を受けて、『太平記』の近世における享受を『理尽鈔』に焦点を当てて考察→『太平記

の受容と変容』（1997 翰林書房）
＊＊関連・周辺諸論考　〈若尾政希〉「佐藤直正と太平記読み」（日本思想史学24　1992・9）、「「太平記読み」の歴史的位置―近世政治思想史の構想―」（日本史研究380　1994・4）
③（小林）延慶本と覚一本とにおける歴史語りの質的相違を表現レベルで捉え、延慶本の猥雑ともいえる構成に、いくさ語り本来の姿を認める→『語りの中世文芸―牙を磨く象のように―』（1994 和泉書院）、（後掲Ⅵ―⑰）、「中世弁慶物語の変奏（上・下）」（青須我波良50・52　1995・12、1996・12）
④（谷口）名のりの様式を軸として、テクスト内部に限定されない、語りの基層にある伝承世界の位相、古層にある始源的な位相との関連という視点から軍語りを考察する
⑥（牧野）本稿では割愛するが、氏には注釈学の分野で本巻テーマともクロスする論考がある→『中世の説話と学問』（1991 和泉書院）、（後掲Ⅳ―③）
＊＊〈黒田彰〉〈山崎誠〉〈村上美登志〉らの諸氏に近似分野で興味深い論考がある
⑦（小峯）本稿では割愛するが、氏には説話学の分野で本巻テーマともクロスする論考がある→『説話の森』（1991 大修館書店）、「説話の場と語り」（『説話の講座1』1991 勉誠社）
＊＊説話関連・及び周辺諸論考　『説話の講座2　説話の言説―口承・書承・媒体』『同3　説話の場―唱導・注釈―』『同6　説話とその周縁―物語・芸能―』（1991～1993 勉誠社）／『日本奇談逸話伝説大事典』（志村有弘・松本寧至編　1994 勉誠社）
⑩（阿部）「得長寿院供養」を軸に、それを取り巻く広汎な説話群を視野に収め、それらを支えた唱導と王権との関係にまで言及する。氏には説話学の分野で本巻テーマともクロスする、中世宗教関係の資料を駆使した論考がある→「中世の声」（国文学解釈と教材の研究37―14　1992・12）、「笑いにおける芸能の生成」（日本の美学20　1993）、「対話様式作品論再説」（名古屋大学国語国文学75　1994）、（後掲Ⅶ―⑥）、『湯屋の皇后』（1998 名古屋大学出版会）
＊＊〈山本ひろ子〉〈田中貴子〉〈桜井好朗〉らの諸氏に近似分野で興味深い論考がある

＊　＊

Ⅱ『平家物語と語り』（村上學編　1992・10　三弥井書店）

平成三年度国文学研究資料館共同研究「平家物語と語り物文芸性に関する研究」の成果報告。現存する『平家』本文のクローズ・リーディングを出発点とし、文学作品研究のパラダイムとしての〈語り〉と琵琶法師らによるパフォーマンスとしての「平家語り」の行為との異質性を意識しつつ、この二つの語りが本文の形式や変容にどのような意味を持ち、どのような役割を果たしているか、逆に形成された本文が「平家語り」をどのように規定しているかを追求すること、を前提として行われた研究発表・討議に基づいた論考七本と、国文学研究資料館蔵『平家物語』関係マイクロ資料解題とを納める。平家物語における「語り」の方面からの研究史を振り返り、ともすれば平行線を辿りがちな傾向にあった論議への反省に立ち、研究の更なる進展に向けて、「語り」なるものに対する認識の共通地盤の確立を模索する。その目次は以下の通り。①「かたり」の序説―戦略的に―　村上學②表現主体の設定と「語り」をめぐる試論―屋代本と覚一本の比較を通して―　志立正知③『平家物語』語り本系諸本における本文変化と〈語り〉　千明守④平家物語と語りに関する試論―「作品としての成立」にむけて―　松尾葦江⑤平家物語の〈草子地〉―延慶本を中心に―　横井孝⑥「いくさがたり」論の展望　佐伯真一⑦〈平家〉的表現の成立に関する一私論―「比は○月」をめぐって―　鈴木孝庸⑧国文学研究資料館蔵『平家物語』関係マイクロ資料解題（付所蔵者別索引）

①（村上）国文学研究における「語り」の研究史を振り返り、特に『平家』研究の分野では、平家語りに関して精力的に論考の発表を行っている兵藤裕己・福田晃・山下宏明の三氏を例に取って、生成論を視野に入れた「語り」との関わりにおいて、書かれた本文の意味が論者によって根底から違う事を指摘。その上で、氏自身の立場を、日本語という言語環境での「語り」を受容者への作用を引き起こす事によって完結される言語行為と捉え、作品が当代的だった時代の「語り」の機能と語り手の遠近法を読もうとするもの、と表明する→「幸若舞曲の統辞法へのアプローチ続稿」（『幸若舞曲研究第六巻』1990三弥井書店）、「語り本『平家物語』の統辞法の一面―幸若舞曲・『浄瑠璃物語』の表現法を足掛かりにして―」（中世文学35　1990・6）、「『平治物語』同文考」（『後藤重郎先生古希記念国語国文学論集』1991和泉書院）、（後掲Ⅳ―②）、「平家物語における語りと読み―禅僧の享受を媒介として―」（国文学40―5　1995・4）、「『平家物語』の〈かたり〉表現ノート」（名古屋大学文学部研究論集文学42　1996・3）

＊＊関連・周辺諸論考　〈福田晃〉「「曽我語り」の世界―真名本曽我物語の原風景（上・下）」（文学　1989・5～6）、「語り本の成

立―台本とテキストとの間―」(日本文学39―6　1990・6)、「物語唱音の系譜」(『室町藝文論攷』1991三弥井書店)、「ヨミの系譜―真名本曽我物語の場合―」(『講座日本の伝承文学4』1996三弥井書店)、『神道集』とヨミの縁起唱導―原神道集の可能性―」(『唱導文学研究　第一集』1996三弥井書店)／〈野中哲照〉「軍記・語り物研究への一提言」(國學院雜誌92―1　1991・1)

②(志立)→「『平家物語』の抒情的叙述―巻一～六におけるその効果・機能について―」(東北大学文芸研究123　1990・1)、「覚一本『平家物語』の「あはれ」と「かなし」―抒情的場面における評語から見た語り手の位置について―」(米沢国語国文19　1991・3)、「『平家物語』の表現主体―屋代本・覚一本の評語の異同をめぐって―」(軍記と語り物28　1992・3)、(後揚Ⅳ―③)、「『平家物語』における推量表現と表現主体―叙述方法としての「語り」論へ向けて―」(『菊田茂男教授退官記念　日本文芸の潮流』1994おうふう)、「『平家物語』における場面描写の方法」(軍記と語り物30　1994・3)

＊＊関連・周辺諸論考　〈川田順造〉『口頭伝承論』(1992河出書房新社)／〈山本吉左右〉『くつわの音がざざめいて』(1988平凡社)、「講演要旨もう一つの語り物」(駒沢短大国文　1989)／〈安井久善〉「古典軍記合戦譚の芸術的一側面」(『日本文芸思潮論』1991桜楓社)／〈菊池仁〉「口伝と聞書」(『説話の講座2』1991勉誠社)

③(千明)現存の一方流諸本に、語りを媒介としない本文変化を見て取り、「語り」と「本文」とがさ程離れたものではなかったとすれば、それ自体として変化し続ける「語り」をその時々の「本文」が拘束する関係と捕えられるとする

＊＊関連・周辺諸論考　〈谷口卓久〉「語りの力(その一)―「平家」語りにおける〈音と声〉の存在力―」(法政大日本文学誌要45　1992・3)、「身体の物語―〈音と声〉の存在力―」(朱夏7　1994・8)

④(松尾)近年の研究動向に触れつつ、原平家物語成立の解明へ向けて、諸本と平家語りの史的実態に焦点を当て、「語ることと書くこととの相互関係における成立」というテーマを提唱する→「盲法師が語る平家物語」(平曲鑑賞会会報13　1993・12)、『軍記物語論究』(1996若草書房)、「説得の文学『平家物語』―ことばの力・その一―」(椙山女学園大学研究論集28　1977)

＊＊関連・周辺諸論考　〈島津忠夫〉『平家物語試論』(1997汲古書院)

⑤(横井)語り手が姿を現す草子地を手がかりに広本・略本の差異を考察、両者は共通の「語り」の基盤の上にあり、その相違は「素材としての語り」の位相の差にあるとするとともに、王朝物語の伝統の残映も視野に入れる→(後揚Ⅳ―⑤)

＊＊関連・周辺諸論考〈日下力〉『平治物語の成立と展開』（1997 汲古書院）／〈栃木孝惟〉「文学の方法としての「語り」―保元物語を対象として―」（常盤国文7　1982・6）

⑥（佐伯）「いくさがたり」研究史を振り返りつつ、素材のリアルさが作品に反映するという従来の論を批判、独立伝承としての「いくさがたり」が持つ背景・伝統・社会的位相の多様性を指摘し、『平家』が、既に存在した様々な「語り」の基盤の上に乗って、それらが社会に占めていた位置に入り込んでいったという面を指摘する→（後揚Ⅳ―⑨）、（後揚Ⅵ―⑯）、『平家物語遡源』（1996 若草書房）

＊＊関連・周辺諸論考〈信田周〉「平家物語と琵琶法師」（親和女子大学24　1994・3）、「『徒然草』所載平家成立伝承考」（『日本文学の諸相』1997 勉誠社）／〈北川忠彦〉『軍記物論考』（1989 三弥井書店）／〈徳田和夫〉「絵と語りの芸能」（国文学解釈と教材の研究37―14　1992・12）、「悪態の狂歌問答説話―「酒呑童子」の酒宴歌謡を中心に―」（『講座日本の伝承文学4』1996 三弥井書店）／〈砂川博〉「琵琶法師考」（軍記と語り物26　1990・3）、「番外謡曲「屋島寺」の成立」（北九州大学国語国文学5　1991・12）、「尼崎大覚寺文書・琵琶法師・中世律院」（北九州大学文学部紀要比較文化論集1　1993・12）、「琵琶法師についての二、三の問題」（軍記と語り物31　1995・3）、「中世の大覚寺と琵琶法師」（尼崎市立地域研究資料館紀要地域史研究26―1　1996・12）

⑦（鈴木）語りと詞章との関係を平曲の曲節、様式といった方面から具体的に究明しようとする氏の、一連の論考の一つ→「平曲〈三重〉とその詞章」（新潟大学国語国文学会誌32　1989・3）、「聴き手の好み・語り手の分別」（平曲鑑賞会会報9　1989・12）、「郢曲と平家物語・平曲」（新潟大学国語国文学会誌34　1991・3）、「語りものの変遷の一様相―平家物語・平曲を素材に―」（『叙事詩の世界』1992 新地書房）、「平曲における〈中音〉の位置とその意味」（新潟大学国語国文学会誌35　1993・5）、「平曲〈拾〉とその詞章」（新潟大学国語国文学会誌36　1994・6）、「中世日本の語りもの」（新潟大学放送公開講座テキスト　1994・6）、（後掲Ⅴ―⑤）、「近世における平曲伝承とそのテキスト」（国文学40―5　1995・4）、「平曲における和歌の扱い方について」（新潟大学国語国文学会誌39　1997・3）

＊　＊

Ⅲ『平家琵琶―語りと音楽―』（平家琵琶研究会編上参郷祐康編著　1993・2　ひつじ書房）

国語学・国文学・音楽学の各分野の研究者からなる平家琵琶研究会の成果が収められる。『平家正節』などの現存譜本の諸本から音曲上の変遷をたどり、現存の語り手を手がかりとして中世の平家琵琶の解明を目指す。平家琵琶研究の現段階を示すとともに、今後の研究の礎石ともなる一書。その目次は以下の通り。①平家の墨譜と言葉　石川幸子②平曲の言葉と旋律―音楽性から語音形へ―奥村三雄③覚一本平家物語の伝承をめぐって―室町王権と芸能―　兵藤裕己④平曲研究上の音楽理論用語の問題点　上参郷祐康⑤平曲の曲節名をめぐって　蒲生郷昭⑥曲節「下ゲ」の考　金田一春彦⑦平曲の曲節と音楽構造　薦田治子⑧語り物における音楽と言葉　平野賢次⑨平曲譜本の所収曲一覧　蒲生美津子⑩〈翻刻〉『當道大記録』（京都府立総合資料館本）　鈴木孝庸⑪平曲録音・映像資料一覧（市販分）　平野賢次⑫平家琵琶研究の展望　山下宏明

①（石川）②（奥村）⑤（蒲生）⑥（金田一）⑦（薦田）⑧（平野）近世の譜本を対象に、各々の角度からその曲節の克明な分析をする。①（石川）→「『平家正節』とアクセント―中音の「オサエ」について―」（上智大学国文学論集22　1989・1）、「『秦音曲鈔』をめぐって」（武蔵野女子大学紀要25　1990・2）、「近世平曲譜本の間物」（武蔵野女子大学紀要26　1991・2）、「『平家正節』の墨譜について」（武蔵野女子大学紀要27　1992・2）、「平曲譜本―イントネーションから解釈へ―」（国語国文64―4　1995・4）、「平家正節とアクセント」（国語学183　1995・12）⑤（蒲生）→「日本の音楽理論における「中」の概念について」（芸能の科学20　1992）⑥（金田一）→『平曲考』（1997三省堂）⑦（薦田）→「京都大学蔵「平家正節」―その成立事情と出典注記について―」（東洋音楽研究55　1990・8）、（後掲Ⅴ―③）⑧（平野）→「平家物語の音楽に対するアプローチ」（文学1―4　1990・10）

＊＊関連・周辺諸論考　〈上野和昭〉「平曲譜本にみえる動詞の接合アクセントについて」（徳島大学国語国文学3　1990・3）／〈榊泰純〉「平曲譜本考―池原遠旧蔵本の概略―」（大正大学大学院研究論集16　1992・3）／〈アリソン・トキタ〉「日本伝統音楽における語り物の系譜―旋律型を中心に―」（国際日本文化センター第73回日文研フォーラム　1996・3）

③（兵藤）当道座の成立の背景には足利将軍家の権威があり、それは『平家』が持つ源氏政権の起源説話としての意味、平家一門の鎮魂の物語を管理するのは源氏の氏の長者であるとの思想に起因して、語り物「平家」が、足利室町王権を荘厳する恰好の〈歴史〉語り（神話）の新芸能として機能したためとする。また、琵琶法師と時宗教団との間に密接な関係を認める→『王権と物語』（1989青弓社）、「デロレン祭文・覚書」（口承文学研究13　1990・3）、座談会「語りと書くこと―平家物語へ向けて―」（日本文学1990・

6）、「語ることと読むこと—太平記読みの周辺—」（江戸文学2—4　1990・11）、「座頭琵琶の語り物伝承についての研究（一）」（埼玉大学紀要教養学部26　1991・3）、「近世の討幕思想家と『太平記』—講釈芸をめぐって—」（国文学解釈と鑑賞56—8　1991・8）、「物語としての歴史」（史層を掘るⅡ『物語という回路』1992 新曜社）、「『平家』語りの伝承実態へ向けて」（『日本文学史を読むⅢ中世』1992 有精堂）、『日本文学研究の現状』古典（1992 有精堂）、「八坂本の成立—「平家」語りとテクストにおける中世と近世—」（『論集中世の文学　散文編』1994 明治書院）、『太平記〈よみ〉の可能性—歴史という物語—』（1995 講談社選書メチエ）、「鎮魂と供儀—琵琶語りのトポロジー—」（『仏教文学講座5』1996 勉誠社）、「口承文学総論」（『岩波講座日本文学史16』1997 岩波書店）

④（上参郷）在来の国文学研究者が平曲研究に使用した術語について、音楽学側から手厳しい批判を加える。↓「平曲研究上の学際的用語摩擦」（新日本古典文学大系月報27　1991・6 岩波書店）、「名古屋における当道の伝統」（1994 編　平成二年度科学研究費補助金による一般研究Ｃ「名古屋における当道音楽の研究」の報告書）

⑫（山下）平家琵琶研究の来歴を回顧しながら、語りと文字テキストとの関連を整理・論述する↓「平家物語と琵琶法師」（平家物語絵巻付録4　1990 中央公論社）、「いくさ物語と平家琵琶」（軍記と語り物27　1991・3）、『平家物語の成立』（1993 名古屋大学出版会）、『語りとしての平家物語』（1994 岩波書店）、「琵琶法師の平家物語」（国文学40—5　1995・4）「源氏再興のいくさ物語」（文学・語学150　1996・3）、『いくさ物語の語りと批評』（1997 世界思想社）

＊＊琵琶・盲僧関係及び周辺諸論考　『日本音楽大事典』（平野・上参郷・蒲生編　1989 平凡社）／『薩摩琵琶の真髄』（島津正編1993 ぺりかん社）／『歴史民俗学論集2　盲僧』（中野幡能編　1993 名著出版）／〈佐々木紀一〉「法橋長専のこと（上・下）」（国語国文60—5・6　1991・5、6）／〈永井彰子〉「音の道—琵琶の場合—」（国文学解釈と教材の研究37—14　1992・12）／〈菊池武〉「近世の琵琶（平家）法師—その活動と変遷—」（印度学仏教学研究41—2　1993・3）／〈森納〉『日本盲人史考—視力障害者の歴史と伝承—　金属と片眼神』（1993 米子今井書店）／〈広瀬浩二郎〉「中世盲僧と吉野・熊野」（山岳修験13　1994・3）、「日本文化史と中世盲僧」（芸能史研究127　1994・10）、「盲僧のイメージ」（歴史評論550　1996・2）／〈清水真澄〉「琵琶法師の修文—盛者必衰・聾者・障害—」（國學院雑誌96—1　1995・1）／〈谷合侑〉『盲人の歴史』（1996 明石書店）／〈今江廣道〉「久我家と当道座」（國學院大学図書館紀要9　1997・3）

＊　＊

Ⅳ『あなたが読む平家物語２　説話と語り』（水原一編　1994・1　有精堂）

編者の、『平家』の生成を、歴史という混沌としたものを題材とし、それに関わった人々は、誰も自分の見聞を語り合う「言語」を封鎖されてはいなかった状態から、とりとめのない情報の交錯がいつとはなしに作品として固成してゆくプロセスと捉え、それが具体的には「説話」の伝播・伝承という動態に他ならないとする視点から編まれた一書。その目次は以下の通り。①説話の群影　水原一②『平家物語』の「語り」性についての覚え書　村上學③〈語り〉の方法とテキスト　志立正知④唱導と延慶本『平家物語』―その一端・類聚等を通して―　牧野和夫⑤女人哀話考―小宰相と建礼門院と―　横井孝⑥文覚説話の文脈―延慶本『平家物語』における説話と物語―　生形貴重⑦〈清盛語り〉の生態―持経者伝承の系譜―　武久堅⑧六代をめぐる説話　岡田三津子⑨勧進聖と説話―或は「説話」と「かたり」―　佐伯真一⑩徳大寺家の人々をめぐって　櫻井陽子

②（村上）巻十一前半を考証。文字享受の性格の明確な延慶本が享受者の感情移入を拒絶するのに対し、覚一本には〈疑似語り〉によって享受者を場面に没入させる仕掛があると指摘。屋代本に見られる同文反復という「語り物」に普遍的な技法の分析を通して、その仕掛が〈読み本〉の持つ視覚的享受の方法を取り入れたものであるとする↓前掲（Ⅱ―①）

③（志立）文芸的叙述の方法として導入される〈語り〉を指摘。〈語り〉とテキストとの間に介在する〈書き〉の問題、〈語り〉の方法が文字テキスト化されていく回路についての十分な検討の必要性を説く↓前掲（Ⅱ―②）

⑤（横井）女たちの物語の背景に女たちの唱導とその系脈の存在の可能性を指摘↓前掲（Ⅱ―⑤）

⑥（生形）↓「『平家物語』合戦譚考」（同志社国文学13　1978・3）、「婆娑羅（バサラ）と茶―佐々木道誉と茶寄合―」（『茶道雑誌』1991・10河原書店）

⑦（武久）「言葉」「所業」「伝奇」「評言」を、語りもの文芸が人物の伝承を語り、伝承の中の人物像の造形を試みる際に広く適用された普遍的伝承様式と捉え、様々な顔を見せる人物を一つの物語の中に過不足無く包み込むのが、〈語り〉という文芸文化活動であるとする。その立場から「〈聖者清盛〉伝奇」に属する持経者伝承群を、「持経者伝承の系譜」上に返して把握、再検討する。↓『平家物語の全体像』（1996和泉書院）

＊＊周辺・関連諸論考　〈乗岡憲正〉『物語文学伝承論』（1991 おうふう）

⑨（佐伯）→前掲（Ⅱ―⑥）

＊　＊

Ⅴ **『あなたが読む平家物語5　平家語り　伝統と形態』（梶原正昭編　1994・9　有精堂）**

平家語り―平曲の享受の有り様を、文化史・比較文学的な視点とも絡めて編まれた一書。その目次は以下の通り。①『平家物語』と芸能―室町・戦国時代の琵琶法師と芸能活動―　梶原正昭②声明と平曲　澤田篤子③平曲（名古屋の伝承）　薦田治子④平曲（津軽の伝承）　新井素子⑤平曲・譜本と語り　鈴木孝庸⑥盲人と語り物―瞽女唄・段物を素材に―　福島邦夫⑦武勲詩と語り―『ロランの歌』を中心に―　神沢栄三⑧中国文学史における語り物　金文京⑨死ぬ女―韓国演劇史における語り物―　野村伸一

①（梶原）室町・戦国期における琵琶法師の活躍や『平家』享受の在り方を、語りの場と聴衆という観点から、多角的かつ具体的に跡づける→「「太平記」読みの登場」（国文學解釈と鑑賞56―8　1991・8）、「琵琶法師と『平家物語』」（りんどう18　1993・7）、『曽我義経記の世界』（1998 汲古書院）、『軍記文学の位相』（1998 汲古書院）

＊＊芸能史関連・周辺諸論考　『中世芸能史年表』（小高恭編 1992 名著出版）／『近世演劇史年表』（早稲田大学演劇博物館編 1998 八木書店）／『中世文学年表』（市古貞次 1998 東京大学出版会）／〈室木彌太郎〉『中世近世　日本芸能史の研究』（1992 風間書房）／〈安本雅彦〉「管弦講の音楽的実相」（伝承文学研究38　1990・7）／〈落合博志〉「鎌倉末期における『平家物語』享受資料の二、三について―比叡山・書写山・興福寺その他―」（軍記と語り物27　1991・3）／〈小笠原恭子〉『都市と劇場』（1992 平凡社）、「広場と芸能―その時空―」（国立歴史民俗博物館研究報告67　1996・3）／〈鶴巻由美〉「「平家」享受の一側面―室町の日記より―」（國學院雑誌96―6　1995・6）／〈福原敏男〉『祭礼文化の研究』（1995 法政大学出版局）／〈林家辰三郎〉『中世芸能史の研究』（1995）

②（澤田）仏教音楽研究の立場から、声明が平曲と関わり得た背景を「芸能」および「ことば」という側面から、そして両者の音楽面での具体的な関わり方をそれぞれ検討する

③（薦田）名古屋平曲の歴史をたどる→前掲（Ⅲ―⑥）

④（新井）幕末期、津軽藩士楠美家に伝えられた平曲伝承の流れが確立した事情と過程、現在に至るまでの経緯を明らかにする

⑤（鈴木）→平曲伝承に存する「ことば」へのこだわりを指摘。口頭伝誦においては、ある型を介することによってこそ伝承が可能であったことを想定すべきだと、〈語り〉の創造性という概念に対して再考をせまる→前掲（Ⅱ―⑦）

＊　＊

Ⅵ『講座日本の伝承文学3　散文文学〈物語〉の世界』（美濃部重克・服部幸造編　1995・10　三弥井書店）

〈物語・説話〉が「カミガタリ」「モノガタリ」「カタリモノ」の三つの伝承の様態をもち、それらが相互に三角形をなしつつ内容と表現を形成する要素として働いているとし、それぞれの様態において〈物語・説話〉と伝承世界とが関わる在り方を、具体的な問題を立ててそれぞれに論じた一書。その目次は以下の通り。（＊総論）①〈物語・説話〉の伝承　美濃部重克（＊カミガタリ）②神話の表現・叙述―民間神話から文献神話に及んで―　真下厚③神話の担い手―記紀成書化前夜の日継の奉誄者たち―　上野誠④神話と祭儀―「みあれ祭」をめぐって―　福田晃⑤神話と王権―大和朝廷から琉球王朝に及んで―　丸山顕徳⑥神話と寺社―『塩竈大明神御本地』をめぐって―　濱中修（＊モノガタリ）⑦方法としての伝承―平安前期物語をめぐって―　吉海直人⑧歌語りの叙述―伊勢物語・大和物語を中心に―　岡部由文⑨物語の型と虚構―源氏物語を中心に―　高梁亨⑩モノガタリの沈潜―『とはずがたり』をめぐって―　美濃部重克⑪擬古物語の類型―『住吉物語』と『狭衣物語』の影響関係をめぐって―　三角洋一⑫民間説話系統のお伽草子―庶民物を中心に―　真下美弥子⑬仮名草子の素材―釈迦八相物語を中心に―　花田富二夫（＊カタリモノ）⑭語り物とヒジリ―保元物語・為義最期譚の生成基盤―　山口泰子⑮語り物と鎮魂―『保元物語』から―　服部幸造⑯語り物と歴史―平家物語を中心に―　佐伯真一⑰語り物の周辺―真名本『曽我物語』の窓から―　小林美和⑱語り物の展開（1）―幸若舞曲の成立〈幸若舞の成立と展開〉―　須田悦夫⑲語り物の展開（2）―説経「苅萱」と「高野の巻」―　小林健二⑳語り物の展開（3）―浄瑠璃節の世界―阪口弘之㉑語り物の展開（4）祭文語りの世界―八百屋お七物を中心に―　竹野静雄

⑭（山口）『保元物語』研究において従来等閑視されてきた為義にスポットを当て、為義鎮魂の意識が潜在していることを指摘する

＊＊伝承関連・周辺諸論考　〈岩瀬博〉『伝承文芸の研究―口語りと語り物―』（1990三弥井書店）／〈井口樹生〉『境界芸文伝承研究』（1991三弥井書店）／〈野中直恵〉「『義経記』における和歌伝承の世界―「姉葉の松」の歌をめぐって―」（むろまち1　1992・12）／〈松前健〉「景清伝承の起源と展開―口承文芸と記載文芸のはざまから見た―」（奈良大学紀要23　1995・3）／〈三村昌義〉「景

清伝承試論―御霊としての一側面を中心として―」（親和国文30　1995・12）／〈神谷吉行〉『日本伝承文芸の研究』（1995 おうふう）／〈青木晃〉「多田満仲の伝承圏―摂津国猪名川流域の説話世界―」（古典遺産47　1996・11）／〈白石勝〉『伝承の文学』（1997 風間書房）

⑮（服部）『保元物語』の素材となった様々な伝承の背景に、死者の鎮魂を志した種々の伝承者の影を見る↓「『平家物語』の武装表現」（『幸若舞曲研究第七巻』1992 三弥井書店）、「「軍語り」と平家物語―一の谷合戦をめぐって―」（日本文学 1987・2）

⑯（佐伯）『平家』は社会の如何なる要請に応えて存在したのか、という視点から研究史を振り返り、鎮魂という大骨格の存在をもってしてもなお説明しきれない現存テキストに対して、「鎮魂」が「風化」した後も、何故源平合戦の物語を、或は歴史を聞きたがるのかという、より大きな問題を提起する↓前掲（Ⅱ―⑥）

⑰（小林美）鬼王安日説話が物語構想上重要な位置を占めると指摘。その背後に蝦夷の反乱の影響、中央と在地における説話伝承の往復運動の痕跡を見る↓前掲（Ⅰ―③）

⑱（須田）幸若舞曲の成立と展開・曲目について解説。研究の現状・問題点・今後の展望と課題についてまとめる

＊＊なお、幸若舞曲関連・周辺の研究の近年の動向は、『幸若舞曲研究』全十巻（1979～1998　三弥井書店）及びその各巻末目録で追えるため、本稿では幸若舞曲関係の文献は原則的に割愛している。

⑲（小林健）阪口弘之氏「説経「かるかや」と高野伝承」などを受けて、弘法大師とその母の物語が女人禁制を説くために説かれ、慈尊院の縁起ともなり、高野山参詣の途次で語られていたことを考察し、説経が高野山麓における「弘法大師とその母の話」の伝承を吸収していく様相を明らかにする

＊＊仏教文学・説経・唱導・絵解き関係及び周辺諸論考『絵解き―資料と研究―』（林雅彦・渡辺昭五・徳田和夫編　1989 三弥井書店）／『仏教音楽辞典』（1995 法蔵館）／『仏教文学講座6　僧伝・寺社縁起・絵巻・絵伝』『同7　歌謡・芸能・劇文学』『同8　唱導の文学』『同9　研究史と研究文献目録』（1994 勉誠社）／『唱導文学研究　第一集』（1996 三弥井書店）／『仏教文学の構想』（今成元昭編　1996 新典社）／〈赤井達郎〉『絵解きの系譜』（1989 教育社）／〈渡辺貞麿〉『平家物語の思想』（1990 法蔵館）、『仏教文学の周縁』（1994 和泉書院）／〈酒向伸行〉『山椒太夫伝説の研究―安寿・厨子王伝承から説経節・森鷗外まで―』（1992 名著出版）

／〈西田耕三〉『生涯という物語世界―説経節―』（1993 世界思想社）／〈廣田哲通〉『中世法華経注釈書の研究』（1993 笠間書院）／〈関山和夫〉『庶民仏教文化論―民衆教化の諸相―』（1989 法蔵館）、『安楽庵策伝和尚の生涯』（1990 法蔵館）、『説経の歴史的研究』（1991 法蔵館）／〈鈴木棠三〉『中世の笑い』（1991 秋山書店）／〈宮尾與男〉『元禄舌耕文芸の研究』（1992 笠間書院）／〈渡辺昭五〉『芸能文化史辞典　中世篇』（1990 名著出版）、『中世史の民衆唱導文芸』（1995 岩田書院）、『平家物語太平記の語り手』（1997 みづき書房）、「看聞御記の戦記語りと当道座」（『中世伝承文学とその周辺』1997 渓水社）／〈堤邦彦〉『近世仏教説話の研究　唱導と文芸』（1996 翰林書房）／〈林雅彦〉『増補　日本の絵解き』（1994 三弥井書店）、『穢土を厭ひて浄土へ参らむ』（1995 名著出版）／〈田村憲治〉『言談と説話の研究』（1996 清文堂出版）／〈小林幸夫〉『咄・雑談の伝承世界―近世説話の成立―』（1996 三弥井書店）

⑳（阪口）浄瑠璃の語り物としての淵源から、三味線・人形戯と結びいて操浄瑠璃となり、絵入り浄瑠璃正本が次々と版行されるまでの流れをまとめる→『浄瑠璃の世界』（1992 世界思想社）、「説経「かるかや」と高野伝承」（国語と国文学71―10　1994・10）

＊＊浄瑠璃関係及び周辺諸論考　『講座　日本の演劇』全8巻（1992～勉誠社）／『日本文学研究大成　歌舞伎・浄瑠璃』（1994 国書刊行会）／〈諏訪春雄〉「『太平記』と浄瑠璃・歌舞伎」（国文学解釈と鑑賞56―8　1991・8）／〈鳥居フミ子〉『近世芸能の研究』（1989 武蔵野書院）、『伝承と芸能　古浄瑠璃世界の展開』（1993 武蔵野書院）、『近世芸能の発掘』（1995 勉誠社）／〈荒木繁〉『語り物と近世の劇文学』（1993 桜楓社）

＊　＊

Ⅶ**『平家物語　研究と批評』（山下宏明編　1996・6　有精堂）**

平家物語研究に隣接するジャンル・領域からの論考や、従来の国文学研究の方法を脱構築しようとする批評の試みを盛り込んで、先鋭な問題意識に富んだ論考を集める。その目次は以下の通り。①平家物語の解釈原理―先表思想―　美濃部重克②祇園女御説話の方法―読み本系諸本における―　高山利弘③『平家物語』壇浦合戦譚に見るいくさ語りの完成―叙事詩的作物にとって表現とは如何なるものか―　刑部久④よみものとしての『源平盛衰記』　榊原千鶴⑤詩集『沙羅鎮魂』における『平家物語』の享受　以倉紘平⑥「ヲコ」の物語としての『平家物語』―鼓判官と「笑い」の芸能―　阿部泰郎⑦琵琶法師の図像学　石井正己⑧語りの「声」　高木史人⑨クロニクルからナラティヴへ―『平家物語』と『アルビジョワ十字軍の歌』―　マイケル・ワトソン⑩平家物語と白拍子　馬場光子⑪平家の物語を読む—女性の物語をとおして—　中島美幸⑫軍記物語と王権の〈物語〉—イデオロギー批評のために—　大津雄一⑬〈読み〉の変遷—〈日本〉と『平家物語』—　高木信⑭平家物語　研究と批評　山下宏明

①（美濃部）地震・辻風・天文異変などの「天変」が、物語において果たす役割を解明。怨霊観と習合した天変観を軸として歴史的事象を因果関係で結ぶコードが、覚一本では「先表」という語で表現されることから、「先表」のコードが平家滅亡の筋道を見せる解釈原理として機能すると説く→『中世伝承文学の諸相』（1988和泉書院）、「戦場の働きの価値化—合戦の日記、聞書き、家伝そして文学—」（国語と国文学1993・12）

③（刑部）氏の『平家』における対教経像をめぐる一連の論考の一。覚一本と屋代本を対照し、主観性の強かった個々のいくさ語りは〈表現の錬磨及び精髄化現象〉の過程を経て、客観性を帯びた叙事詩的表現へと転生する、と分析。これを〈衆の文芸〉である『平家』の特性と捉える

⑥（阿部）王権をめぐる「ヲコ」の笑いをめぐって、鼓判官知康の人物形象を探ることを端緒に、『平家』を「笑いの文学」として読む可能性を探る。物語世界において焦点化される知康が「狂い者」の王としての後白河院の個性と重なり合う形で形象され、その位相のまま物語から去る。そこに院という「王」のもとでその体制を維持する役割を担っていた検非違使に根ざし、その支配下にあった咒師猿楽のごとき芸能者の演じる「狂い者」のヲコなワザの投影を見る→前掲（Ⅰ—⑩）

＊＊能・狂言等の関連・周辺諸論考　〈山路興造〉『翁の座—芸能民たちの中世—』（1990平凡社）、「『太平記』の芸能」（観世58—7　1991・7）／〈天野文雄〉「伝承文学と芸能—能楽資料としての逸話—」（『講座日本の伝承文学1』1994三弥井書店）／〈守屋毅〉『近世芸能文化史の研究』（1992弘文堂）／〈松田存〉「「大原御幸」考—謡曲と軍記物語の接点をめぐって—」（二松5　1991・3）／〈松岡心平〉「能といくさ物語」（『あなたが読む平家物語4』1993有精堂）／〈三宅晶子〉「戦語りの視点」（銕仙413　1993・5）／〈表きよし〉「語り本と能楽の詞章」（国文学40—5　1995・4）／〈岡田三津子〉「謡曲「大原御幸」の女院像」（『説話論集第二集』1992清文堂）

⑦（石井）図像の解読から、検校の象徴としての琵琶の機能や「つれ平家」の実態を読み取る→「盲僧と盲巫の始祖伝承」（口承文芸研究12　1989・3）

＊＊「図像」関係の関連・周辺諸論考　『一遍上人聖絵と中世の光景』（一遍研究会　1993 ありな書房）／〈杉本圭三郎〉「作品享受と図像」（『平家物語絵巻付録7』1991 中央公論社）、「「語り」と「本文」」（日本文学42―10　1993・10）／なお、本稿では割愛するが、〈網野善彦〉〈黒田日出男〉氏らの諸論考はこの分野では必見。

⑧（高木史）説経節の語りの「声」の分析から、「想像＝創造」によって「平家」の「声」を復元することの必要性を提唱→「「口承文芸」の〈場〉―一義的な「話型」＝物語、そして多義的な「話型」へ・覚書―」（日本文学41―6　1992）、「昔話の解釈―「共＝競演」の視座から―」（フォーラム12　1994）、「『昔話ノート』を読む―「手法」「道具立て」が対象を「発見」し、「形作る」営みについて・「百話クラス」から「二百話クラス」「三百話クラス」まで―」（口承文芸研究19　1996）

⑩（馬場）今様の担い手である遊女が法文歌をなかだちとして仏教唱導の説話に取り込まれ、その芸を引き継いだ白拍子も往生説話の中で語られることとなる。ここに出家後の心の葛藤を主題とする中世仏教説話の流れが合流して祇王説話が生成したとする→『今様のこころとことば』（1987 三弥井書店）、『走る女―歌謡の中世から―』（1992 筑摩書房）、「脱いで走った男―増賀上人造型の方法―」（.ｉｓ 64　1994）

＊＊歌謡等の関連・周辺諸論考　『日本歌謡研究―現在と展望―』（日本歌謡学会編　1994 和泉書院）／『日本の歌謡』（真鍋昌弘・宮岡薫・永池健二・小野恭靖編　1995 双文社出版）／『歌語り・歌物語事典』（雨海博洋・神作光一・中田武司編　1997 勉誠社）／〈真鍋昌弘〉『日本歌謡の研究―『閑吟集』以後―』（1992 おうふう）／〈榎克朗〉『日本仏教文学と歌謡』（1994 笠間書院）／〈鈴木佐内〉『仏教歌謡研究』（1994）／〈井出幸男〉『日本歌謡の史的研究―室町小歌の時代―』（1995 三弥井書店）／〈外村久江〉『鎌倉文化の研究―早歌創造をめぐって―』（1996 三弥井書店）／〈小野恭靖〉『中世歌謡の文学的研究』（1996 笠間書院）／〈細川涼一〉『女の中世』（1989 日本エディタースクール出版部）、「鎌倉旧仏教と能」（国文学解釈と教材の研究37―14　1992・12）、「中世の遊び」（『岩波講座日本通史9　中世3』1994 岩波書店）、『逸脱の日本中世』（1994 ＪＩＣＣ出版局）

⑬（高木信）水原一氏「「猫間」の論―高木信氏等の研究を批判する―」（『延慶本平家物語考証　三』1994 新典社）に対する再論。水原氏による〈国民〉概念批判に対して、歴史社会学派による国民文学論がテクスト自体の分析ではなく、〈民衆的〉なものをテクストに〈発見〉しようとしたという問題点を確認した上で、〈感性〉の均一化としての〈国民〉形成に平家物語が加担したという問

題意識において、国民文学論に対する批判的継承が必要とする。↓「生成・変容する〈世界〉、あるいは真名本『曽我物語』―〈神〉の誕生と〈罪〉の発生―」(軍記と語り物25　1989・3)、「『平家物語』「剣巻」の〈カタリ〉―正統性の神話が崩壊する時―」(日本文学41―12　1992・12)、「カタリの詐術／騙りの技術―『平家物語』における〈語る主体〉の言説と義仲の言説の衝突―」(『新物語研究1　物語とメディア』1993 有精堂)、「男が男を〈愛〉する瞬間―女の物語としての『平家物語』は存在するか?―」(『王朝の性と身体―逸脱する物語―』1996 森話社)

⑭(山下)いくさ物語の展開の過程で、語り手の虚構の方法として、無名の人たる「映し手」を介入させて世俗性を保障することが定着したとし、その背景に歴史社会学派の唱えた「衆の構想力」を認め、再評価を試みる↓(Ⅲ―⑫)

※追記　入稿後の時日の経過の為、情報としては古びたものとなってしまったが、諸般の事情によって敢えて改稿は行わなかったことをお断りし、お詫び申し上げる。

あとがき

巻頭に掲げた刊行の辞をまとめるまでに幾度かの編集会議を開いた。その後の編集会議でも、この刊行の趣旨を貫くために二〇〇〇年末までには刊行をおえる、それまで四人が健康であるよう誓い合ったのだが、最年長の梶原正昭さんが一九九八年九月、他界されたのだった。このあとがきを四人揃って書けなかったことを残念に思う。

しかし、とにかく目標は達成した。われわれの意図に賛成し執筆してくださった方々、辛抱強く、刊行を続けてくださった汲古書院、それに読者にも厚くお礼を申し上げる。今回の成果が新しい世紀に生かされることを切に祈っている。

二〇〇〇年九月二〇日

編　者

執筆者一覧（目次順）

久保田《くぼた》敏子《さとこ》　京都市立芸術大学教授

山下《やました》宏明《ひろあき》　愛知淑徳大学教授

犬井《いぬい》善壽《よしひさ》　筑波大学教授

須田《すだ》悦生《えつお》　静岡文化芸術大学教授

蒲生《がもう》美津子《みつこ》　沖縄県立芸術大学教授

服部《はっとり》幸造《こうぞう》　名古屋市立大学教授

長友《ながとも》千代治《ちよじ》　佛教大学教授

鈴木《すずき》昭英《しょうえい》　上越教育大学講師

竹本《たけもと》幹夫《みきお》　早稲田大学教授

石井《いしい》正己《まさみ》　東京学芸大学助教授

藤田《ふじた》隆則《たかのり》　大阪国際女子大学助教授

野川《のがわ》美穂子《みほこ》　東京芸術大学講師

藤井《ふじい》奈都子《なつこ》　愛知大学講師

軍記文学研究叢書12

軍記語りと芸能

平成十二年十一月三十日発行

編　者　山下宏明
発行者　石坂叡志
整　版　中台整版

発　行　汲古書院
東京都千代田区飯田橋二―五―四
電　話〇三(三二六五)九七六四
FAX〇三(三二二二)一八四五

第十二回配本(完結)

ISBN4－7629－3391－0　C3393